千年茶師の茶房録
小梳神社より願いを込めて

道具小路

富士見Ｌ文庫

目次

千年茶師の茶房録
小梳神社より願いを込めて

心の在処《ありか》がわからない。

●

この体の輪郭は、空気に溶け出す藍白《あいじろ》の水彩絵ノ具とおんなじだ。両足自体は車輪であって、ただ漫然と時間の線路を辿《たど》り続けているばかり。平々凡々としか言いようのない人生を、人並みの速度で、凡庸な骨身で、脱線せぬよう進み行く。

思い返せば、僕の人生はなんて淡泊なものだろう。現在に至るまでの二十一年間、それを丸ごとひっくり返しても、万人が経験していそうな通例の思い出がころころ転がり出るだけで、夢も浪漫《ロマン》も見当たらない。

未来に、僕は、どうなりたい。

どうありたい。どういう人であって、どういう風に生きていたい。一切合切、わからない。今を持て余している。何がしたいのか見当がつかず、べつだん大きな目標もなく、むやみに鼓動を繰り返し、いたずらに寿命を消費する。ねじ巻き人形みたいに万事をこなして、ふと気が付けば、陽はまた昇り、沈んでる。

　食べて寝て起きての反復は、果たして「生きている」と言えるのか。

　どうして、大学へ進んだのか。それは、みんなが進んだから。どうして、就職活動を始めたのか。それは、みんなが始めたから。どうして、必死になったのか。それは、みんなが必死だったから。

　どうして、就職を決めたのか。

　それは、みんなが、決めているから。

　地元の不動産屋で新築一戸建てを売ることが、本当にやりたいことだったのか。

　それは。

○

　しかし僕だって、大歓声を浴びるジョンの華々しい出で立ちや、首領《ドン》・コルレオーネのように、非凡な匂いの立ち込める、刺激に満ちた生活に憧《あこが》れなかったわけではない。ああ、世界に愛と平和をもたらす曲のひとつでも唄《うた》って、往来を行くだけで女性が失神していくような存在になれたなら。ああ、懐に忍ばせた拳銃《けんじゅう》ひとつで暗黒街を伸《の》し上がり、誰にでも頼られる人望篤《あつ》き男になれたなら。けれどもそれは妄想という檻《おり》の中でモゾモゾ蠢《うごめ》いているだけで、僕の現状に蜘蛛《くも》の巣ほどのひびさえ入れられない。

そう、僕は気づいている。僕には何もない。僕には何もないんだ。僕は体内に無難を凝縮してできた、純粋な無個性の結晶だ。うねるスクランブル交差点で石を投げたら当たるような、どこにでもいる人間だ。だから普通を生きるほかがない。それを受け入れているからこその苦しみが、夢を持つ者にはわからない。

僕には、夢を持つ才能がない。

普通からはみ出せる才能がない。何かに秀でた能力がない。唯一の趣味の読書も無用の長物、およそ残りの六十年を生きる力には化けられない。

この、どこにも掃いて捨てられない悲しみ。恋破れるより苦痛の、永遠の奈落《ならく》に沈殿していく、重ったらしい悲しみ……。

生まれもって、このような気質だったのか。

それとも、時代がつくった性質か。

「夢も希望もない若者が」と、電波の向こうで誰かは言う。

「最近は、無気力な若者が増えましたよねえ、本当に」

そうして悟った溜息《ためいき》で、僕の本質を突いては悦に入る。

第一章　お茶の療

大学三回生の秋、僕は早々に内定を得た。静岡《しずおか》県は浜松《はままつ》市にある、小さな不動産屋である。

僕は就業を即断した。この就職難の時代、就活を開始して二社目で内定を貰《もら》ったことに、同級生の菅野《かんの》はその運の良さに驚愕《きょうがく》し、そして僕をひどく羨《うらや》んだ。

就職が決まったとなると、残りの大学生活一年間は卒業に必要な単位を取得するに終始して、後の大体の時間は空費するほかなかった。現状以上の好条件を求めての就活は行わなかった。仕事さえあれば何だっていい、という心持ちだった。

大学四回生の夏の終わりにもなると単位も取得し終えて、いよいよすることがなくなった。ある晴れた日、人文社会科学部B棟の正面にある簡易テラスで昼食のヤキソバパンを齧《かじ》っていると、蟬の声に混じって「あら、勝ち組の藤堂《とうどう》様がいらっしゃる」という、怨念《おんねん》にまみれた声が背後から聞こえた。

「いいですねえ。なんの不安もないままに、優雅にランチ・タイムを楽しめて」

ぱりっとした白シャツの菅野が、額の汗を拭《ぬぐ》いながら僕の対面の椅子に腰掛けた。

「今日はもう終わりなんだね」

「ああ。午前中に一社だけ。ちょっと忘れもん取りに大学に寄ったんだ」

やつれた菅野は、持っていたオロナミンCを一息に飲み干して、息を吐いた。落ちた肩には生気がない。彫り込まれた目の下の隈《くま》が、泥の水面《みなも》のように夏の日差しを反射した。

その奮闘も虚《むな》しく、菅野は未《いま》だに就職が決まっていない。大学四回生の九月に、これは焦るべき事態だった。彼はお祈りのされ過ぎで無数の信仰心を獲得し、就活における真理に開眼して、もはや働けるのならば北極でも良いという結論へ至っていた。そうして寝る間を惜しんでは新卒を募集している企業へ片っ端から応募して、数撃ちゃ当たる戦法を遂行中なのだった。

「本日の手ごたえは？」

「まあ、どうだろうなあ」

「次こそ受かればいいねえ」

「高みの見物席からの励まし、どうもありがとう」

菅野は気怠《けだる》そうにシャツの首元を緩め、椅子に沈んだ。「ああ、夏はこんなに暑いのに、就職氷河期ったらありゃしねえ」

そうしてしばらく空を見上げ眠るようにしていたが、ふと思い出したかのように、「だがな」と言って身を起こし、ピンと人差し指を立てた。

「俺だって、これ以上お祈りされるつもりはねえ。我に秘策ありなのだ」

「どんなの？」

「お前、ミシュラン教授って知ってるでしょう？」

ミシュラン教授とは、農学部の共生バイオサイエンス科で教鞭《きょうべん》を執る、静岡大学屈指のヘンテコリン人間である。

その体躯《たいく》は芸術的にぷくぷくで、二重顎《あご》を極めて首がない。今時珍しいカイゼル髭《ひげ》を蓄え、豚を丸呑《まるの》みしたかのようなお腹を揺らし、サスペンダーをぱつんぱつんにしながら歩く出《い》で立ちは、まさに静岡に生きるマシュマロマンであった。詳しくは知らないが、静岡のその界隈《かいわい》では名の通った食通であるらしく、ミシュラン教授という渾名《あだな》がつけられた。

学園広場のメタセコイアの木陰で、蒸気船のようにぽっぽとパイプをふかしている姿を、僕も何度か見たことがあった。

「実はこないだ、そのミシュラン教授と偶然の縁があってさ」

数日前、菅野は就職セミナーの帰りに、廊下で転んで動けなくなっているミシュラン教授を発見した。教授はお腹を支点にしてころころ回る駒のようになっていて、自力では起き上がれないようだった。そこに菅野が助太刀をして、彼を救ったのだという。

「それで、教授が俺のことを気に入ってくれてさ。仲の良い企業に口利きしてくれるかも知れないんだよ」

「口利きというと、いわゆる裏口入社というやつ？」

「善良斡旋《あっせん》と言ってほしいね」

　こうして学生と企業の間に教授が介入することは頻繁に見られる。藁《わら》にも縋《すが》りたい菅野からしてみれば、非常に有難いことだろう。

「でも、教授がさ。『斡旋して欲しいなら、君のでき得る最高のおもてなしを私にしてくれ』なんて言うんだよ。それが、学生に企業を紹介するにあたっての、もうずっと前から決めている自分のルールなんだって」

　会話をしたことはないが、ミシュラン教授が偏物であるということは、その風貌《ふうぼう》を見れば自明のことだった。だから、僕はあまり驚かずに相槌《あいづち》を打った。

「そういう訳で、今夜、教授がうちに来るんだよ。これからおもてなしの準備をしなきゃ」

　ふうん、と呟《つぶや》きつつ、僕は「おや」と思った。

　よく遊びに行く、菅野の部屋の様子が浮かんだ。

「うちったって、お前んちはすんごく汚いじゃんか。築七十年の、崩壊寸前のボロアパートじゃんか。四畳半に風呂《ふろ》トイレ共同、コンロ一口、西向きの。そんな鼠の吹き溜《だ》まりで、最高のおもてなしなんかできっこない」

「だからさ」菅野は立ち上がった。

「そんな地獄であるからこそ、最高のおもてなしグッズを揃える必要があるわけだ。そういう、高級な品を集める誠意こそを教授は見たいんだと思うぜ」

彼は、僕と同じなのだと思う。電波の向こうの誰かが言う、「夢も希望もない、最近の若者」なのだと思う。僕と同じく、中身ががらんどうなんだ。けれども、共にがらんどうだからこそ、僕たちは出逢《であ》ってからの四年の間を上手に共鳴している。中が空洞の鉄パイプをぶつかりあわせるように、かあん、と綺麗《きれい》な音が出る。この誰も傷つけぬ孤高の響きは、肢体ぱんぱんに情熱を詰めた夢想家には一生わからないだろう。

菅野は「休憩終わり」と呟いて、「お前も一緒に行く？　おもてなしグッズ集め」と言った。今となっては付属図書館に通うばかりの、暇を煮詰めたような僕にとって、外出の誘いは大歓迎だった。

こうして僕たちは、連れ立って坂を下った。街へ繰り出さねば、静岡大学周辺には真《しん》に誠《まこと》に神に誓って何もないのだ。

○

夢追い人というものを嫌っている。

否《いや》が応にもその周囲に燃え移る熱血ったら鬱陶《うっとう》しい。あるのか判然としない海へ飛び込み、辿《たど》り着けるかわからない島を目指してあっぷあっぷと泳ぐ姿の滑稽《こっけい》なこと。自害じゃないか、それはもう。僕は海へは出ず、仮令《たとえ》退屈な景色が続くのであっても、ずうっとお家《うち》で炬燵《こたつ》に入って蜜柑《みかん》を食べる道を選びたい。いや、選ばざるを得なかった、と言えばそうだけれど、それはそれでとても素敵な人生ではないだろうか。そうとも。

「つまらない男だなあ」

　大学三回生の秋、服飾関係の起業を目指しているという、ある同級生Aは言った。

「藤堂、お前は本当にしょうもない。男なら、生まれたからには夢を持て」

　彼は、就活を全く行わなかった。見聞を広める為にと、大学四回生の春から世界放浪の旅へ出た。今、どこにいるのかは知れない。

「夢も希望もない若者」を蔑《さげす》む「夢のある若者」。「夢のある若者」を蔑む「夢も希望もない若者」。わかりあえるはずもなかった。

　僕はその時、Aにこう言った。

「人生を適当に考えていると、いつかきっと後悔するんだ。未来のない自由人め」

　Aは何と答えたか、覚えていない。と言うのも、僕はこの台詞《せりふ》を吐いた瞬間に、なんだか、泣きたくなっていたのだ。

　僕の嫌悪の根底にあるのは、ただ君たちへの嫉妬《しっと》なんだ。A。僕は君が羨ましかった。夢のある君が羨ましかった。でも、言い返さなければ、息が止まるところだったんだ。そう気づいて、情けなくてどうしようもなかったんだ。

バスの車窓を見つめながらそんな回想をしていると、隣に座っている菅野が僕の肩をついた。『次は、終点。静岡駅』とアナウンスが入った。

僕たちはバスを降り、駅からすぐの呉服町《ごふくちょう》通りへ向かった。

菅野はまず、教授をお迎えにするにあたって、最高級の「お茶」を用意すると言った。

客人にお茶は当然だ。そして、我が静岡県は全国に名高い緑茶処。賑《にぎ》やかな呉服町通りには、たくさんのお茶専門店が立ち並ぶ。

ただ、恥ずかしながら、僕はお茶に対しての見識がまるでない。静岡人であっても、お茶のことを熟知している人間は少数だ。ご多分に洩《も》れず菅野も無学であって、「最高級のお茶ってどんなんかしらん」と呟きながら、きょろきょろと辺りを窺《うかが》っていた。

ふたりで歩き、ラーメン屋を過ぎたところで、右手に神社が現れた。小梳神社《おぐしじんじゃ》だ。

パルコの真向いにあるこの神社は、それこそ街中に「でん」と置いてあって、呉服町の中でとても浮いていた。石造りの鳥居の向こうに、数人の参拝客がいる。僕は生まれも育ちも静岡だけれど、この神社に詣《もう》でたことは一度もない。出不精なので、そもそもこの人の多いところをあまり歩かない。

そして、その神社のすぐ右隣には、「緑茶専門店」という幟《のぼり》が立っていた。

僕と菅野は足を止め、その店を見遣《みや》った。

瓦《かわら》屋根の二階建てで、時代めいた威厳のある立派な店だ。

歴史を匂わす木の看板には、達筆の太い字で『お茶の燎《かがりび》』。

「こんな神社の隣に、お茶屋さんがあったんだな。これまで気にも留めていなかった」

「どうする？」

「他の店を探すのも面倒くさいから、もうここでいいか。どうせ、どこの店だってお茶はお茶だろ」

僕と菅野は『お茶の燎』へ入店した。すると、たちまちお茶の香りが全身を包んだ。

小ぢんまりとした店内に客はいなかった。店主であろう、白いタオルを頭に巻き、藍色《あいいろ》の作務衣《さむえ》を着た若い男性が、カウンターの中で新聞を読んでいた。右奥には、狐色の中型犬が留められていた。両耳を飛行機の翼みたいに倒して、人生に何の悩みもないように、無言でぐるぐる尻尾《しっぽ》を振っている。首から「本物が恋しくなったら静岡茶」と書かれた札を提げていた。見たまま看板犬のようである。

店主は僕たちに気づくと新聞を畳み、挨拶《あいさつ》をして椅子を立った。

僕は、うっすらと驚いた。

店主の整った容姿もさることながら、何よりその「声」が良かった。

大音量でもないのに、まるで耳を射貫《ぬ》く、清水に走る雷鳴のような声だった。その不快さを持たない絶妙な重低音は、たちどころに僕と菅野を委縮させた。自分と相手との人間的素質比較に敗れたことで、瞬間的に落ち込んだのだ。

入口で立ち止まる僕たちに、店主は「どんなお茶をお探しでしょう」と微笑んだ。

「なんだ、あの人は。歌舞伎役者か？」菅野が僕に耳打ちして、舌打ちをした。「くそう、とんだイケメンのいる店に入っちまった。なんてツイてないんだ」

店主は、僕たちをカウンター前の席に座るよう促した。

僕たちが並んで腰を落ち着けると、店主は早々に御品書きを広げて、「ご入り用のものがありましたら」と言った。

先にも述べたように、僕と菅野はお茶に対して全くの無知だ。ご入り用のものと言われても、「最高のお茶が欲しいんだよね」という己の浅はかさを露呈させる返答しかできない。

男である限り、なるべく他人に馬鹿とは思われたくない。そういう点において特に菅野は意地になるきらいがあって、舐《な》められてはいけないと、御品書きをいかにもわかったようにフムフム頷《うなず》きながら見つめていた。

店主は、僕たちに淹《い》れたてのお茶を出し、御品書きの一部を手のひらで示した。

「どうでしょう。この煎茶《せんちゃ》の『十六夜《いざよい》』という銘柄は、お値段もお手頃でお薦めです」

「いやあ、フムフム。なるほどなあ。どうしようかなあ」

菅野はお茶を啜《すす》りながら、腕組みをして首を捻《ひね》った。何も考えていないくせに、よくもまあそんな三文芝居が打てるものだと僕は呆《あき》れた。男とは、いらぬ見栄《みえ》を張りたがる悲しき生き物なのだ。まあ、そうわかっているので、僕は河馬《かば》の背中に止まる小鳥の心持ちで、黙って菅野の脇から御品書きをのぞき込んでいた。

そうして無意味にフムフム言っている数分が過ぎ、店主の纏《まと》う雰囲気がどことなく「はよ選ばんかい」と無言の圧力を感じさせ始めた時、ふいに入口の自動ドアが開いた。

僕は、反射的に振り返った。

夏仕様のセーラー服を着、長方形の黒い箱を肩に掛けた、短いポニー・テールの女の子がそこにいた。

「いらっしゃい、小夏《こなつ》ちゃん」

「こんにちは、燎さん」

女の子の周囲には、色とりどりの蒲公英《たんぽぽ》の綿毛のような煌《きら》めきがぽわぽわ飛んでいた。

「今日もおひとつ、美味《おい》しいお煎茶くださいな」

彼女は明るい声で言った。

僕の眼窩《がんか》前頭皮質に電撃が駆け抜けた。

○

僕は、古今無双の童顔である。とてつもない幼顔である。それがコンプレックスである。

お巡りさんに年齢確認を受けたことは数知れず、酒の席で年齢を疑われて身分証を提示することも度々、実家近くの温泉でホモに追い掛け回されることもしばしばだ。

これも個性と受け入れられれば楽なものを、この童顔に対し、途方もない劣等感を抱かせるきっかけとなったのは、高校二年生の時分、初恋の相手に告白をした時のこと。

「好きなんです」

「え……」

「付き合ってください」

「ごめんなさい」

「ど、どうして」

「だって、藤堂君。顔が九歳なんだもの」

高校二年生だ。十七歳だ。九歳はあんまりだ。九歳はあんまりだ！

それから僕は、日常においてそこら中にぽこぽこ空いている恋の落とし穴を避けて生きるようになった。その穴に落ちたが最後、僕はまた童顔を理由に切り捨てられるのだ。自身の平凡と共に、この子供容貌《ようぼう》の弊害をも受け入れて、惚《ほ》れた晴れたに無縁でいようと、諦《あきら》めを持って生きているのだ。

しかし、この女の子の登場は、そんな過去を一瞬にして爆散させる破壊力を持っていた。

僕の眼球は、店主からお茶の包みを渡されるポニー・テールの女の子に縫い付けられた。

小夏。

確か、店主はそう呼んだ。

店主に伸ばす、小夏さんの陽に焼けてするりとした小麦の腕が、僕の脳天のシュガー・スポットを刺激して、蜂蜜《はちみつ》の源泉を掘り当てた。たちまちに、どろっ、と、懐かしい恋の甘味に支配される。「ありがとう」と彼女が発した弾《はじ》ける檸檬曹達《レモンソーダ》みたいな声が、全身を痺《しび》らす麻薬を耳から流し込む。猫の尾のように揺れる後ろ髪が、思考停止の催眠をかけた。

左胸の辺りにふんどしを締めた祭り衆が現れ、その内でドコドコ太鼓を打ち始めた。

僕は胸を押さえ、かろうじて「ウアッ」というかすれた息を吐いた。

青史二十一年。

この瞬間、僕は生まれて初めて「一目惚れ」を知った。

ひとしきり犬を撫《な》でた小夏さんは、店内を見渡して、「市松《いちまつ》さんは?」と言った。

「今日は、来ないんじゃないかな。家で新しい茶の配合を研究するって言ってたから」

店主が答えると、小夏さんはスカートを翻し「そっか。じゃあ、よろしく伝えておいてね」と、そのまま出て行こうとした。

人は、未曾有《みぞう》の好機に出逢《であ》った時、奇跡としか言えない瞬発力を発揮する。

「あのう!」

気が付けば、僕は去りゆく小夏さんの背に大声を掛けていた。

店主と菅野が、驚いたように僕を見た。

後悔した。僕は童顔の上にへっぽこぴいだ。呼び留めてしまったことが死ぬほど恥ずかしくなり、小夏さんがこちらを振り向く前に、何かごまかさなければと思って、目の前にある御品書きを手に取った。それを賞状でも受け取るかのように掲げて「ほほう、この店には、なかなか良い玉露を置いていますなあ！」と咄嗟《とっさ》に言った。

僕は単純に、白黒する目ん玉に、偶然「玉露」と映ったのでそう言ったのだ。だが、何を勘違いしたのか、菅野は「あれ、お前、お茶に詳しいの？」と乗って来てしまった。

「ちょっと、俺に教えてくれよ」

店主と小夏さんの視線を感じた。ふたりとも「ほうほう」と競馬の予想を聞く賭博《とばく》師のように、僕の次なる発言を待っている。菅野よ、なんたる迷惑だ。でも、こうなってはもう退《ひ》けない。男とは、つまらぬ見栄を云々《うんぬん》。ああ、小夏さん、小夏さんが見ている。

僕は「いいとも」と胸を叩《たた》いて、やけくそに取り繕った。

「菅野も、玉露という名前は聞いたことがあるでしょ？」

「なんだか高級そうなお茶だってことは知っている」

「その通り。玉露は、数ある緑茶の中でもとりわけ極上の一品なんだ」そう言う僕の頭には、いつかどこかで飲んだペットボトルのお茶のパッケージに「高級玉露使用」と書いてあった記憶が追思されていた。

「玉露はとても滑らかな舌触りで、緑茶の王様と言われているんだよ」

自分でも惚れ惚れする口からでまかせだ。

「詳しいんだね」

小夏さんが、僕の脇から御品書きをのぞき込んでいた。

「お茶、好きなの?」

彼女の髪の良い香りが、僕の心拍を爆発させた。痛いくらいに胸がどきどきした。僕は「うははいまあね」と身振り手振り、とにかく菅野、玉露を買ったなら間違いなし、というようなことを喋《しゃべ》って、冷や汗を悟られぬよう、先ほど店主に出されたお茶を一口飲んだ。そして、舌の上で転がすようにしてから、

「うん。この店の茶葉《ちゃば》は、いいものを使っている」

そう言ってみせた。

するとどういう訳か、店主は「フ」と、まるで鼻からピーナッツを飛ばすように小さく笑った。すぐに、なにか下手を放《こ》いてしまったか、と思ったが、いや、おかしいことはないはずだ。

「私も、ここのお茶が一番美味しいと思うんだよね」

「はい、はい。なにより、茶葉《ちゃば》がいいです」

小夏さんはニコリと笑った。

「お茶に詳しいのは、とっても素敵なことだよね」

そうして彼女はウインクで星を打ち、肩に掛けた黒い箱を背負い直して、開いた自動ドアから雑踏へと消えた。

○

一体、それからどうしたか知れない。小夏さんによって尻子玉《しりこだま》を抜かれた僕は、気が付いた時には藤枝《ふじえだ》にある自宅の居間で、ソファに転がっていた。

窓の外にはすっかり夜がある。机の上には「お父さんと『ゆらく』に行ってきます」という母の書置きがあった。『ゆらく』とは、近くにある瀬戸谷《せとや》温泉の名だ。今春に父が定年を迎えたので、こうしてふたりは日がな一日一緒にどこそこへ出掛けていた。

寝返りを打った。

『お茶の燎』で、萱野が玉露を買ったところまではかろうじて覚えていた。だが、僕は小夏さんに一目惚れしたことで、その後、萱野と呉服町をうろうろしたことの一切を覚えていない。脳裏に思い描かれるのは、色とりどりの綿毛に囲まれる小夏さんのことばかり。

あの髪、あの顔、あの制服。あの声、あの香り、あの瞳《ひとみ》……。僕は記憶の中にいる彼女に触れようと虚空を掻《か》いた。彼女を想うだけで、両耳の穴から蒸気が噴き出そうになった。

洗面所で冷水を被《かぶ》った。

正面の鏡に、しずくを垂らすぼんやりとした僕の童顔がある。

なんとか彼女とお近づきになりたい。

しかし、この顔をもって彼女に挑めるか。

彼女の記憶を辿《たど》ってみる。彼女は制服を着ていた。あれは確か、静岡城北《じょうほく》高校のものだ。彼女が僕より歳下であるのは間違いない。

ところが、よくよく思い返してみると、彼女は店主に対するものと反して、僕には敬語を使っていなかった。それどころか、まるで町内会の子供を見るような目を僕に向けていた。異性として全く認識しておらず、初対面という壁を意ともしない好意で僕と接した。もし、自分が高校生だったとして、いきなり見ず知らずの大学四回生と気さくに会話ができるだろうか。いや、できない。

圧倒的な魅力の前では、どんな決意も無駄であると僕は知った。もう恋はしないという僕の誓いは、小夏さんによって見事に粉砕されたのだ。あれほど可愛らしい、男性の理性を宇宙的なところで凌駕《りょうが》する生き物を前にして、誰が平静でいられるだろう。もし平静でいられるという人がいるなら、それは美的感覚が狂っているひょうろく玉か、ホモだ。

彼女との恋を成就させたいという願いは、ただの今日という時間だけで、僕の全身を巡るほどに根を張っていた。

けれども……この顔。

九歳と言われる顔が相手にされるはずもない。恋はそう容易《たやす》く実るものではない。恋は捕鯨に似ている。ありとあらゆる策略を尽くし、ここぞの好機を逃さずに、真っ直ぐ愛の銛《もり》を打ち込まねばならない。そうして船に上げるまで、少しも気を抜いてはならない。勝負を焦って死屍《しし》累々を成した友をたくさん見てきた。僕は、彼らと同じ轍《てつ》は踏まないのだ。

彼女は、あのお茶屋の常連ふうだった。

あのお茶屋で張っていれば、そのうちまた彼女には会えるだろう。

でも。

でも、この顔がある時点で、僕に勝算はない。

彼女へ踏み出す次の一手を思いつかないまま、僕は悶々《もんもん》とした。

そうして拭《ぬぐ》えない悶々は夜を越える。

翌日、僕はモヤモヤを抱えたまま朝から大学へ行った。もう講義には出なくてもいいのだが、通学が習慣になっていた。それに、外出すれば、この鬱屈《うっくつ》とした気持ちも少しは晴れるだろうと思ったのだ。

残暑の厳しい、天気の凶暴な日だった。生き残る僅《わず》かな蝉たちが、少ない命を燃やしながら馬鹿正直に鳴いている。僕はしばらく付属図書館で暇を潰《つぶ》し、読む気もないのに数冊を借りた。もちろん、いつ如何《いか》なる時も小夏さんのことを考えていた。

その後は、生協でコロッケパンとペットボトルの緑茶を買った。緑茶には、期間限定の特典として、水出し茶の小さなバッグがついていた。ぼんやりそれを見つめていると、またも小夏さんが想い描かれる。

僕は、バッグをジーンズのポケットにしまった。それから学園広場で昼食をもぐもぐやっていると、ふいに「ああ、ここにいた！」と、菅野が焦ったように駆けて来た。

「探したぞ、藤堂！」

「どうしたの？　そんなに慌てて」

僕が尋ねると、菅野は汗を拭うこともせず、今にも泣き出しそうに顔を歪《ゆが》めた。

「どうしよう。俺、ミシュラン教授のおもてなしに失敗しちまった！」

○

菅野は僕の隣に座り、昨日の「ミシュラン教授おもてなし失敗事件」について語った。

全く覚えていないが、お茶屋で玉露を購入した後、僕たちは紺屋町《こうやまち》にある果物屋へ行ったらしい。そこで菅野は、大枚をはたいて静岡クラウンメロンを買った。主人が言うに、この時季が旬の静岡クラウンメロンは、非常に甘くて美味《おい》しいと。ならば買わない理由がどこにある、ということだった。

続けて菅野は、浅間《あさま》通りの布団屋で、最高級の綿わたを詰めた大きな座布団を仕入れた。玉露と静岡クラウンメロンと座布団を手に入れた菅野は、「これで完璧《かんぺき》」と、意気揚々と帰宅した。

ミシュラン教授との会合は、夜八時から行われた。

教授は、焼津《やいづ》にあるアパート『花波荘《はななみそう》』に、定刻きっかりに現れた。

菅野は低頭しながら、教授を三階にある自室へ案内した。長い階段をひいひい言いながら上り終え、ようやく部屋に辿り着いた教授は、豪雨を浴びたかのような汗をかいていた。

そうして四畳半一間という狭い空間目一杯に鎮座する教授の出《い》で立ちは、縄でぎゅうぎゅうに縛られた、油の滴る焼豚を思わせたという。

菅野はまず、教授を高級座布団へ座らせた。三度も掃除機をかけたので、塵《ちり》や埃《ほこり》は欠片《かけら》もない。照明の蛍光灯も替えたので、西向きの部屋もすっかり明るい。

教授がにこにこしていたので、この時点では問題なしと判断した菅野は、次に玉露を淹《い》れた。それを卓袱《ちゃぶ》台《だい》の上において、「存分にお寛《くつろ》ぎください」と言った。教授がお茶を飲んでいる間に、メロンをぶ厚く切って出した。

そうして最高の環境と最高のおもてなしグッズが出揃い、サア斡旋《あっせん》の話をしましょ、というところで、なんと教授は、お茶を一口飲んだだけで、メロンにさっぱり手をつけず、

「君のおもてなしとは、こういうものなんだねえ」

そう一言残して、さっさと帰ってしまったという。

その会合の時間、わずか五分。

「ああ、俺はどこで間違えちまったんだよう。一体、教授は何を気に入らなかったんだよう」

菅野は顔を覆った。

「俺の考え得る限りのおもてなしをしたっていうのに。メロンなんか一口も食ってないんだぜ。高かったのに！」

それから菅野は、ひとりでメロンの焼け食いをしたらしい。「財布と共に、心もすっからかんになっちまったよ」

話を聞く限り、菅野には何の落ち度もなかったように思えた。なら、どうして教授は帰ってしまったのか。まさか四畳一間に招待したこと自体が失敗だったとは言うまい。苦学生なんてどいつもこいつもそんなもんであるというのは、教授もわかっているはずだ。

「教授、お茶は飲んだんだよね」

「飲んだとも。たっかい玉露をさ」

「ちゃんと熱いものを出した？」

「もちろん。チンチンに沸かしたお湯で淹れたよ。それもなみなみと」

「たぶんだけれど、お茶になにかしらの問題があったから、教授は帰ったんだと思う」

「そうかなあ。そうかなあ……」

ミシュラン教授は、風体こそ妖怪《ようかい》マシュマロマンであるが、別段、人格が破綻《はたん》しているだとか気質がねじ曲がっているだとかという訳ではない。強烈な個性はあれど、一大学の教授が務まるくらいだから、真人間であるとみて妥当だ。

「ああ、俺、どうしよう。教授のご機嫌を損ねちまったよう。どうしよう、口利きしてもらえないよう」

いよいよ菅野は泣いた。僕はかすかに責任を感じた。彼に「玉露が良い」と勧めたのは、誰でもない、僕だ。もし、お茶に原因があるのなら、僕が原因とも言えるのだ。

また、この時、菅野という人間に憐《あわ》れみを感じたことも事実だった。どうしてそれほどまでに就職を得たいのか。泣くほどに。お前がそう思うのは何故なんだい。そこまで必死になる理由はなんなんだい。自分で見つけられない答えを、彼に問うてみたかった。

卑怯《ひきょう》者、と、自分を叱咤《しった》した。

彼は、僕の貴重な友人だ。彼が悩み、苦しんでいるのは、純粋に僕も辛《つら》かった。

どうにかしてやれたら。でも、どうすればいいのか。

「もう、お先真っ暗だ。俺はどうしたらいいんだ。この会合に賭《か》けてたのに。俺の未来は暗黒だあ、孤独死だあ」

菅野は、嗚咽《おえつ》混じりに言った。

「ああ。俺が、もうちっとお茶に詳しくさえあれば」

その時、ずっと頭の隅で輝いている、小夏さんの明るい声が聞こえた。

お茶に詳しいのは、とっても素敵なことだよね。

両手に二兎《にと》の尾を摑《つか》んだ気持ちがした。

菅野を救うために。そして、小夏さんとの仲を近づけるために。

このふたつを一挙に解決できる妙案が閃《ひらめ》いた。

「菅野。もう一度、教授にチャンスを貰《もら》うんだ」

僕は拳を握った。

「『今度こそ、あなたの鼻を明かす、素晴らしいおもてなしをしてみせます』って。教授に縋《すが》るんだ」

菅野は、びっくりして僕を見た。

「でも、そんなこと言ったたって。俺は、考え得る限りの、出来得る限りのおもてなしをしたんだぞ。それで駄目だったんだ。これ以上、どうしろって」

「これからもう一遍、あのお茶屋……『お茶の燎』に行くんだ。そして、どうして教授が玉露を飲んだ途端に帰っちゃったのか訊《き》くんだ。もしかしたら、その玉露自体が不良品だったかもしれないよ」

「でも俺、これからまた面接が一社……」

「なら、僕が行こう」

菅野は、救世主の降臨を見る目で僕を見た。

僕の脳裏には、雑踏に消える小夏さんの残像があった。

「さあ、行動を起こすんだ！」

彼と自分に言い聞かせる発破が、めらめらと情熱を掻《か》き立てた。

○

僕は早速、昨日と同じように呉服町通りへ向かった。『お茶の燎』で、玉露についての話を訊く。どうしてお茶を飲んだ早々に教授は帰ってしまったのか、もしかしたら、あの店主ならばわかるかもしれない。そして、おもてなしに出すべきお茶のことを詳しく教えてもらうのだ。僕がお茶に対して造詣《ぞうけい》を深めれば、菅野に有益な助言もできるうえ、小夏さんとの会話の糸口も摑めよう。これほどの名案はないと思われた。

小梳神社を見遣《みや》りながら、『お茶の燎』の前に着き、首に流れる汗を拭った。外からこっそり店内を窺《うかが》うと、昨日に会った店主の姿はなく、鶯茶《うぐいすちゃ》色の和服を着た男性がいた。

意を決して、自動ドアを潜った。

ふわ、と、緑茶の香りの洪水がやって来た。和服の男性が小首を傾げた。二十代後半ほどの、若い男性だ。襟元に扇子を差している。波がかった髪に垂れた目尻《めじり》が、凪《な》いだ海のような印象を抱かせた。けれどもその雰囲気の奥には、触れることを許さない、星のない夜の満月に似た威圧感がある。丸いのに尖《とが》りきった光のような……儚《はかな》げな、高貴な美男だった。

ふいに違和感を覚え、僕は辺りを見回した。随分と静かだなあと思って、そうだ、看板犬がいないのだと気が付いた。

僕の彷徨《さまよ》う視線の意味を察したのか、男性は微笑んで、「ランなら、今、散歩に出掛けています」と言った。

「ラン？」

「あれ。あなたもランに会いに来たひとりかと思いましたが、違ったみたいだ」

男性は柔らかく言った。「中元の終わったこの時期は、お客様が少なくて。ランには愛好者が多いから、勘違いしてしまいました」

ランとは、あの犬の名前らしかった。

「お茶をお求めでしょうか」

身なりこそ現代に即さない古風であるけれど、この人も従業員であるらしい。

「昨日、このお店で玉露を購入させて頂いた者です。ちょっと、お尋ねしたいことが」

「それはそれは」

男性は僕に席を促した。

僕は彼に、ミシュラン教授のおもてなし事件について語った。玉露。静岡クラウンメロン。座布団。話を聞き終えた男性は、とても愉快そうに笑った。そして、「それはとてもいけません」と言った。

「この『燎』の玉露が粗悪品ということはありませんよ。燎君の利きは、私が保証します」

燎君。彼はそう言った。それは、昨日に会った店主の名であると僕は思った。その口ぶり……ここは『お茶の燎』だ。であれば、あの声の良い人が店主であるのに違いない。では、店主を……すなわち上司である人をそう呼ぶあなたは、この店の何だろう。

そして、あなたが保証するからと言ってどうなるだろうか。あなたはこの店の従業員ではないのか。それは、店を庇《かば》っているだけなのでは……。

「そうしたら、一体、僕の友人のおもてなしは何が悪かったんでしょう」

「とっても良い質問です」

男性は目を細めた。

「ご友人は、玉露を客人に出した」

「そうです」

「どうやって出したのでしょう」

「……普通に、そのまま淹れて、です」

「湯は、如何《いか》ほど」

「え？」

「湯は、如何ほどの熱さで、如何ほどの量だったでしょう」

僕は、学園広場で菅野と交わした会話を思い出した。

「ちゃんと、沸騰するくらいに熱いお湯で淹れたと言っていました。量も、なみなみ……」

「ひとつは、そこにあります」

男性はそう言ったきり、店の奥へと引っ込んでしまった。

どういうことだろうと狼狽《うろた》えながらしばらく待っていると、彼は御盆を持って現れた。その御盆の上には、ふたつの湯呑《ゆのみ》が載っていた。左の湯呑にはなみなみと、右の湯呑にはほんの少しの緑茶が注がれていた。

「お試しください」

不思議に思って彼を見つめたが、彼はにこにことするばかりで、それ以上何も言わない。

僕は湯呑を見た。水面の薄い黄色も、その匂いも、どちらも同じような緑茶が並んでいるだけである。いや、左のお茶は、右に比べてかすかに黄色が濃かった。

まず、左の湯呑を取った。普通のお茶だ。くん、と嗅《か》いだ。うん。お茶だ。

一口飲んだ。

青臭く、熱湯で茹《ゆ》だった微生物の死骸《しがい》が一杯の、苔《こけ》の茂った小学校の観察池のような味がした。僕は思わず顔を顰《しか》めた。

「不味《まず》！」

そうしてすぐにハッとした。失言してしまったと、冷や汗をかいた。恐る恐る窺《うかが》うと、あれ、男性はにこやかなままである。彼は、右の湯呑を手の平で示した。

いいから味を比べてみなさい。そう言っているようだった。

訝《いぶか》しさを隠さないまま、僕は右の湯呑を取った。左の湯呑に比べ、あまりに量が少ないが……。ただ、胸のすくような、絶妙に甘苦い、海の潮を思わせるこの香りは何だろう。

口に含んだ途端に、舌が痺《しび》れた。

先に飲んだお茶とは、まるで味が違った。香りも違う。美味《おい》しい。このお茶は美味しい。甘い。砂糖には決して出せない甘さが徐々に口内を満たす。海苔《のり》のような独特の旨《うま》みがパアッと広がり、いつまでも味蕾《みらい》に張り付いて離れない。鼻から抜ける、えぐさのない澄んだ風が、五感をぼうっと痺れさせた。何一つ不快な感触がなく、まるで黄水晶に浴びせた聖水で舌を洗っているようだった。

「美味しい」と呟《つぶや》いたその時に、ようやく気付いた。

先ほどの左のお茶に比べて、このお茶は、まるで熱くない。

「温《ぬる》いでしょう」

「はい……」

「この左右のお茶は、どちらも同じ玉露なんですよ」

僕は驚いて訊き返した。

「でも、味が全然違います」

「玉露は、淹《い》れるお湯の温度とその量によって、味が天と地ほどに変わってしまう、難しいお茶なんです」

試しに、もう一度、左のお茶を飲んでみた。不味い。全く違う。これが同じお茶……同じ玉露であるとは信じられない。天と地どころか、地球と冥王星《めいおうせい》ほど味に差があった。

いつの間にか僕は、夢中になって、温い玉露を飲み干していた。水に飢えた狼のようだった。そうしてころころ玉露の波を口の中で転がして、なんて美味しいんだろう、という感激の息を吐いた。

左の湯呑には、それ以上手を付けていない。相変わらずにこにこした男性が僕を見ていた。ア、と僕は真ッ赤になった。こんなに貪《むさぼ》るようにお茶を飲むだなんて……。

「あなたのご友人は、玉露の淹れ方を間違ってしまったんです。玉露は、適切な温度のお湯で、少量で淹れて喫すもの。でなければ美味しくないんです。まずはその失敗が、食通の客人に露見してしまったんですね」

僕を見つめながら、憚《はばか》りもせず無邪気に男性は言った。

「お湯の温度ひとつ、その量ひとつで、こんなにも味が変わるんです。ねえ。お茶って、とっても面白いでしょう?」

○

それから僕は、彼とたくさんの話をした。

彼は『お茶の燎』の従業員というよりも、お店を手伝う親戚《しんせき》みたいな人であるらしい。普段は、看板犬の「ラン」を店主の燎さんが散歩に連れて行っている時だけ店番を任されているのだという。

玉露を振舞われてから、僕は彼から緑茶についての講釈を受けた。緑茶に詳しくなりたいという僕の願いを、彼は快く受け入れてくれた。そうして玉露の上手な淹れ方について、僕を店の奥にある台所へ招き入れ、実際に見せてくれた。

まずはお湯を沸かし、それを湯冷ましに注ぐ。この、湯冷まし、というものを初めて僕は見た。湯呑に注ぎ口がついているような形状であった。湯冷ましとは赤ん坊にミルクを淹れる時にしか使わないものと思っていたが、きちんとお茶にはお茶用の品があるのだ。

湯冷ましで温度を下げたら、そのお湯を湯呑に入れる。そうして更に熱さを和らげてから、急須《きゅうす》にパッと込めた美しい深緑色の玉露の茶葉に、遅く注ぐ。それから約二分間、玉露の旨みがしっかりと出るよう、手をつけない。一滴も残らないよう、お湯を入れたことで温かくなった湯呑に、ぐり、ぐりと、回しながら注いだ。

「美味しいお茶を淹れるには、急須から落ちる最後の一滴にまで気を張らねばなりません」

高そうな急須を絞りながら、彼は言った。

僕は、彼がお茶を淹れる手順を事細かにメモした。彼は和服の袖《そで》をふわふわさせながら、上品にお茶を淹れた。僕がその隣で走り書きをする姿を、とても嬉《うれ》しそうに見ていた。

まるで昨日の菅野のようにフムフム唸《うな》っていると、

「これで、ご友人の失敗のひとつは補えますね」

彼はそう言って微笑んだ。

「では、次に水出し茶の淹れ方を教えて差し上げます」と彼が言った時、自動ドアの開く音がした。ランを連れた店主、燎なる人が「ただいまあ」と抜ける声を発した。

「おうい。店番をほっぽり出してどこにいるんだ、市松」

「どうもおかえりなさい、燎君」

カウンターへ続く暖簾《のれん》を上げつつ、和服の男性は言った。

市松。

この時に、僕は、僕の運命を変えることになる、大切な彼の名前を知る。

市松さんの後ろから僕が恐縮しながら顔を覗《のぞ》かせると、ランを繋《つな》いでいた燎さんが「おや」と目をぱちくりさせた。

「昨日の坊ちゃんじゃねえか」

「玉露の淹れ方を教えていたんですよ」市松さんは言った。「いけません、燎君。淹れ方をお客様に教えないだなんていうのは。彼のご友人が誤ってしまった」

「だって、教えるまでもないと思ったからな」

燎さんはランを一撫《な》でして、悪餓鬼のように白い歯を見せた。

「坊ちゃんが『お茶に詳しい』って言っていたもんで」

僕は全身が熱くなるのを感じた。その口ぶりから察するに、昨日の僕の出まかせを、燎さんは見抜いていたようだ。

「嘘だとは気付いていたけれども。ちょっと癪《しゃく》に障ったもんで、意地悪してやったのさ」

「君は本当に大人げない」市松さんは嘆息した。

「ごめんね、きみ。お茶を嫌いにならないでね」

そんなことは全くなく、それよりも僕は、喉《のど》に魚の小骨が刺さったように、とあるひっかかりを感じていた。

燎さんは、どうして僕の口から出まかせを見抜いたのだろう。昨日を追憶したが、落ち度は見当たらない。当たり障りのないことを言うよう全力で配慮したのだから、当然だ。

とうとう我慢できず、僕はたくさん勇気を出した。

「あのう……。どうして、僕の嘘に気づいたんですか？」

おどおどと僕が尋ねると、燎さんはタオルを頭に巻きながら口角を上げた。

「さあ、どうしてでしょうねえ？」

「わかりません……」わからないから訊《き》いているんだ。

「坊ちゃん、俺の出したお茶を飲んで『茶葉《ちゃば》が良い』って言ったな」

「確か、言いました」

「だからさ」

「それの、どこが……」

燎さんは笑った。

「本当にお茶に詳しい奴は、茶葉《ちゃば》とは言わない。『茶葉《ちゃよう》』って言うんだよ」

抉《えぐ》られるような予想外の角度からの答えに、僕はたちまち二の句が継げなくなった。

「最近は、緑茶関連のCMでもしきりに茶葉《ちゃば》茶葉《ちゃば》言っているから、そう覚えてしまうのも無理はない。けれども、元々の呼称は『茶葉《ちゃよう》』だ。茶師はみんなそう呼ぶんだ」

そんなこと、誰が知るだろう。彼はそうして僕の嘘を見抜き、そうだ、鼻からピーナツを飛ばす感じで笑ったのだった。

この問答を見て、市松さんは、燎さんが僕を苛《いじ》めているように感じたらしく「まあまあ」

と仲裁に入った。僕はいよいよ、熟れたトマトみたいに真ッ赤ッ赤になっていたことだろう。恥ずかしいったら、情けないったらありゃしなかった。

市松さんは、店番に戻る支度を整える燎さんに、ミシュラン教授おもてなし作戦大失敗について語ってくれた。燎さんは話を聞きながら、愉快でたまらないというようににやにやしていた。玉露と静岡クラウンメロンを出した、というくだりで、とうとう噴き出した。

「メロンか。そりゃあいけねえ」

お茶にメロンは、言われてみれば食い合わせとして相性の悪いようではあるが、燎さんの含み笑いにはもっと奥があるように見えた。

「メロンは駄目ですか？」

「駄目だよ。果物は」

「お茶に果物はよくないですか？」

「よくないよ。果物なんかアミノ酸がみっちみちじゃねえか」

「アミノ酸……？」

「お茶の旨み、特に玉露の旨みはアミノ酸が主成分だ。そこにまたメロンなんかのアミノ酸をぶちかましてみろ。口の中がアミノ酸だらけで、何が何やらわからなくなっちまう」

そう言いながら、燎さんはカウンターに置かれたポットから急須にお湯を注いだ。（湯気の立つ熱いお湯を注いだので、おそらく、煎茶《せんちゃ》というやつだ。）それからサッとお茶を淹れ、僕に差し出した。陳列されていた羊羹《ようかん》を取り出し、銀紙を豪快に剝《は》がして「これを喰《く》ってから、そのお茶を飲んでみろ」と言った。

僕は言われるがまま、羊羹を齧《かじ》った。嚙《か》んで砕けた羊羹の欠片《かけら》は、柔らかな白波のように舌に寄せる甘みとなる。その味を得ている間に、お茶を一口飲んでみた。

新しい種類のお酒を飲んでいるのかと思った。

市松さんに淹れてもらったお茶も、たいへんに美味しかった。でも、今、この羊羹を齧った後に飲むお茶はどうだろう。先ほどのお茶の美味の次元を超えていた。口内で甘みと渋みが融《と》け合って、体ひとつも動かしたくないほどだった。この味さえあれば、万事、もう有象無象が面倒くさい！　……そんな脱力感を抱かせる、甘渋極まるお茶だった。

「美味《うま》いだろう」

燎さんは得意そうに言った。

「お茶に和菓子が合うってのは、ちゃんと科学的な理由がある。砂糖ってのは、酸性なんだ。そこにアミノ酸たっぷりの緑茶を飲んだら、口の中で中和が起こる。この中和に価値がある。珈琲《コーヒー》に辿《たど》り着けない一段階先の旨みはここにあるんだ」

玉露。煎茶。茶葉《ちゃよう》の種類。お湯の温度。量。食べ合わせ。それらで、こうも変幻自在に味を変えることができるのか。それに、酸やアルカリといったものまで持ち出されるだなんて……。普段、僕の飲んでいたお茶が、お茶ではなかったように思われた。

「でもね、きみ」

燎さんを気にしながら、市松さんは苦笑した。

「手順や理論もありますが。お茶の味を決するのは、結局、淹れる人の心ひとつです」

その言葉に、僕の感情は過敏に反応した。

その言葉には、なにかあやふやな、実体のない、僕の嫌いな「夢」と同じ芳香があった。味を決めるのに心ひとつだなんて言うのは、まるで幽霊に道徳を教わっているような気持ちになってしまう。簡潔に言うならば、胡散《うさん》臭かった。

僕は曖昧《あいまい》に頷《うなず》き、ポケットから財布を出した。羊羹をひとつ買い、ふたりに礼を述べた。教えてもらった玉露の淹れ方を、早速、菅野に教えに行かなきゃと思った。あいつの塩梅《あんばい》はどうだろう。無事、ミシュラン教授に再度のお願いを伝えられたろうか。

店を出る前に振り返った。

燎さんは腕組みをして、市松さんへ向けて珈琲批判の講釈を垂れ続けていた。僕の視線に気づいた市松さんは、まるで萎《しお》れる柊《ひいらぎ》みたいに、困ったように微笑んで、口をぱくぱくさせた。

自動ドアが閉まる。

またおいで。

空っぽの声の中で、彼は確かにそう言った。

○

『お茶の燎』を出た僕は、すぐに菅野に連絡し、花波荘の前で落ち合う段取りをした。

大学で別れてから、菅野は職員室へ飛び込み、それこそ涙ながらに教授の両足に縋《すが》りついて、泣きの一回を我がの体で表現したという。何事かと他の教員の視線が集まる中で教授も断るわけにはいかず、彼の願いは無事に了承された。巧妙な策略だ。

多忙な教授は、今日にしか時間を割けないらしい。

つまり、もう今夜には、教授が再び花波荘にやって来る。

僕が焼津駅に着いた頃には、既にたっぷりと夕暮れが満ちていた。急いで向かうと、瓦《が》礫《れき》を組み上げて造ったとしか思えないボロアパート・花波荘の門前で、しきりに腕時計を気にする菅野がいた。その時、午後六時二十二分。教授との約束は七時。

「玉露の淹《い》れ方を心得たぞ。今すぐ教えてあげよう」

「藤堂、お前はおれの親友だ！　好き！」

僕たちは、すぐさま花波荘の菅野の部屋へ駆け上がった。掃除こそされているが、やはり日当たりの悪く、じめっとした彼の部屋は精神衛生に悪い。蒸し暑さも相まって気持ち悪い。

四畳半の中心に置かれた卓袱台《ちゃぶだい》には、おそらくメロンを食す為に用意したのであろうフォークと、『昨日はずいぶんごめんなさい』という題から始まる四〇〇字詰め原稿用紙の詫《わ》び状が置かれていた。「しまえ！」僕は声を荒らげた。「フォークも詫び状もしまえ！」

すぐに僕は先ほど買った羊羹を切り、爪楊枝《つまようじ》を添えて皿に盛った。それからメモを頼りに、市松さんに習った通りに、萱野の前で玉露を淹れてみせた。激落ちくんで磨いたとはいえ、年季丸出しのガス炊き一口コンロはとても汚らしかった。換気扇を回してから、僕が薬缶《やかん》でお湯を沸かそうとすると、萱野は「ああ、強火にするんじゃない！」と慌てた。

「なんで」

「強火にすると、なんか爆発しそうになるんだよ、このコンロ。古いから」

大丈夫かとはらはらしつつも、中火で無事にお湯が沸いた。

当然ながら湯冷ましなどという小洒落《こじゃれ》たものはなかったので、欠けたラーメン丼《どんぶり》で代用した。市松さんの影をなぞるように玉露を淹れ、萱野に一服飲ませてやると、彼は「うっめえ！」と言って目をしばたたかせた。

「昨日、おれが淹れたお茶と全然違うじゃん！」

その反応に、なんだか僕は自分の手柄のように得意になった。「そうだろう、そうだろう」

しかし、僕が玉露を上手に淹れたからといって安心してはいけない。おもてなしとは、もてなす当人が誠意を尽くして行うべきものだ。だから当然、このお茶も萱野自身が淹れて教授に出すべきだ。

「ほら、菅野。お前も淹れて」

菅野はこっくりと頷き、緊張の面持ちで急須《きゅうす》に玉露の茶葉を込めた。深呼吸をして、用意していた天然水を薬缶に注いだ。コンロに乗せて、中火にした。

お湯が沸くまではすることもなく、歯抜けの風車のような換気扇が回る音を聞いた。菅野はこれから訪れる、人生を決する再度の挑戦に対し、目を閉じて精神統一を図っていた。今の彼の心の内には、必ず就職を摑《つか》み取るという決心の焰《ほのお》が揺れ動いている。

やがて、薬缶がしゅうしゅうと鳴き始めた。瞼《まぶた》を上げる音がするほどに、菅野は目をかっ開いた。空中に指で文字を書くようにして、お湯が沸いた後の手順を反芻《はんすう》した。

その時、ふいに、台所の天井が軋《きし》みを上げた。

なんだろう、と、訝《いぶか》しく思ってふたり同時に上を向いた。

てんてんてん、てんてんてん、と、毬《まり》の跳ねるような物音がする。「なにかな？」と僕が口を開いた瞬間、天井の板が抜け、幾粒もの木片と共に、見たこともないような、サッカーボールくらい丸々に太った鼠が落っこちて来た。

「ぎゃあーっ！」

菅野が悲鳴を上げて、狭い台所を右往左往した。どどんどどんと重々しい足音を響かせて、鼠も部屋の中を右往左往した。油と汚物が毛に滲《し》みて真ッ黒で、それはまるで悪の煮《に》凝《こご》りだった。

「出て行け！」「でっか！」「気持ち悪う！」「見ろ、あの尻尾《しっぽ》のミミズ感！」

「おえっぷ！」……混乱状態に陥った僕は、近くにあった箒《ほうき》を手に鼠を追いかけ、菅野はひたすら逃げ惑った。慌てふためく彼の手が、コンロの点火摘《つま》みに接触して、中火から強火へと火力を変えてしまった。

どう、という音と共に、薬缶の底に赤い炎がドバドバと溢《あふ》れた。薬缶の絶叫が、花波荘全体に轟《とどろ》き渡る。注ぎ口からぶうぶう噴き出る水蒸気を顔面に浴びて、菅野はもんどり打って倒れた。薬缶が落ち、熱湯と湯気をまき散らした。「イヤーッ！」と転がり、すんでのところで菅野はそれをかわした。ぶじうと木目から嫌な煙が上る。

蓋《ふた》のなくなったコンロは噴火するように火柱を上げて、換気扇を焦がし、剝《む》き出しのプロペラ部分を破壊して落とした。点火摘みに飛びつく僕の視界の隅に、ヨシこれ好機！と窓から脱出する鼠の後姿が映った。

騒ぎが収まる頃には、僕と菅野の間にどうしようもない絶望が漂っていた。

僕たちは黙って、流しの下の床を見つめていた。

木片や零《こぼ》れたお湯と共に、購入した玉露の茶葉が全てぶちまけられていた。

腕時計の針が、カチリと六時五十分を指した。

○

「全部、このアパートが古いのが悪いんだ。あんなお化け鼠を育てちゃう環境が悪いんだ」

「終了」

「だからさ、お前はなんにも悪くないよ。事の次第を正直に話して、教授に取り入ろうよ」

「終了」

「ねえ、希望を捨てるのはいけないよ。ひとまずお詫びの文言を繰ってさ」

「終了」

僕たちはひとまずの片づけを終え、卓袱台についた。菅野は両手で顔を覆ったまま、「終了」を繰り返す人形と化していた。これから再びお茶を買いに行く時間などないことは、ふたりともとうにわかっていた。

僕は、四畳半の一角にある小さな冷蔵庫を開けてみた。少しの氷と意味のないたくあんと檸檬《レモン》が半個転がっているばかりで、これ以上ないほどにすっからかんを極めている。

安い壁時計の指針が、およそ値段のつけられない一秒の間隙《かんげき》を残酷に切り裂いていく。

ミシュラン教授は定刻通りに現れるだろう。現在からあと六分後。

窓の外には、夏の終わりの粘着質な宵が充満していた。網戸に留まったツクツクボウシが、死ぬ間際の声を絞った。片栗粉を融かしたような、九月のべとつく夜がそこにある。

残る最高のおもてなしグッズは、座布団しかない。あとは、そこそこのおもてなしグッズの羊羹しかない。僕は目の前の菅野を想った。彼を想って、しかし何も手だてなく、ただ体育座りをした。

一分が経った。

菅野は絶望姿勢を保ったまま動かず、僕は硬い畳に尻《しり》が痛くなって身じろぎした。

ふと違和感がある。

ポケットを探ると、今日の昼に飲んだお茶についてきた、水出し緑茶のパックがあった。友情を司《つかさど》る神が存在するのなら、これほど感謝を捧《ささ》げたことはない。四畳半の隅には、まだなみなみとした天然水のペットボトルがある。

すぐさま僕は菅野にバッグを差し出し、「これでお茶を淹れるんだ」と背を叩《たた》いた。

「ほら、急ぐんだ。くよくよしている暇はない」

菅野は顔を覆った指の隙間から瞳《ひとみ》を覗《のぞ》かせ、パックを一瞥《いちべつ》し、すぐにまた同じ姿勢に戻った。

「そんなものが何になる」

「ただの水を振舞うよりずいぶんマシだ」

「終わったんだよ、俺はもう」

「諦《あきら》めるな。周りを見渡してみろ。お前にはまだ座布団も羊羹《ようかん》もあるじゃないか」

「そんなパックの、しかも試用品のお茶が美味《うま》いはずない」

僕はどことなく図星を突かれた。確かに僕の提案は気休めだった。

再び僕たちは意気消沈し、だんまりした。

網戸から温《ぬる》い風が吹き込んだ。

車のエンジン音が聞こえてきて、やがて静かになった。教授が到着したようだ。

ぽかんと抜けた天井を見つめていたら、突然に、現状への客観視が降って来た。天井裏に数本の電線らしきものが通っていて、なんだかこのボロいアパートが怪しい工場のように見えた。熱湯を浴び、一部分だけ面白い茶色になった床がある。畳には、夥《おびただ》しい数の、拭《ぬぐ》い取れない鼠の足跡形の油染みがついていた。そして目の前にはお茶を零してぐったりと項垂《うなだ》れる友人がいる。この有様が非現実のように思えて、僕は少しばかり笑った。九月の夜にほぐされた。

「菅野は」

そぞろに口を開いた。

「菅野は、そんなにも内定が欲しいんだね」

「欲しいとも。だからこんなに必死になっているんだろう」

「どうして、そんなに欲しいの？」

「だってお前。それは。……」

彼は押し黙った。

「お前は、最高のおもてなしをすると言いながら、教授ではなくその先の利益を見ている」

落ちる菅野の首がかすかに動いた。

「利益をおもてなしするだなんてのは、なんだか下品なことじゃないかな」

こう喋《しゃべ》りながら、僕はまるで絡まった糸を丁寧に解《ほど》いているような心持ちになっていた。

「お前はもう就職が決まっている身にあるから、そんなことが言えるんだ」

「そうとも。そんな身にあるから、僕はこんなことを言っているんだ」

ついに菅野が顔を上げた。眉《まゆ》を上げて、僕を突き刺すような目の光を放った。その視線はとうとう避けようがなかったが、僕に怯《おび》えはなかった。それよりも、どうして僕はこんな説教じみたことを彼に言うのか、自分でも不思議で仕方がなかった。

己の左胸よりもっと奥の所に、生まれて初めて感じる、何かしらの、熱した針先ほどの蠢《うごめ》きがあった。

「どうせ駄目な会合なら、もう口利きなど考えずに、教授だけに尽くしてみたらいい」

僕がきっぱり言ってみせると、菅野は逡巡《しゅんじゅん》を露《あらわ》にした。すぐに、

「だから。もう、お茶がないってば」

僕は、バッグを彼の右手に握らせた。そして彼の手を自分の両手の平で覆って、一瞬だ

けそこに、がらんどうである者同士の偽りのない友情を込めた。

「こんなもの……」

菅野は、おぼろげに手の平の中を見つめた。

僕は、下で待つ教授の案内を務めようと席を立った。

四畳半の部屋を出る際に振り向いた。手の平のバッグを見つめて、葛藤《かっとう》に震える菅野の、間違った青春を悩む横顔が、とても尊く感じられた。彼の横顔は、無責任な大人がつくった時代に大切なものを盗《と》られた僕たちの、屍《しかばね》となった祈りそのものだった。

そう思った時、唐突にあの人が思い描かれた。今の僕が、如何《いか》にも幽霊の垂れそうな道徳を振りかざし、胡散《うさん》臭い感性を捏《こ》ねる奴だと思ったら、とても愉快になった。

僕は、あの人とおんなじじゃないか。

吐息のような笑いが漏れた。

「手順や理論もありますが。お茶の味を決するのは、結局、淹《い》れる人の心ひとつです」

ドアノブを回しながら、僕はあの人の声を真似た。

○

花波荘の前には、白いフィアットが止まっていた。運転席には巨大なお餅《もち》が、いやミシュラン教授がみっちりと座っていて、のんびりと髭《ひげ》を撫《な》でつけていた。

　窓を軽くこんこんとして「こんばんは」と僕が言うと、教授は窓を開けて「やあ」と半《はん》袖《そで》のシャツから生えるもちもちの手を挙げた。車内に満ちていた、寒いほどに冷房の効いた空気が漏れだした。

「菅野の友人の、藤堂と申します。お迎えに上がりました。遅くなってごめんなさい」

「ううん、いいんだよ。ボクがちょっと早く着いちゃったんだ」

　ミシュラン教授は、お腹を揺らしてぼよんと車を降りた。これほどまでに近くで対面するのは初めてだった。毛先に油を塗って整えたカイゼル髭が素敵だ。お汁粉に入っているお餅みたいに優しい雰囲気を持つ人である。この長閑《のどか》そうな人に帰られてしまうだなんて、昨日の菅野は如何にひどいおもてなしをしたのかと恐ろしくなった。

　僕は、菅野の部屋へと教授を先導した。

　玄関を潜り、上階へ続く階段を前にして、教授は「ううむむ……」と唸《うな》った。

「この階段ってやつが、ボクにはとても堪《こた》えるんだよなあ」

　教授は、ひどくゆっくり階段を上った。みしりめしりと板が悲鳴を上げた。五段目くらいで、その顔面にはもう脂汗が流れ放題となっていた。「ああ、暑い、暑いなあ、これだから夏はやだなあ、早く涼しくなれば良いのになあ」

　狭い階段を上りながら、僕は、教授がどうして斡旋《あっせん》するのに学生へおもてなしを求めるのか尋ねてみようかと思った。「あの」と、喉元《のどもと》まで出かかったが、一生懸命に歩みを運ぶ教授を見ていると躊躇《ためら》われて、ついに言えなかった。

とうとう菅野の部屋の前に着くと、教授は嬉《うれ》しそうに息を吸った。「君。ありがとうね」と彼は言って、ハンカチでぺたぺたと汗を拭《ぬぐ》い、薄荷精油を万遍なく体に振りかけた。

その間に僕は、台所の擦り硝子《ガラス》を、静かに、少しだけ開いた。

氷の入った、ぴかぴかに洗われたグラスに、試用品のティー・バッグを入れている菅野がいた。僕には気付いていない。

彼は目を閉じて、深呼吸をした。そして、丁寧に、丁寧に、グラスに天然水を注いだ。一滴も零れぬよう、まるで血液を扱うように、ひたすら気を張って水を注いだ。僕はそこに、彼の覚悟を見た。溶けてからんと鳴る氷に、彼の純粋な心音を聞いた。

グラスの水が、じわじわと緑色に染まっていく。

「菅野。教授をお連れしたぞ」

僕は大きく言った。

「ありがとう。歓迎します」

短く頷《うなず》いた菅野は、勢いよく両頬を張り、扉を開いて教授へ低頭した。

僕はずっと、窓の隙間から見える、グラスのお茶を見つめていた。

昼のように明るい照明の光で、そのお茶は菅野の運命を背負ってキラリと輝いた。

教授が部屋に入るのを見届けて、僕はそのまま身を翻した。そうして花波荘を出て駅へ向かう道中「どうか頑張れ、菅野」と、そればかりを一心に想った。

○

なんとなく、そのまま帰りたくなかった。左胸の蠢きが煩わしく、冷ましたかったのかもしれない。ちょっぴりの孤独だった。

焼津駅の改札を抜けた僕は、少し考えて、上りのホームへ向かった。夜の喧騒《けんそう》が聞きたくなっていた。静岡駅で降りて、再び呉服町へ向かおうと思った。

月曜日の八時前だった。週の始まりで人の少ない繁華街は静かだ。

温い夜風を浴びながら、ふらふら歩いた。すれ違う人の中に、僕は小夏さんを探した。まあ、いない。疲労と空腹を覚えたので、昨日に通り掛かったラーメン屋で一杯取った。

店を出て、大丈夫かなと左胸を触ってみると、まだなにか奥の方でウズウズしている。

もう一度『お茶の燎』に行ってみようか迷った。お茶を語るあの人の無邪気な印象が、僕の頭に強烈にこびりついていた。ふいにラムネを飲みたくなるように、無性に、会いたかったのだ。またおいで、と動いた彼の唇に幻術をかけられたのか。ならば魅せられたまま、その、またおいで、を切符にしてみようか。けれど、昨日の今日どころか、今日の今日でお邪魔するのは痛々しいかな。

行かないでおこうと決め、けれどなにか賑《にぎ》やかさを求めて、ゲーム・センターへ行った。一時間ほど冷やかして、それでもまだ帰りたくない。九時を回っていた。

どうしようかと思案して、呉服町に神社があることを思い出した。

小梳神社。

僕は、境内を散策してみようと思った。ぽてぽて鳥居を潜ると、向こう左に日本庭園風の池があった。かすかに街燈に照らされた薄暗い水の中で、美しい錦鯉《にしきごい》が鱗《うろこ》を艶《なま》めかしく光らせていた。

鯉を見つめながら、どうして僕はこんなに帰りたくないのだろうと考えた。すっかり人のいない境内に、温い風が巻いた。前髪を吹かれながら、こういう答えの出ない問いを「若さ」と言うのかなあ、と思った。ならば今の僕はよっぽど若さに甘えているのだ。こんなにふらふらして、なにか悲しいような悩んでいるような振りをして、どこへも行けない自分に酔っているようだ。

ただ、そうしていても埒《らち》が明かない。とうとう僕は帰ろうと思った。ベッドに倒れ込んで、ぽかんと眠ってしまえば、この胸の疼《うず》きもきっと取れるのだ。

ふと、夜の闇に浮かぶ拝殿が目に入った。

せっかくなので、詣《まい》って帰ろうと思った。

財布から五円玉を取り出して、賽銭箱《さいせん》へ放った。がらんがららんと鈴を鳴らして柏手《かしわで》を打ち、「菅野がうまくやりますように」と願った。

そうしてじいっとしていると、ふいに低い声がした。

「おい。手水舎《ちょうずや》で清めてから詣らんかい」

僕は、辺りを見回した。

誰もいなかった。

何だろう、と拝殿の中を窺《うかが》うと、奥の畳に数人の男性たちが座って酒盛りをしているのが見えた。

エッ、と思った瞬間、僕の鼻の先に、禿頭《とくとう》の中年男性の顔面がズイと現れた。

「あれ。お主、我々に気付いている?」

酒精に塗《まみ》れた口臭と共に、中年男性は言った。

淀《よど》んだ瞳《ひとみ》の中に、僕のあんぐりする顔が映った。

口づけ寸前の距離だった。

僕は悲鳴を上げた。

ホモだと思った。

罰当たりにも、神社への献上品の酒で酒盛りをするホームレスの集団のひとりの、男色の変態の中年が僕の唇を奪いに来たのだと瞬時に理解した。尻餅《しりもち》をついて後ずさりした。

いつか銭湯で、青髭の濃い筋骨隆々の丸坊主に追いかけられた記憶が蘇った。

中年男性は、重力を無視して空中に浮いた。黒い着流しの長い裾《すそ》が海月《くらげ》の触手のようにはためいた。僕の前にふわりと降り立って、「こりゃええわ」と笑った。

「童《わっぱ》。お主は、もしかして」

僕は両腿《もも》を殴って立ち上がった。助けてえ！　ホモ幽霊が出たあ！　と叫ぼうとしたが、怖気《おじけ》づいた喉は凍っていた。通りを目指して走ろうとして、行く手を中年幽霊に遮られた。

「待て、待てい」

ワッ、口づけされる、そのまま取り憑《つ》かれて組み敷かれてアレされると思って、僕はすぐさま右に折れた。「話を聞かんかい」と中年は浮遊したまま追いかけて来る。僕は失敗をした。逃げた先に出口はなく、ただ『祭器庫』と刻印された、大きな蔵のようなものが建っているだけだった。

中年幽霊は、すいすい僕を目掛けて飛んで来る。無我夢中で『祭器庫』の扉に縋《すが》った。「開けて、開けてえ！」とようやく発声できた。しかし誰もいるはずはなく、僕の拳《こぶし》は無常に扉を叩《たた》いた。

その時、緑茶の香りがしたような気がした。

前触れなく『祭器庫』の扉が一気に開いて、僕の転がる身を吸い込んだ。したたかに身を打ち付ける僕の後ろで、扉は重々しい音を立てて閉まった。

痛みに閉じる瞼《まぶた》に、白い明るさが差し込んだ。

○

慎重に薄目を開けると、そこには緑色の光が満ちている。

とうとう完全に視界が開け、僕は自分の頬を抓《つね》った。

幾重もの植物が絡まってできた、巨大な筒のような道が目の前に延びていた。上下左右、全方位に光を弾《はじ》く瑞々《みずみず》しい葉が満ちている。咽《む》せ返るような青臭い匂いがする。

樹で覆われた、その真っ直ぐな緑の廻廊《かいろう》の先はひたすら見えない。ただぼんやりと蜃気《しんき》楼《ろう》のように霞《かす》んでいる。振り返ると、焰《ほのお》と卍《まんじ》の二つを象《かたど》った紋のついた扉がある。押しても引いても開かない。

中年幽霊はいない。

静謐《せいひつ》な緑の廻廊を前に、僕は途方に暮れた。ここは夜とは無縁に明るかった。恐怖の一歩を踏み出してみると、ぎゅううう、という樹の軋《きし》みと共に、たくさんの小さな透明の羽虫が飛び立った。布の床を踏んでいる感触だった。それから再び背後の扉を全身で押したが無駄である。

ここを出るには、この先へ行くしかないと思った。

非現実に涙が零《こぼ》れそうだった。けれど意識に反して体は動き続けた。樹を踏みしめて行った。底がないのではないかと思った。この足元の樹の下には、ただ空虚な闇が広がっているのではないか、と。

緑のトンネルの中を、僕は早足で進んだ。葉を踏む、ざくざくぎゅうと足音が付いてくる。春の午後みたいに暖かいのに、極寒にいるように身は震えていた。

太陽も空もないのに明るい廻廊には新鮮な空気が飽和していて、僕が粗く吐く二酸化炭素を、四方の緑の幹が伸び、こぞって吸いに来るようだった。

だいぶん進んで、とうとうおかしいと気が付いた。

行けども行けども、緑の廻廊に終わりが来ない。僕が入り込んだ蔵の奥行きはこんなになかったはずだった。僕は、蔵の裏口を目指していたのだ。けれども、この廻廊を進み始めてからもう二十分は経った。なのに、いつまでも行き止まりが……出口が見えてこない。永遠に続いているような一本道だった。足が棒になりつつあった。

体力も底を尽きかけ、もういっそ倒れ込もうかと諦《あきら》めた時、少し先の左手に、木々に埋もれるようにして鉄《くろがね》の扉があった。

僕は両足を振り絞って駆けた。脱出口に違いないと思った。

扉の前に立ち、勢いよくノブを捻《ひね》った。

開かれた先にあったのは、暗い空間だ。闇に慣れて見えてきたのは、どこかで知っている景色だった。

壁の棚に、上等そうな茶碗《ちゃわん》が並んでいる。流しの隣に、硝子張りの小部屋へ続く扉がある。それは紛れもない、今日の昼に訪れた、『お茶の燎』の店の奥だった。僕が今日、あの人に玉露の淹《い》れ方を教わった、小さな台所だ。

僕は、『お茶の燎』の勝手口に通じていた。

あの緑の廻廊を進んで、この店に辿《たど》り着いていた。

ますます奇妙できょとんとしていると、物音がした。

僕は、冷蔵庫の陰に急いで身を隠した。物音と共に「泥棒ッ」と、そんな声が聞こえたのだ。この、空気に抜ける特徴的な声は、燎さんのものに違いない。

彼の足音が近づいてきた。僕は両手で口を覆った。ここで僕が白日の下に晒《さら》されることが、直感的に不利益に思われた。

「閉店を狙って来たのか。だが生憎《あいにく》、俺はまだ帰っていないんだよ、間抜けめ！」

僕は息を殺した。懐中電灯の丸い光がきょろきょろと闇を切り取った。彼の近づく気配がしては遠ざかり、遠ざかっては近づいた。

「……うーん、杞憂《きゆう》か？」

とうとう僕に気付かずに、彼は台所を出て行った。

安堵《あんど》の息を吐いた時、素《す》っ頓狂《とんきょう》な喇叭《らっぱ》が響いた。

僕のポケットに入っている携帯電話の着信音だった。『菅野』と表示が出ていた。見つかる、と動揺しながら即刻それを留守番電話に繋《つな》げると、

『ありがとう、ありがとう、藤堂。おもてなし、うまくいったよ。教授、喜んでくれたよ』

という、感涙に咽《む》せ返る大声が入った。

『冷たいお茶、美味《おい》しいって言ってくれたんだ。「暑がりなボクを思慮してくれたんだね、そこに心を見せてくれたんだね」って、教授が言ってくれたんだ。俺、やったよう』

彼の成功に嬉《うれ》しくなると同時に、僕は市松さんのことを思い浮かべた。

彼は玉露の淹れ方だけでなく「淹れる人の心ひとつ」を「冷たさ」で表すべきだと知っていた。だからあの時、水出し茶の淹れ方を僕に教えようとしていた。彼は、教授への正解となるおもてなしを、僕から話を聞いただけで、瞬時に悟っていたのだ。

彼は、菅野の淹れるべきお茶が玉露ではないのだと見透かしていた。

市松さんの推理力に感服しながら、しかし背には冷や汗が流れていた。通話がようやく終わって、目配りをして、ああ燎さんはいない、良かった察知されてはいない、と胸を撫《な》で下ろした転瞬、ボワ～ン、と、闇の中に、下から懐中電灯を当てた燎さんの、妖怪《ようかい》のような顔が浮かび上がった。

僕はたまらず転げた。そして後ろ頭を勝手口に激突させた。

その衝撃で扉が押し開かれ、緑の廻廊から眩《まぶ》しい光が差し込んだ。

懐中電灯の光を顔の下から当てたままの燎さんは、ちらと緑の廻廊に視線をやって、それから僕を見下ろし、おどろおどろしい声で言った。

「見ぃ〜たぁ〜なあ〜！」

第二章　青春戦艦緑茶回顧

十一月の初旬に入り、秋の螺旋《らせん》は木枯らしを生《う》んだ。

緑の葉《は》っぱを食みゆく紅は、澄んだ空気で梢《こずえ》を満たし、ざわざわと揺れて艶《つや》を得る。街は季節に飲み込まれ、時間に追われる人々へ一滴の感傷を落とした。目に映るものの輪郭が、たっぷりと洋墨を吸った羽根ペンでなぞられるように濃くなっていく。日足もめっきり短くなって、夏は何処《いずこ》か消え去った。

僕は『お茶の燎《かがりび》』の前で深く息を吸い、止めた。

どういう訳かここへ来る度、熱した針先で突《つつ》かれるように胸が疼《うず》いた。それが……そう、煩わしくもない。むしろ嬉しくある。逸《はや》る。気持ちが急《せ》く。これを得たいから、僕はここへ通うようになったのかもしれない。

店内では、おおよそ見慣れたふたりが喋《しゃべ》っている。燎さんは仏頂面で腕組みをし、市松《いちまつ》さんはふんわり笑っている。客はいない。いち早く僕に気づいたランが、笑うように舌を出し、尻尾《しっぽ》をくるくる高く巻いた。

吐く息に日常の自分を込めて排出し、違う世界へ踏み出す用の気持ちをつくって、僕はこの店の敷居を跨《また》ぐ。

○

「緑の廻廊」へ迷い込み、そして『お茶の燎』に通じてしまったあの夜、僕は僕の常識から外れた現実を知ることとなってしまった。

「お前、今日の坊ちゃんじゃないか。廻廊から来たのか？」

顔の下から懐中電灯の光を当てた燎さんである。

「隣の神社から入ったのか」

「はい、はい」僕はしどろもどろに頷《うなず》いた。

「泥棒ではないんです。危ないものに追いかけられて、逃げているうちに神社の倉庫の扉が勝手に開いちゃって、それで廻廊を進んでいたら、ここに辿り着いちゃったんです」

見間違いではない。燎さんはその時、一瞬だけ眉間《みけん》に皺《しわ》を寄せた。

彼は扉を閉めて、電気を点《つ》けた。そして、扉の脇の桟に付いている銅の軒風鈴を指で弾いた。りいいいんと伸びる間に、冷蔵庫から麦酒《ビール》の缶を出した。食台にどっかりと座り「お前もこっち来い」と言って封を開け、一口飲んで息を吐いた。

「お前には、色々と話さなければならないらしい。これから市松が来るからな」

彼はジトリとした目つきで言った。

市松……あの人だ。けれども燎さんは、電話もしていなければメールも打っていない。

「いつあの人を呼んだんですか」と僕が訊《き》くと、彼は「風鈴を鳴らしたろう」と答えた。

「この風鈴は、あの廻廊の最奥へ繫がっている。これを俺が鳴らしたということは、あいつに用があると伝えたということだ」

何をどう尋ねていいか、見当がつかなかった。茫然《ぼうぜん》自失とする僕を見て、燎さんはぐっと麦酒をあおって缶を干してから、「そこに座って待ってろ」と扉を開いた。そして、

「いいか。絶対に、ここを動くなよ」

そう念を押して、廻廊へ歩みを進めてしまった。

どうしようもなかったので、僕は膝《ひざ》小僧に固めた拳《こぶし》を乗せ、ひたすら畏《かし》まっていた。やがて廻廊に続く扉から、燎さんと、本当に市松さんが現れた。燎さんが言うように、あの風鈴は廻廊の奥に繫がり、彼を呼び出す手段となっているようだ。

「道すがら、聞きました。きみは小梳神社《おぐしじんじゃ》から廻廊へ通じたんだね」

着座しつつ、市松さんは微笑んだ。「これは面白いことです」

「何が面白いんでしょうか……？」

僕は訊いたが、市松さんは質問に答えず、

「そうならば、もしかして、廻廊へ入る前に、中年の男性たちに会いませんでしたか？」

「会いました。拝殿の中で、何人かの男の人たちが酒盛りをしていました。そして僕を追っかけて来る幽霊もいました」

「幽霊」

「はい。ふわっ、って、埃《ほこり》みたいな身軽さで、拝殿から僕の前に降り立ったんです。酔った中年のできる動きじゃなかったんです」

壁にもたれて話を聞いていた燎さんが「幽霊。まあ違《ちげ》えねえな」と言った。

「きみがそう思うのも無理はありませんが、あれは幽霊ではありませんよ」

市松さんは柔らかく言う。「足があったでしょ」

「なら、あれは何だって言うんですか……」

「あの人たちはね。幽霊ではなくて御霊《ごりょう》です」

「どう違うのでしょうか……」

「幽霊は成仏できないで現世《うつしよ》にいるものですが、御霊はもうしっかり天上に戸籍を置いています。あの人たちはたまに天から降りて来て、現世を見物して回るのです。そして度々、神社に集まり酒席を設けているのです」

「悪さを働かない、アホのおっさんらだと解釈していれば問題ない」

「はあ……」と僕は言うに終始する。

「しかし、こんな荒唐無稽《むけい》な話を聞いても、ずいぶんと冷静なんだな」

燎さんのそれがとても的を射ていて、僕は咄嗟《とっさ》に自分を分析した。そして、真ッ白な布ほど藍《あい》を吸いやすいように、僕には何色もないからなのだと答えが出た。だから、幽霊……いや御霊に出逢《でア》ってもすぐに逃げ出せて、廻廊《かいろう》を前にしてすぐに歩き出せた。

彼らの説得力の欠片《かけら》もない説明は、まるであるべきところに収まるようにして、僕の疑問の空白をぴったりと埋めてしまった。

「おふたりがそう言うのなら、そうなんでしょう……」

「そんなにすんなり信じられると、こちらがお前の頭を疑いたくなるな」

「きみは順応性が高いんだね」市松さんが感心したように頷いた。

それは僕が無個性だからなのです、僕には何色もないからです、と舌の先まで出掛かって、慌てて違うことを訊いた。

「燎さんと市松さんにも、あの御霊の姿は見えるんですか？」

「見えるとも」

それを聞いて、僕は安心した。ふたりにも見えるということは、僕がおかしくなった訳ではないのだ。

「でも。あの中年たちの正体はわかりましたけれど、廻廊は……」

すると僕が伝え切らない内に、市松さんは言葉を引き継いだ。

「あれはね。全てがチャノキでできた長い一本道です」

「チャノキというと……」

「緑茶の元になる植物です。そして私は、あの廻廊の奥に住んでいるんですよ」

「そこはつまり、このお店の倉庫というか、離れみたいなものですか？」

市松さんは、燎さんをちらと見た。燎さんは少しの間を置いて「そうだ」と頷いた。

「廻廊については、それ以上は何の説明もしようがありません」

市松さんのその語気には土壁のような威圧感があって、僕はそれ以上何も言えなかった。

ぽっぽう、という鳴き声に振り向けば、鳩時計が十一時を報《しら》せている。

「そう言えば、こら」

まるで子猫を持ち上げるようにして、燎さんがいきなり僕の首根っこを摑《つか》んで立たせた。

「うっひゃあ！　なんですか！」

「こんな遅くに子どもがうろちょろしていたら駄目だろうが。親が心配するぞ。夜間の出歩きは、大人になってのお楽しみにしておけ、マセガキめ」

「そうですよ、きみ」市松さんも厳しく同意した。「また会えたことは嬉しいですが、童はもうとっくに床に就く時間でしょう。もうお帰り。今度は明るいうちにおいでなさい」

そうか、と思った。歴戦の経験があるので、僕はひとまず財布から学生証を取り出して後ろ手に持ってから、

「僕は大学生です」

「嘘つくな」

「本当です」

「こんな幼い顔面の大学生がいるかよ」

「二十一歳なんです」

「こいつめ、あんまり大人をからかうととっちめるぞ」

弁解の無駄を悟り、学生証を差し出すと、ふたりは目を真ん丸にしてそれを凝視した。

しばらくあって、ふたりはまるで計ったように声を揃えて「十人十色……」と呟《つぶや》いた。

○

僕はまた次の日も『お茶の燎』へ出掛けた。また次の日も出掛けた。そうして次第にそれは日常となり、店内でお茶を飲んだり、市松さんから緑茶講釈を受けたり、ランと戯れたり、ぼんやりするようになった。歳の離れた兄たちの秘密基地を訪れるような気分だった。兄弟のいない僕は、御霊、廻廊という秘密を共有するふたりと一緒にいることで、大木に寄りかかるような安心感を覚えていた。

『お茶の燎』は、たいへん歴史のある店だった。創業は延宝《えんぽう》三年。今年で三百四十年の節目を迎える、老舗《しにせ》も老舗である。夏から秋にかけての閑散期は心許《こころもと》ないが、その格式の成す業か、店には地方からの注文が多いみたいで、経営に苦しんでいるような印象はなかった。

十五代目にあたる燎さんは、芯《しん》が通って実に男らしい。「茶審査技術七段」というものを持っている。この若さでこの高段位を取得している人間は少なく、静岡《しずおか》茶業界の時代の寵児《ちょうじ》であるという。ただひとつ欠点を言えば、彼は口が悪い。

対して市松さんは、いつでもふんわりしている。毒舌でもない。怒りという感情と無縁のところで息をしているようで、その目は何もかもを見通しているように澄んでいる。夏の太陽と晩秋の満月のようなこのふたりを観察するのはとても愉快だった。

これほど正反対の性格なのに、ふたりは全く諍《いさか》いをしない。口論さえもない。よくよく見てみると、どうやら燎さんを市松さんがたしなめることで、その間柄が取り持たれているように思われる。市松さんの持つ包容力によるところが大きい。二十代後半の同じくらいの年齢に見えるが、市松さんの方が燎さんより少しだけ上のような気がした。

そうして僕は、今日もまたふたりの元を訪れた。街へ浸透する秋と共に、僕の顔もだいぶん店に馴染《なじ》んでいるようだった。

「ほら、藤堂《とうどう》君。次はこの二杯のお茶を試してください。……どうですか。右のは味の均衡が取れているのに対し、左はぐっと渋みが抑えられ、まろやかではありませんか。水色《すいしょく》も左のが濃いでしょう。翡翠《ひすい》みたいで美しい。きみ、実はこれ、どちらも同じ畑の茶葉《ちゃよう》ですよ。これは茶葉を蒸す時間によって表れる変化なのです。驚きではありませんか」

「はい」

「右のは煎茶《せんちゃ》。『かなやみどり』という品種です。左のは深蒸し茶で、『やぶきた』といいます。どちらも静岡産ですよ。……ほら、茶葉の形状も違います。煎茶はピンと尖《とが》っていて、深蒸しは柔らかくてぽろぽろに砕けていますよ。とても可愛らしいですねえ」

「はい」

「両方とも、この間《あいだ》きみが飲んだ玉露とは全く味が違うでしょう。一口に緑茶といえども、その内は綺《き》麗《れい》に細分化されているのです。それに伴って味も全く違います。ねえ、きみ。緑茶もほうじ茶も紅茶も烏龍《ウーロン》茶も、全て、あの『チャノキ』の葉っぱからつくられているんですよ。全部おんなじ葉っぱ。知っていましたか？」

「いいえ」

「次は、かぶせ茶を淹《い》れてあげますね。これは旨《うま》みが大きく美味で破顔やむなし。そう、その次は釜《かま》炒《い》り茶を召しあがってください。秋の風みたいな焙煎《ばいせん》香が胸をくすぐる、趣深い素敵なお茶ですよ」

「そこら辺にしておけ、おい」

嬉《うれ》しそうに台所をうろちょろしてお茶を淹れ回る市松さんに、呆《あき》れた表情の燎さんが口を挟んだ。「それ以上お茶を振舞ったら、そいつ失禁しちまうぞ。もう七杯も飲ませてんじゃねえか。膀胱《ぼうこう》が破裂する」

市松さんはしゅんとした。「そうですか、そうですねえ」

お茶のことを語る時、彼はいつも少年だった。瞳《ひとみ》に銀河を漲《みなぎ》らせて、まるで周囲が見えていない。普段の冷静が崩れて無邪気の人になるその様子が、僕はとても好きだった。こうして講釈を受け、緑茶に対する見識が深まっていくこともずいぶん面白かったが、それ以上に、彼のはしゃぎようを窺《うかが》うのが楽しかった。

「小僧。お前も律儀に出されたものを全部貰《もら》うんじゃない。もうたくさんなら自分で言え」

「まだ僕は飲めました」

「嘘つけ。顔が緑色じゃねえか。お茶が上がってきてんだよ」

市松さんは僕のことを名前で呼び、燎さんは小僧と呼んだ。初め、五、六くらいしか離れていないだろうに小僧と呼ばれるのはいささか思う所があったが、常連となった今ではすっかり慣れてしまった。

僕は毅然として御手洗いへ立った。

「まだ飲めましたが、偶然にも御手洗いお借りしたく思うんです」

「ほれみたことか」と燎さんは笑った。

○

用を足して店内に戻ると、小夏《こなつ》さんがいた。

制服姿の小夏さんは湯呑《ゆのみ》を置いて「あ、藤堂さん」と微笑んだ。僕はたいへんどぎまぎしたが、平静を装って「まだ昼間だけれど、学校は？」と訊《き》いた。

「テスト期間で、早いんです。それに、藤堂さんだって、『学校は？』ですよ」

「僕は行かなくたっていいんです」

「勉強は学生の本分です」

「もう単位が足りてるから」

「あーあ。残りの学費がもったいなーいんだ」

僕が大学生だと知った小夏さんは、たちまち真ッ赤になって、先日の非礼を慇懃《いんぎん》に詫《わ》びた。僕は彼女を非礼とは全く思っていなかったし、それどころか再び会話できて天にも昇る気持ちだった。僕がこの店に通う魂胆のひとつにはこれがある。彼女に会いたいのだ。

小夏さんは、呉服町《ごふくちょう》通りにある和菓子屋『御菓子司《おんかしつかさ》きっぷ』の一人娘だった。彼女は、試食の和菓子と共に出すお茶をこの『燎』に求める得意客なのだ。もう小学生の頃からこの店へ使いに出向いていているという。そして彼女はランを溺愛《できあい》していて、用のない時でもこうして学校帰りによく寄った。

「藤堂さん、今日も市松さんから緑茶のお勉強を受けていたんですか？」

「はい。今日は色んな品種を頂きました」

「市松さんは、とってもお茶に詳しいですからね。いっぱい得るものがあるでしょう」

「はい。敵《かな》いません」と虚勢を張っておく。

「そんなに熱心ということは、藤堂さんもゆくゆくはお茶屋さんになるんですか？」

「いや、そんなことはないんです」

僕は焦った。「僕のは、趣味です。そう、趣味」

素《す》っ頓狂《とんきょう》な喇叭《らっぱ》の旋律がした。着信だ。

「あ。ルロイ・アンダーソン」と小夏さんが呟いた。

携帯電話を取り出すと、『菅野《かんの》』と出ている。

「ルロなんちゃらって何？」と燎さんが尋ねた。

「『トランペット吹きの休日』ですよ。有名な曲じゃないですか」

小夏さんは静岡城北《じょうほく》高校の吹奏楽部に所属し、トランペットを担当していた。以前に僕が見た、彼女が肩から提げていたあの黒い箱は、トランペットのケースだった。

僕は店の奥に引っ込み、電話を取った。

出るなり、菅野は受話器を通して唾《つば》が飛んできそうなくらいの激しさで叫んだ。

「就職、決まりました！」と。

おもてなしを成功させた彼は、あれから無事にミシュラン教授から口利きを貰い、磐田《いわた》にあるシステム開発云々《うんぬん》の企業への就職にこぎつけたのだ。

『藤堂。本当にお前のおかげだよ。就職が決まったお祝いというかお礼に、ディナーをごちそうしてやろう。レッツゴー焼肉あじまき』

「今夜？」

『あたぼうよ。なんでも、いくらでも頼んでいいぞ』

「ようし、見てろ。牛に呪われるくらい食べてやる！」

彼の将来の決定を、素直に嬉しく思った。あの試供品のティー・バッグのお茶が、彼の運命を変えたのだ。

この成功を、みんなに……特に市松さんに報告しようと意気揚々としていたら、間の悪いことに、二人の来客があった。

黒髪をひっつめにした痩《や》せ型の中年女性と、禿頭《とくとう》に僅《わず》かな白髪を生やし、よろよろと狂牛病にかかったような足取りで、何故か警策《きょうさく》を片手に握りしめた老爺《ろうや》である。

燎さんと市松さんが、にこやかに挨拶《あいさつ》をした。

女性は、覚束《おぼつか》ない老爺の肩を支えながら、遠慮がちに口を開いた。

「あのう。お煎茶を試してみてもよろしいでしょうか……」

「もちろんです。こちらへどうぞ」

燎さんが言うと同時に、市松さんが急須《きゅうす》を持って奥へ下がった。

女性は小さくお辞儀をすると、老爺と共に席に着いた。

出された二杯のお茶を前に、女性は黙っていた。神妙な面持ちでジッと緑茶の水面《みなも》に目を凝らして、緑色の中に砂金でもないか探しているようだ。思いを決するように一口飲んで、隣の老爺に「美味《おい》しいですよ。さ、おじいちゃんも……」と言った。

老爺は、木の枝のように骨ばった腕を震わせながら湯呑を取り、くんくん嗅《か》いでから、啜《すす》った。そして湯呑を右手に持ったまま、目を閉じ、天を仰いで味わった。

「どうですか……?」

女性が尋ねた。

老爺はしばらくして湯呑を置き、落ち着き払って一息つき、

「儂《わし》、昔ね。グラミー賞を取ったことがあるんだよ」

ふたりの様子を見守っていた僕たちの頭頂に、タケノコのようにニョキリと疑問符が生えた。老爺はそれぎりお茶に手をつけず、口を小さく開けて、ぽかんと天井の隅の一点を見つめて動かなくなった。女性は深く嘆息し、「これも違う」と呟いた。

「なにか、不手際がありましたか」と、燎さんが躊躇《ためら》いがちに訊いた。

女性は慌てて「いえいえ、たいへん美味しいお茶でした」と否定した。

「実は、探しているお煎茶がありまして。それを求めて、今、呉服町のお茶屋さんを回っているんです。でも、なかなか巡り合えなくて」

「どのような煎茶ですか」

「それが、種類も銘柄もわからないんです。煎茶であるということしかわからないんです。いつか、おじいちゃんが若い頃に飲んだお茶で、おじいちゃんの舌だけが頼りで……」

「成程。お爺様《じい》、それはどんなお味でしたでしょうか？」

燎さんが呼び掛けたが、老爺は天井から目を離さず地蔵みたいになって、まるで聞こえていないようだった。耳を射貫《ぬ》く彼の美声が伝わらないというのもずいぶんだ。

もう一度、今度は音量を上げて「あのう、お爺様！」と燎さんは切り出そうとした。

すると、すぐに「ごめんなさい」と、女性が途切らせた。

「……おじいちゃんは、認知症なんです」

まもなく口を開いた女性のその言葉には、隠しきれない寂しさがあった。

燎さんは黙った。

「……本格的に発症して、もう六年になります。普段からひどいんですが、でも先日、突然に意識がはっきりと戻ってきたんです。私が洗濯物を干している時でした。急におじいちゃんが縁側にやってきて、まるで濁りのない瞳で『町子《まちこ》はどこですか』って私に訊いたんです。本当にびっくりしました。こうして意識が明確になるだなんてこと、六年間で初めてでしたから」

女性は一口のお茶で唇を湿らせた。

「ただ……町子は、四年前に亡くなった、おじいちゃんの妻……私の義理の母の名でした。おじいちゃんは、自分の妻が亡くなったことに気付いていなかったんです。どこですか、と訊かれ、答えようもありません。私が口をつぐんでいると、『町子の、あの茶が飲みたいのです』って。『昔、よう淹れてもらったあの煎茶です』って。すぐに私が淹れて出したんですが、違っていて……。その数時間後にはまた、認知症の症状が出てしまいました」

すん、と鼻を啜る音に向けば、小夏さんが目に一杯の涙を湛《たた》えている。

「いつか本で読んだことがありました。認知症の人というのは、過去に想い入れのある物を食べたり飲んだりしたら、ひととき戻ることがあるそうです。それからこうしてお茶屋さんを訪ねているんです。どうしても、もう一遍、おばあちゃんのお茶を飲ませてあげたいんです。そして、また、戻ってきてもらいたくて」

燎さんは腕組みをして目を閉じ、小夏さんは涙こそ流していないが、すんすん言うのを激しくした。

ここで僕は、市松さんの表情を怪訝《けげん》に思っていた。

女性の話を聞きながら、彼はまるでひとつの亀裂《きれつ》もない、凍った湖のような面持ちだった。それは「冷たい」という言葉では到底足りない温度だ。およそ人間とは思えない、彼と一緒にいるだけで肺が凍り付きそうなくらいの鉄面皮で、血の気が感じられない。細い線のまま立ち尽くす姿は蒼《あお》い霧に見えた。

僕はそれに恐怖を感じると共に、全身がぞわぞわと色めき立つのを感じていた。

今の彼は、普段の満月ではなかった。

こんな彼を見るのは初めてだった。

店内は沈黙した。やがてそれを、奥で寝ていたランの盛大なくしゃみが割った。

「カウント・ダウンTVをご覧の皆さん、こんばんは」と老爺が呟《つぶや》いた。

「……いけない、私ったら。こんな身の上話を」

女性は苦笑して、湯呑のお茶を丁寧に干した。そして、「お邪魔しました。ごめんください」と、老爺の肩を支えて立った。

力添えできないことを悔しく思ったのか、燎さんはだんまりしてそれを見遣《みや》った。

僕は慈愛に満ちたタイプでもなければ献身的でもない。人類愛というものがこの身にあるのか疑わしい。

でも、今の僕には、この小さな老爺の丸まった背に重なる、たくさんの歴史の幻影が見えていた。

その背に光を当て、彼の人生を浮き彫りにしているのは、市松さんの凍った湖の顔の反射にほかならない。

僕は彼のその表情に、なにか途方もない「悲しさ」を見た。手を伸ばせばたちまち捕らわれ引きずり込まれそうな悲しさを察知した。氷で覆われたその面貌《めんぼう》の中に隠したものは何なのか。それが、自分でも下品に思うくらい、無性に知りたくて堪《たま》らなくなった。下世話な野次馬根性がむらむらと湧いていた。渇きに水を欲するように、彼が秘匿している内面を、その凪《な》いだ湖の中を覗《のぞ》いてみたくて仕様がなくなっていた。

尋ねる勇気などないからこそ、この老爺を帰してはならない。

その胸中の叫びは、違う語勢を持って口から零《こぼ》れ出た。

「そのお茶のこと、僕に調べさせてもらえませんか？」

気付けば僕は言っていた。興味の洪水が理性を流していた。

自動ドアの傍まで行った女性が、驚いて振り返った。

「おじいさんの思い出のお茶、僕に見つけさせてください」

本当に見つけたいのは、市松さんの氷の下にあるものだ。

「でも、そんなご迷惑……」

「力になりたいんです」嘘だ。

「でも、でも」

「良い提案じゃねえか、小僧」

燎さんが揚々と入った。

「俺……いえ、私らにも、是非とも尽力させてください。茶師である以上、お客様が求めるお茶を出すのが使命です。お婆様の得意だった茶の銘柄を特定してみせます」

「わ、私も！」と小夏さんが手を挙げた。「私も手伝います！」

女性は困惑したが、その上がる口角は嬉《うれ》しさを雄弁に物語っていた。彼女は深くお辞儀をした。歴史の染み込む老爺の背を優しく撫《な》でて、「良かったね、おじいちゃん」と言った。

「もう少し、お話を聞かせてください。お爺様のことについて」

腕まくりをする仕草をして、燎さんが気焔《きえん》を吐いた。

僕は早速、携帯で菅野へ断りを入れた。『焼肉あじまき』はまたの楽しみとなった。小夏さんも鼻息を噴いて、「何からしましょう！　私に何ができましょう！」と拳《こぶし》を握った。

これらを窺《うかが》いながら、市松さんは徐々に氷を溶かしていつもの微笑みを浮かべたが、ついに何も言わなかった。

〇

女性は姓を佐々木《ささき》、老爺は名を征一《せいいち》といった。

征一さんはその昔、大日本帝国海軍に従事する軍艦乗りだった。退役を迎えるまで、船上での生活を常としていた。

　彼が町子さんと出逢《であ》ったのは、戦時中のことである。相模《さがみ》湾で演習を終えた彼の艦は、休養のために静岡の伊東《いとう》の港に投錨《とうびょう》した。修理直後や就役後は再び相模湾で訓練を行う必要があるので、征一さんの艦はよく伊東の港に停泊した。

　ある五月の日、夕方の伊東の町を散策していた征一さんは、航海の無事を祈願しに、「紫陽花寺《あじさいじ》」として有名な、新井《あらい》にある弘誓寺《ぐぜいじ》へ参った。その境内で、町子さんと出逢った。町子さんは弘誓寺の住職の娘で、箒《ほうき》をさらさら境内を掃除しているところだった。

　その時から、征一さんと町子さんは縁を深めた。艦が伊東に停泊することがあれば、征一さんは必ず弘誓寺へ赴いた。町子さんは、彼が訪れる度に必ずお茶を振舞った。そのお茶こそ、今の佐々木の奥さんが探し求めている、征一さんを呼び戻す青春の一杯だ。

「静岡の煎茶《せんちゃ》と限らない方がいいかもな」

　佐々木からこれらの事情を聴き、彼女らが帰ってから、燎さんはそう推測した。

「資料を繙《ひもと》いたらわかるでしょうか？」小夏さんが言った。「その頃に、伊東で売られていたお茶が何だったのかわかれば……」

「そんな資料が残っていたとしても、どこの店の、何という銘だったかまでは……」

「本当に、手掛かりは征一さんの記憶だけですね」

　意識がはっきりしている時、奥さんに出されたお茶を飲んで、征一さんは、「町子のお茶は、もっと香ばしかった」と話したという。もっと緑が濃く、螺旋《らせん》を描くように口中に広がる旨《うま》み、しかし舌の上に一粒のえぐみが残る、と。

「とにかく、探すしかあるめえ」燎さんは息巻いた。

市松さんにも意見を求めようと思ったが、いつの間にかいなくなっている。僕は彼を探してうろうろした。ランが「ねえ、散歩いこ散歩」と足元に飛びついてくるのを宥《なだ》め、台所に来ると、廻廊《かいろう》への扉が少しばかり開いていた。

「そうか、その手があったか！」

僕の後ろについていた燎さんがぽんと手を打った。

「廻廊で探せばいい」

「何をですか」

「お茶だよ。征一さんの青春の」

「廻廊にあるんですか？」

「そうか。言ってなかったな」

燎さんは、背後から僕の肩をぐにぐに揉《も》んだ。

「あの廻廊を成しているチャノキは、全国各地から集められた多種多様なものだ。だから、あの廻廊には、日本中のありとあらゆる茶葉《ちゃよう》があるんだよ」

燎さんは僕の肩に両手を置いたまま、僕をぐいぐいと廻廊へ押し遣った。僕が扉を開くと、蜂蜜《はちみつ》みたいに溶けた光が台所に流れ込んだ。

「小夏ちゃん、今日はお帰り。ついでに店じまいの札を出しといてくれ」

「はあ」

「きっと手掛かりを摑《つか》んでおくから、またいらっしゃい」

僕と燎さんは廻廊へ踏み出した。扉を閉める直前、小夏さんの「神社の庭に何の用があるのかしら?」という疑問の呟きが届いた。

彼女の目には、店に隣接する小梳神社の境内が見えていたらしい。

○

朝も昼も夜も関係のない廻廊には、天井となっている樹の隙間から輝きが差し込み、瑞々《みずみず》しく濃い緑が際立っている。ムッとした植物の匂いがあって、息をすると体が軽くなった心持ちがする。光合成で酸素が充満しているからだろうか。

廻廊を五分ほど進んだところで、僕は燎さんに訊《き》いた。

「市松さんはお帰りになったんでしょうか?」

「知らんけど、いないんならそうじゃねえの」

「いつも、ああしてフラッといなくなるんですか?」

「そんなことはないんだがな。今日はお眠なんじゃねえの」

　燎さんは、あの時の市松さんの表情に気付いていないらしかった。少し考えて、それを伝えるのはよしておこうと僕は思った。燎さんがあの氷の理由を知っていたとしても、それを簡単に僕が得てしまうのでは、彼の本質に近づけないような気がした。

　そうして僕たちは、緑の廻廊を行った。燎さんの話によると、ここは「緑茶廻廊」という名であるらしい。なんとも安直だ。

「この緑茶廻廊は、『お茶の燎』が創始された一六七五年から存在している場所なんだよ」

「そんなに前から！」

「そうとも。俺の親父も、そのまた親父も、そのまた親父も、みんなこの廻廊で茶を勉強したんだ。ここに茂っている茶は枯れることがないから」

「どうして枯れないいんですか？」

「そりゃ、お前。この場所には神聖なる小梳神社の神通力が満ちているからさ」

　先を歩きながら、燎さんは呑気《のんき》に言った。それで万事に片がつくというような口ぶりだ。

「この間、僕がこの廻廊に迷い込んだ時。僕は、神社から入って、二十分くらいは歩いたんです。でも、最奥には辿《たど》り着けませんでした」

「そりゃあ、お前みたいなポンコツには辿り着けんだろうよ」

「この廻廊は、神社の祭器庫に造られたものではないのですか？　祭器庫は、二十分歩いて奥に辿り着けないいくらいに長くありません」

「最奥に辿り着けるのは、選ばれた者だけだ」

燎さんはこちらを向かない。ただその広い背が静かに揺れている。

「いいか、小僧。御霊と同じように、この廻廊にも、見える者、見えない者、入れる者、入れない者、という区別がついている。先刻、勝手口を行く時、俺たちに対して不思議そうにする小夏ちゃんに気付いたろう。あの子には見えないからだ。あの子には、御霊も廻廊も見えない」

「どうして僕は見えるんでしょう」

「……さあな」

「なら、どうして燎さんと市松さんには見えるんですか？」

「……さあ」

「ねえ、どうして隠すんです」

「隠しちゃいないよ」

「教えてください」

「知らんってば」

「ねえ、ねえ」

「まったく、やたらとうるせえなあ！」

燎さんは頭を掻《か》き、「とにかく黙って付いてこい」と、それぎり会話を止めてしまった。

彼は、歩いて止まって茶葉を眺めるのを繰り返した。僅《わず》かな手掛かりである味の特徴に当てはまる種を見極めているようだった。この樹らの前に看板が立っている訳でもないのに、よく一目で判別できるものだと僕は感心した。「茶審査技術七段」という、得体こそ知れないものの、厳粛な響きを持つ称号が思い起こされた。

そうして茶葉を物色しながら歩いてしばらく経ち、

「お」

ふいに燎さんは立ち止まり、右手に茂っていた葉を一枚千切《ちぎ》った。

「もしかしたら、これかもしれん」

僕はそれを受け取り、しげしげと眺めた。

「それは『さやまかおり』という品種だ。埼玉《さいたま》の狭山《さやま》茶になる」

「埼玉」

「そうだ。これは俺の予想なんだが」

そして燎さんは、征一さんの青春のお茶についての推測を述べた。

伊東から近い茶の名産地に、埼玉がある。そして狭山茶は日本茶業に名高く、静岡、宇《う》治《じ》に並んで「日本三大茶」と称されている。俚諺《りげん》においては「色は静岡、香りは宇治よ、味は狭山でとどめさす」ともある。

この狭山茶の新茶の時期は五月である。征一さんと町子さんは、五月に出逢った。そして町子さんは寺の娘。寺というものには全国方々から贈答品が届く。

なにより、『さやまかおり』は、他の緑茶に比べても香ばしく、緑が深くて、コクと旨みが強い。征一さんが言っていた味の特徴は、狭山茶に当てはまるのだ。

つまり町子さんは、寺に届いた贈り物の狭山の新茶を淹《い》れたのだ、と、燎さんは考えた。

「いや、えぐみが残る、という点は気になるが、味といい焙煎《ばいせん》香といい、正解に近いんじゃないかな。ひとまずこれを持って帰って、茶葉にしてもらおう」

僕はその「してもらおう」に違和感を覚えた。

「自分ですればいいじゃないですか」

「するったって、機材がねえよ。うちは仕上げてるだけだから」

「細かく刻めばいいじゃないですか。包丁くらいあるでしょう」

「は」

「え」

僕は、莫大《ばくだい》なる無知をまともに露呈させた。緑茶とは、ただその葉をむしり取ったものを刻んで湯に浸せば抽出できるものだと思っていたのだ。

でも、自宅の台所にあるあの茶葉の形状を見れば、これは不可避な想像だ。常人の茶なんてものに対する見識はそれくらいだろう。そうに決まっている。誰が僕を責められようか。だから、「ばあーか！　ばああーか！」と指を差して僕を笑う燎さんの方こそ、この場合は常識を誤っているのである。

「そんなに簡単にお茶が淹れられるなら有難いわ、このすっとこどっこいめ！」

ただ僕は真ッ赤になって震え、こき下ろしの収束を願うばかりである。

「茶っていうのは、実は飲むまでに非常に手間のかかる、くっそメンドクサイものなんだ。ここで採った葉を、明日、製茶の工場へ持っていく。無知無知くんも一緒に行くか？」

ただ僕は黙って頷《うなず》き、怠惰な己の無学を呪うばかりである。

○

燎さんは、茶の先端の芯《しん》の部分から二枚目までの葉を摘んでいった。この部分を「一芯二葉」と言って、一番味が良いらしい。

そうして『さやまかおり』の茶葉を収穫し、僕たちは店へ戻った。「どうせなら、もっとたくさんの種類を摘んで帰ればいいのに」と僕が提案すると、「一日に収穫できる茶葉は一種類まで。これを守らないと市松がもの凄《すご》く怒るんだ」と燎さんは言った。僕は怒った市松さんというものも見てみたいと思った。

「よし、小僧。明日は昼から金座町《きんざまち》の製茶場へ行くぞ。十時に店へ来い。茶葉の作り方ってのを教授してやる」

燎さんと約束をし、僕は『お茶の燎』を後にした。

秋の夕暮れが満ちていた。赤とんぼがすいすい飛んで、呉服町の長い影が地面に這《は》いつくばっている。涼やかな風が心地よく、明日への期待で自然に浮かれた歩調になってすぐ、

「おい、童《わっぱ》」

呼び止められた。

見れば、小梳神社の鳥居に羽織袴《はかま》を着た中年男性がもたれかかっていた。禿頭《とくとう》を撫《な》でつけながら、ずいぶんにやにやしている。それは、僕が廻廊に転げ落ちた日に出逢《であ》った、ホモ疑惑の御霊であった。

彼は自身を「千利休《せんのりきゅう》」であると名乗った。歴史で学んだあの茶人・千利休がこうも凡俗な風情であるはずがないと疑ったが、彼は「風流人を極めれば、一周回ってひょうげものに着地する」とのたまう。「侘《わ》び寂に飽きちゃった☆」

僕が店に通いだしてから、この利休御霊は、度々こうして話しかけてくることがある。取り憑《つ》かれては気持ち悪いので、僕はその都度、適当にあしらうようにしていた。

「熱心に茶屋に通っとるようだが、あれから一度も神社には詣《もう》でておらんじゃないか」

僕は知らんぷりをして、利休御霊の前を足早に過ぎ去ろうとした。すると、むんずとシャツの裾《すそ》を摑まれた。視線をやらず、虫を払うようにはたいて再び歩き出そうとすると、眼前にヌウッと利休御霊の顔面が現れた。僕の唇はまたも危機に晒《さら》された。

「無視するんじゃない」

僕は咄嗟《とっさ》に唇を庇《かば》って後ずさった。そして「僕は女性が好きです」と言った。「儂《わし》だってそうじゃわい」と利休御霊は鼻を鳴らした。

「確かに僕はあなたが見えます。でも、だからって僕に付きまとうのはやめてください」

「あのな。我々の姿が見える者というのは、現世《うつしよ》でとても少数なのだ。せっかくだから縁を深めておいて損はないんだぞ」

「僕に何の利益があるんですか」

「我々が現世を巡っているうちに発見した、オモシロ〜イ遊びを教えてやろう」

「やっぱり男色家じゃないですか」

「こら、深読みするんじゃない」

僕はすたすた行くことにした。

利休御霊は「今度、ともがきらと共に、静岡探勝ぴくにっくを開催するんだぞう。いいだろう。お主も良かったらどうだ？」と言った。

僕はぞんざいに手を振って帰路についた。

◯

翌日、十時きっかりに店前へ着くと、既に燎さんの姿があった。『駿河《するが》随一香味絶佳御茶所・お茶の燎』と書いてある格好良い紙袋を提げている。店内を窺《うかが》えば、市松さんが番をしている。僕に気付いてふっくりと黙礼した。

「よう。諸々《もろもろ》、話は通してある。では行こう！」

僕たちは、金座町にある製茶工場へ向かった。

平日の街には、休日とは違って若者より大人が多い。呉服町通り周辺に、区役所、市役所、県庁がみっしりと密集しているためだ。更にその近辺には、地方検察庁、中央警察署、赤十字病院もある。静岡とは、県の中枢機関をやけくそ的に一点凝集した街なのだ。

鰯雲《いわしぐも》の散るかすれた秋空の下、せかせかと寄せる人の波を避けながら呉服町通りを北西へ行くと、十分ばかりで『金座製茶場』と看板の出た平屋に着いた。トタンの簡素な造りだ。

「ここが、昔から『お茶の燎』がお世話になっている製茶場だ」

燎さんが引き戸を開けて「ごめんくださあーい」と声を上げた。

すると奥から、青いつなぎを着た、人の好《よ》さそうな男性が出て来た。携帯灰皿に煙草を押し付けて「やあやあ燎くん」と言った。

そう言えば、いつかの燎さんもそうだったが、お茶に携わる、とりわけ味の選別を主とする茶師とは、酒や煙草をやるらしい。味覚を守るために控えているのかと思っていた。

その旨を燎さんに小声で尋ねると、彼は「やる人もやらない人もいる」と答えた。

「繊細な茶の味を利き分けるためには、逆に普段からの酒や煙草がないと茶の味がわからないという茶業人もいるんだ。毒に慣れることで、清水の味が際立つのよ。俺は煙草はやらんけどな。酒も滅多なことがなきゃ飲まないよ」

聞かねば知れない茶師のことに、僕はちょっぴり興奮した。

さて、だだっ広い場内には小難しそうな機械がひしめき合っている。三人以外に人の姿はなく、無機質にしんとしていた。

「お休みなのに、わざわざ開けてもらってすみません」

燎さんは申し訳なさそうに頭を下げた。

「こんな時期に製茶とは珍しいね。『燎』は一番茶しか扱わないんじゃなかったの？」

「これは売り物にしないんです。個人的に欲しくって」

燎さんは、紙袋から、昨日に廻廊《かいろう》で摘んだ『さやまみどり』の茶葉《ちやよう》を渡した。そして顎《あご》をしゃくり、「挨拶《あいさつ》せい」と目で僕を促した。

「あ、藤堂と申します。お茶作りを見学させてください」

僕が頭を下げると、「初めまして。金座製茶場の工場長、山本《やまもと》と申します。君が噂の、燎君の弟子だね」と言った。「弟子じゃありません」という僕と燎さんの否定の声が重なった。

それから案内されたロッカー・ルームで、僕と燎さんはつなぎを着て、帽子を被《かぶ》った。

場内へ戻ると、ごうんごうんと機械が音を立てていた。電気が入ったらしい。

「まずはこの茶葉を、『荒茶』という半製品にしていくよ」

山本さんはそう言って、茶葉を機械へ投入した。

それから山本さんは、茶葉が煎茶《せんちゃ》へと加工されていく工程を説明してくれた。

まずは茶葉を蒸気で蒸し、加熱することで酸化酵素の活性を停止させる。こうして生葉をすぐに加熱することが日本茶の特徴であるらしい。この発酵を最大限にまで進めたものが「紅茶」になる。ある段階で止めたものを半発酵茶といい、これは「烏龍茶《ウーロン》」になる。

緑茶の味は蒸し方によって大きく左右される。だからこそ『お茶の燎』のような小売りの茶屋は、その店の味を理解してくれる製茶場に全幅の信頼を置いて、贔屓《ひいき》の製茶場を決めている。

蒸しが終わったら、次に茶葉を揉《も》みながら熱風を吹きつけて、表面の水分を取り除く。これを「粗揉《そじゅう》」と言う。粗揉が済んだら、強い力で茶葉を揉む「揉捻《じゅうねん》」へ。揉むことによって、葉の中の水分を外に押し出していく。その次には、再び茶葉に熱風を当てる「中《ちゅう》揉《じゅう》」へ。

葉の水分含有量が減った茶の葉の形を整える「精揉《せいじゅう》」。この工程を終えると、家庭でよく見るような、煎茶特有の、細長く伸びた形になる。

その後、揉み上げた茶を十分に乾かす「乾燥」。葉の水分含有量を五%ほどにし、貯蔵性を高める。乾燥された茶葉を均一に混ぜ合わせると、ようやく荒茶の完成となる。

「でも、荒茶ができて終わりってわけじゃない。ここからこれを『煎茶』にしなきゃならん」

山本さんの説明を、燎さんが引き継いだ。

「その『煎茶』へ仕上げていくのが、俺たち茶師の仕事だ。俺たちはこの製茶場から荒茶を仕入れて、店で煎茶に加工するんだ」

僕は『お茶の燎』の台所内にある、硝子《ガラス》張りの小部屋を思い浮かべた。

茶師は、その店独自の味を出すために、珈琲《コーヒー》のブレンドと同じように、異なる種類の茶葉を混ぜる「合組《ごうぐみ》」をする。

荒茶は種類によって、香りの高いもの、味にクセのあるもの、水色《すいしょく》が美しいものなど、様々な特徴を持っている。『お茶の燎』ではこれを燎さんと市松さんが協力して行っていて、そうして出来上がったものに、その店特有の商品名を付けている。

その後、荒茶は「火入れ器」と呼ばれる乾燥機で更に水分を飛ばす。そしてこの工程で、お茶の独特な風味が引き出される。その後、ふるい分けと切断で、茶の形を整える「選別」を行う。この過程で、茎や味を損なう部分を丁寧に取り除く。

出来上がった茶葉を淹れて「官能検査」をする。茶葉の形状を見、感覚を研ぎ澄まし、スプーンで掬《すく》って啜《すす》る。納得いくまで味や香りなどを調整して、仕上げ茶の完成となる。

それから仕上げ茶をお茶のパッケージに入れ、品質劣化を防ぐために真空ポンプで酸素を抜いてから窒素を充填《じゅうてん》する。これでようやく、商品として流通するようになる。

「な？」

製茶場での全ての工程が終了し、出来上がった荒茶を前にして、燎さんはいたずらっぽく笑った。

「くっそメンドクサイだろ？」

○

それから僕は、お茶ばかり飲むようになっていた。緑茶に対する純粋な興味がむくむく湧き出て仕方なかった。唯一の趣味の読書に並ぶほどの熱である。

「お茶の利きをする時は、まず、水色《すいしょく》を見てください。品種や種類により、それぞれ微妙に緑が違います。次に鼻。ふくよかな香りを存分に肺に入れて、目を閉じるのです。そうして浮かんだ茶畑の想像を保ちつつ、一口啜ります。そして何より、味わいを楽しむようにしてみてください。予想通りの正解ならば、脳裏の茶畑に光が差すでしょう。逆に不正解ならば、脳裏の茶畑に雨が降ります」

この興味を喜ばしく思ったのか、市松さんは、僕にお茶利きの極意を語ってくれた。

「でもね。茶師というものは、お茶の味だけを利くものではありません。茶葉の形状、これも肝心です。茶葉の形や大きさが揃っているか、茶葉のままの時と淹《い》れた後のそれぞれの色や艶《つや》、香りなどを比較して繰り返し観察することで、見る目が養われるのです」

「そもそも、茶師とは煎茶をつくる人のことだけを言うんですか？」

「いいえ。茶師はもちろん店で茶葉の加工や販売をしますが、それ以前に、毎年、茶葉の仕入れをしなければなりません。それこそ茶師の腕の見せどころです」

「ええと……？」

「立秋から数えて八十八日目の五月頃、農家から新茶が出されます。新茶とはつまり、一番美味《おい》しいお茶です。この茶葉の仕入れとは、ほとんど競りのように行われます。それぞれに特徴の違う、たくさんの茶葉と淹れたお茶が並んでいて、それを茶師が素早く利きわけ、気に入ったものを買い付けるのです。多い時には千種くらい飲みますよ」

「千種も……ひえぇ」

「うかうかしていては他の店に取られてしまいますから、茶師は味覚だけでなく五感を刀のように研ぎ澄まし、良い悪いの判断を瞬時に下さなければなりません」

　市松さんはフンフンと鼻息を噴いて熱く続ける。

「そこで仕入れたお茶は、大体がその店の一年を通しての商品になりますから、この競りの日は、茶師にとって本当に大切な一日なのです。茶師は、体調を万全に整えてこの日に臨みます。それが、茶師のとても格好良いところですよ。お茶の世界においては、舌の肥えた者が勝つのではありません。知識、見聞、健康、情報、五感、そして何よりお茶への愛……その全てを兼ね備えた者が、真に良いお茶を淹れることができるのです」

市松さんは顎をさすった。

「利き茶とは、己のお茶への愛の深度を測る手段なのです」

○

家では自分で『お茶の燎』の煎茶を淹れて、燎さんや市松さんの味に似せよう、または超えようと画策したりする。小遣いをやりくりし、全国のお茶を取り寄せて、利き茶の真似事をして、それを品種ごとに「緑茶研究ノート」に記した。これは甘い、これは苦い、これは渋い、これは爽《さわ》やか……日が経つにつれ、緑茶研究ノートに僕の所感が増えていく。

また、具合のいいことに、自宅から少しのところに自販機があるので、そこで様々なメーカーの多種なペットボトル緑茶を購入し、味を比べてみたりした。

しかしどうしても、ペットボトルのお茶というのは違う。味も然《さ》ることながら、水色からして茶色いのだ。急須《きゅうす》で淹れたものは緑であるのに、この違いはなんだろう。

「そら、メーカーのものは、時間をかけて茶葉を殺菌、というか、滅菌してるからな」

僕の疑問に、燎さんはこう答えた。

「大手の商品で食中毒でも出ようものなら大変だろ。だから、ペットボトルのお茶はとんでもない火力を加えた茶葉を使用するんだ。味と色が落ちるのは当然さ。それに、ああいうのはたいてい三番茶や四番茶を使っているから、急須で淹れたお茶と差があるのは仕方がない」

得心する僕を見て、燎さんは苦笑した。「それでも、今はずいぶんペットボトルのお茶も美味しくなったけどな」

お茶熱が上昇する日々は続く。

次の土曜日、燎さんと僕、それから小夏さんは、葵区大岩《あおいくおおいわ》にある佐々木家を訪問することになった。燎さんの手によって煎茶となった『さやまみどり』を飲んでもらう為、暇を取ってもらったのである。相変わらずのごとく店番は市松さんが務めている。

「市松さんばかりお留守番で、可哀想です」

そう僕が口を尖《とが》らせると、燎さんは不思議なことを言った。

「だって、あいつは店の外には出られないんだから、仕様がないじゃないか」

体質的に日光に弱いのだろうか、と考えていると、正午過ぎに小夏さんがやって来た。

彼女は律儀に制服を着ていた。「お邪魔するのだからきちんとしなきゃ」と言った。その礼儀正しさに、またひとつ、僕の愛念は濃い桃色に染まった。

朝から重い雲の垂れこめる天気だった。風は涼しいというより肌寒い。タクシーで移動中、小夏さんが車窓から恐る恐る空を見上げて「降らなきゃいいですね」と呟《つぶや》いた。

やがて到着した佐々木邸は、古風な日本家屋の造りだった。佐々木の奥さんは僕たちの来訪を心待ちにしていたようで、満面の笑みで歓迎してくれた。

「わざわざおいで頂いて、ありがとうございます。今日をとても楽しみにしていたんです。さ、どうぞお上がりになって」

奥さんは、燎さんのお茶に一縷《いちる》の希望を持っている。彼が征一さんを救う救世主になり得るのではないかと。うきうきした口調から、僕にはそう解釈できた。

奥さんの案内で、僕たちは居間へ通された。ちゃんちゃんこを着た征一さんがちょこんと座布団に座っていた。畳のイグサを指でほじくり返していた。

「おじいちゃん。お茶屋の皆さんが来ましたよ」

奥さんの呼びかけに反応することなく、征一さんは無心に畳で遊んでいた。その脇には警策《きょうさく》がある。床の間には年代物の竹刀が飾ってあった。奥さんが「おじいちゃんは昔、剣道の達人だったんですよ。とても屈強な日本男児でした」と言った。

「では、早速ですが、少し台所を貸して頂けますでしょうか。お茶を淹れさせてください」

「もちろんです。本業のお茶屋さんの淹れ方が間近に見られて嬉《うれ》しいわ」

奥さんと燎さんは台所へ連れ立った。

ふたりを待つ間、僕は小夏さんに「あの警策はなんでしょうね」と尋ねた。

「警策？」

「征一さんの傍に置いてある、あの卒塔婆《そとば》みたいな棒です」

「あれ、警策っていうんですか。そう言えば、先日はお店にも持って来ていましたね」

座禅を組む修行僧の肩を叩《たた》くものが、どうしてここにあるのだろうか。僕は思案し、護身用だろうかと考えた。手に取ってみたくて、征一さんからそうっと拝借しようと思った。

しかし、僕が持ち上げようとしたところで、彼に警策の端をしっかと摑《つか》まれてしまった。

「あっ、ごめんなさい」

僕は慌てて謝ったが、征一さんはこちらを見もせず、警策を左手で握ったまま、右手で畳をいじくり続けた。

その内に、奥さんと盆を持った燎さんが戻ってきた。

燎さんは、征一さんの前に湯呑《ゆのみ》を置いた。夏の山並みのような深い緑の水色から、僅《わず》かに湯気が立ち昇る。鼻を利かせばフワリとした香ばしさが喉《のど》に宿り、血液に乗って体内の不健康を流す。飲まずとも既に美味しい。燎さんは僕たちと奥さんの分も出してくれた。

「やや深蒸しにして、狭山茶の特徴である『狭山火入れ』を模倣しました。強い火で乾燥させることで、香ばしくて重厚な味になります。征一さんの仰《おっしゃ》っていた味の特徴に近づいたと思うんですが」

征一さんは、まるでカタツムリでも前にしたような目つきで湯呑を眺めた。

「おじいちゃん。お茶屋さんが淹れてくれたお茶ですよ」

奥さんが上ずった声で言った。彼女は小さく震えながら、机の下で祈るように両手を握り合わせていた。

征一さんは、ようやくこの目の前のものの正体に合点がいったのか、ゆっくりと取って、くんと匂いを嗅《か》いだ。そして、ずずずずと音を立てて啜った。

僕たちは、固唾《かたず》を飲んで征一さんを見守った。この居間に、どうする、どうなるという期待と不安が、タイヤから漏れた油のようにねっとりと渦を巻いた。小夏さんが漫画みたいに喉を鳴らした。奥さんは正座のまま、征一さんへ身を乗り出していた。

息を吐いた征一さんは、目を閉じて、しばらく動かなくなった。

そして短い咳《せき》をして、一言、

「我が巨人軍は、永久に不滅です」

「違ったか……！」

燎さんが悔悟を噛《か》みしめた。

○

それ以上お茶に手をつけることもなく、征一さんは居間を出ていってしまった。

「どうか、お気を悪くしないでください」

奥さんはすまなそうに顔を伏せた。

「いえ、いえ。俺の見当が外れていただけですから。俺が悪いんです」

「そんな。誰にも責任はありません」

「……すみません」

そう言う燎さんであったが、その身には確かに無念を滲《にじ》ませている。たちまちこの場はしんとして、各々お茶を飲むのに終始した。燎さんはお暇《いとま》するにも後味が悪いようであり、また奥さんとしても用が済んだならとすぐに帰すことが心苦しくて、お互いに退席の見切りがつけられないでいるようだった。

壁掛け時計がぽうんと鳴って、しとしとと水の音が聞こえてきた。「雨……」と小夏さんが呟いた。雨はそのうち、ざあざあと本降りになった。

「あのう」

居心地の悪い風情を断つ発端になるべく、僕は奥さんに尋ねてみることにした。

「征一さんが持っていらっしゃる警策。あれは、何なのでしょうか？」

奥さんは、僕が口火を切ったことにホッとしたようだった。

「あれは、おじいちゃんの宝物なんです」

「変わった宝物ですね」

「そうですね。あれは、おじいちゃんが若い頃に、おばあちゃんからプレゼントされたものなんですよ」

奥さんは、生前の町子さんから聞いたというふたりの馴《な》れ初めについて一部語った。

初めて弘誓寺へやって来た軍服姿の征一さんを見て、町子さんは身がすくんだという。無礼を働いてはならないと、箒《ほうき》を放って大慌てで頭を下げたとき、紫陽花《あじさい》の陰から一匹の大きな蜂が飛び出した。

驚いて腰を抜かす町子さんの前で、征一さんは帽子で蜂を捕まえ、空に放った。そうしてふたりは縁を深め、町子さんは航海の無事を祈り、この警策を征一さんへ贈ったという。

「警策が御守りだなんて、面白いですね」

ここで僕の魂胆に気付いたのか、燎さんはバツが悪そうに頭を掻《か》いて立ち上がった。

「本日は、誠に申し訳ありませんでした。そろそろ失礼させて頂きます。きっとまた手掛かりを摑んできます」

燎さんは深く頭を下げた。奥さんには見えなかったが、彼が歯を食い縛っているのが僕にはわかった。僕に気遣われたことが彼の悔しさに拍車をかけてしまったようだ。悪いことをしたな、と思ったが、玄関を目指して廊下を行く最中、ずっと彼に「ばあか、ばあか」と背中を小突かれ八つ当たりをされていたので、僕は外に出たらその同情をすぐ雨中へ投げ捨てようと決めた。

仏間を過ぎる時、仏壇の前に座って薄《すすき》のように揺れている征一さんが見えた。

玄関で待っていると、やがて奥さんの呼んでくれたタクシーが来た。

車内へ乗り込む寸前、見送りをする奥さんと目が合った。

彼女は、消え入るように微笑んでいた。そうやって、今日の淡い心積もりを無理やり自分の中に押し込めていた。どうにもならない寂しさを身の内へ無弾力に秘めて、必死に消化しようとしていた。

なんだかひどく悲しくなって、僕はただ会釈をした。

○

『お茶の燎』へ帰還した僕たちは、店前の屋根の下、雨雲を見つめてぼうっとした。夕方になっていよいよ土砂降りとなった通りに水煙が立ち込め、自動車のウィンカーの黄色や赤色が滲んで溶けていた。

燎さんはしばらくの雨宿りを勧めたが、僕はそれを断った。あの奥さんのもの寂しい顔が、僕をむやみに歩きたがらせた。

ふたりと別れた僕は、ダッと雨の呉服町へ駆け出して、濡《ぬ》れ鼠になる間もなくすぐに小っ恥ずかしくなってコンビニへ入った。「あぶねえ、あぶねえ」と呟いた。とりあえず濡れておけばセンチメンタルが演出できるという、中学生が陥りそうな展開への突入に間一髪のところで踏み留《とど》まれた。

傘と肉まんを買って、それからぶらぶらすることにした。

雨に煙る街は音と色と匂いが遠い。ひんやりした風がシャツの中をすり抜けた。どうしてこんなに悲しいのだろうと、僕はその理由を探った。中身のない椰子《やし》の実を必死に割ろうとしているような虚《むな》しさがある。それは、僕の無個性へ抱くものと似た虚しさだった。けれども、奥さんへ感じる哀憐《あいれん》の底はどうにも浅い。もっと原因の違う一種の悲しみがあるようだ。

もやもやと肉まんを齧《かじ》りつつ、傘を打つ雨を聞きながら本通りを歩いていると、駿府城《すんぷじょう》の城壁が見えて来た。

駿府城は、徳川家康《とくがわいえやす》が晩年を過ごした城として有名である。と言っても、既に城はなく、城内は現在、公園になっている。街燈に照らされる御堀の水面《みなも》で、何匹もの大きな鯉が尾ひれを翻していた。

そして、その石造りの濡れた城壁が視界に入って——どうしてだろう。

僕は、市松さんの姿を思い描いた。

彼の纏《まと》う緑茶の香りが、冷たい雨の中ではっきりとした。

ふいに、そうだ、と納得した。

奥さんの話を聞いていたあの時の市松さんの表情は、悲しみが凍ってできたものだ。彼はあの時、悲しんでいた。それと同じものを僕はひとつ知っている。それがこの虚しさを生んでいる。

意識が戻るという貴重な瞬間、征一さんが開口一番に発した言葉は何だったのか。もっと伝えるべきことがあるはずだったのに、真っ先にそれを選んだのは何故か。タクシーに乗り込むあの一瞬、僕は、奥さんを悲しく思ったんじゃない。もう二度と会えない青春を求める、征一さんを悲しく思ったんだ。

○

気付けば小梳神社を目指していた。そもそも元を辿《たど》れば僕から始めた物事である。誰にも責任がないはずはない。僕にこそあるんだ。

すっかり夜になっていた。雨は次第に弱まっている。呉服町通りへ着いて、閉店した『お茶の燎』を通り様に一瞥《いちべつ》した。燎さんがランにご飯をやっている。市松さんはいなかった。

僕は、小梳神社の鳥居を潜った。拝殿から灯《あか》りが漏れていて、今日も今日とてわいわいと賑《にぎ》やかな声が聞こえる。

酒盛りをしている御霊たちに気づかれぬよう、抜き足差し足で境内を横切って、こっそりと『祭器庫』の扉を押し開いた。緑の光が僕の体を包み込んだ。

傘を畳んで、緑茶廻廊《かいろう》へ入った。それから二十分を超える時間、市松さんに会うためにまっすぐ進んだ。しかし、やはり最奥に辿り着く気配はない。行けども行けども緑のトンネルが続く。

そうして、とうとう一時間ばかり進んだ。疲労にふうふう汗を拭《ぬぐ》っていると、遥《はる》か向こうに点が現れた。その点は次第に大きくなって、やがて人になった。

「こんな夜に、どうしたんですか、藤堂君」

僕の前で市松さんは微笑み、小首を傾げた。

「誰か来たような気がしたと思えば、やっぱりきみでしたね」

僕は息を整えた。

「あなたに会いに来たんです」

「おや。何用でしょう」

「僕は、あなたに謝らなければなりません」

市松さんは面食らったようだった。

「どうして?」

「今日のことは聞きましたか?」

「ええ。残念でしたね」

僕は意を決して言った。

「僕は、とてもひどいんです。征一さんの青春のお茶を探したいと言ったあの時、僕は違うことを考えていました。力になりたいと口先で言いながら、あの提案は、本当は自分の汚い野次馬根性を満たすためだけのものでした」

その言葉の真意を詮索《せんさく》するような野暮を、市松さんはしなかった。僕が「謝りたい」ということの意味を、彼はどこかで理解しているようだった。

「僕のせいで、いたずらに、奥さんと征一さん、それに燎さんを傷つけてしまいました」

「でも、きみは、彼らにではなく、私に謝るのですね」

僕が頷《うなず》くと、市松さんは微笑んだ。そして近くに茂る茶の葉を触り、葉擦れの音をさせながら、「ねえ、藤堂君」と言った。

「きみは、今。お爺《じい》様の青春のお茶を、心から探したいと思うようになったのですね」

「はい。だから、あなたへ会いに来たんです」

僕は市松さんの助言を期待した。彼ならば、征一さんの青春緑茶に見当がついているはずなのだと、理由も根拠もなく信じていた。

「教えてください。征一さんの欲しているお茶は、どんなものでしょう」

それは彼の氷の下を覗《のぞ》くための質問ではない。征一さんの奥に張る、その氷と同じものを少しでも融《と》かしてあげたいという、僕の願いの集塊だ。

「私に進言できることはありません」

そう言う市松さんは、菅野の時と同じく、本当は何もかもわかっているふうな顔をする。

「お願いです！　僕は、征一さんに青春の味を届けたいと、誠実に思っているんです！」

「ならばもう、きみは答えを知っているじゃありませんか」

「……え？」

市松さんは、にっこり笑った。

「次は、きみがその心ひとつで決するのです。大切に淹《い》れたいお茶の味を」

○

その明くる日の昼から、僕は静岡県東部の伊東市へ向かっていた。前夜に下調べした通り、伊東駅から東海《とうかい》バスに乗って、魚市場《うおいちば》で降りた。

雲一つない秋晴れが広がっていた。昨日の雨のおかげで空気が澄んでいる。くすぐったいような潮風の匂いがした。バス停から坂道を少し行くと、やがて見事な紅葉の下に『弘誓寺』という石碑が見えた。

境内へ着いて、僕は苦しくなるくらい深呼吸した。それからぐるりと四顧して、征一さ

ん

んと町子さんの残像を探した。

　手入れの行き届いた、綺麗《きれい》な寺だった。本堂周辺にはたくさんの枯れた紫陽花があって、秋が造った天然のドライフラワーのようになっていた。その異様な美しさの陰に、青のよれた小さな花が寂しく咲いている。これは確か、勿忘草《わすれなぐさ》だ。春の花が秋に咲いているのは、こぼれ種から育った自然変異種だからだろうか。

　それから若き日のふたりの足跡をなぞるように、線香の香る墓地や、紫陽花の小径《こみち》を散策した。高台から、伊東港と相模灘《なだ》が見えた。

「こんにちは」

　僕が『美丸《よしまる》』という俳人の墓石をジッと眺めていると、背後から声をかけられた。雪を織り込んだような白髪の、柔和な雰囲気の老婆が立っていた。線香の箱とチャッカマンを持っている。

「お若いのに、感心ですねえ。どなたのお墓参りにいらしたのですか？」

　その口ぶりから、僕はこの老婆が寺の人間であると推測した。もしかしたらと思って、僕は自分の素性を明かし、征一さんと町子さんのことを尋ねてみた。

　すると老婆は驚いたように、「あらまあ」と言った。「それはそれは、わざわざ、まあ」

「なにか、ふたりのことや、町子さんが振舞ったお茶についてご存じではありませんか？」

「うふふ。ようく知っていますよ」

老婆は目を細めて、「本堂へいらしてください」と言った。

「瑞枝《みずえ》と申します。町子は、私の姉でございます」

○

本堂には、畳と香の混ざった、切なく懐かしい匂いが立ち込めていた。荘厳な御本尊を前に畏《かしこ》まって正座していると、しばらくして瑞枝さんがお茶を淹れてきてくれた。僕に湯呑《のみ》を差し出して、「お義兄《にい》さんのために訪ねてきてくれるだなんて、ありがたいことですねえ」としみじみ言った。「市街からは遠かったでしょう?」

瑞枝さんは僕の対面に座り、ふうと息を吐いた。丸まった肩が更に小さくなった。ゆっくりと首をもたげて、潤んだ瞳《ひとみ》を御本尊に向けた。

「お義兄さん……征一さんとお姉さんは、この寺で出逢《であ》ったんですよ」

「はい」

「その頃は、大きな戦争が始まるかどうかって頃でね。征一さんは、滅多にお姉さんと会えなかった。でも、会えた時には、それはもう、ふたりとも嬉《うれ》しそうだったわ。……けれどね」

瑞枝さんの瞳には遠い日が映っていた。

「けれどね。今の若い人にはわからないでしょうけれど、あの頃の男女というのは奥ゆかしいものでなければならなかったの。軽薄に愛を説くことが叶《かな》わなかったの。だから、お姉さんも、征一さんに会えた時は、本当に叫び出したいほど嬉しかったはずなのに、彼の前では慎《つつ》ましくいたのよ」

瑞枝さんは微笑んだ。

「征一さんが帰った後のお姉さんは、いつも寂しさで消えそうになるくらいしょんぼりしていたわ。けれど、その夜には、私に征一さんのことを延々と話すの。今、征一さんは相模原の沖で頑張っているんだとか、剣道の腕が認められて喜んでいらっしゃった、それが私も嬉しいの、だとか」

僕は、目の前の湯呑を見つめた。深い緑の中に、星の砂のような煌《きら》めきが沈んでいる。底の方で、ぴかぴかきらきら光っている。それはふたりの記憶の欠片《かけら》だ。この一服の緑茶に秘められた、味よりももっと大切な温度を持つものだ。

目を閉じて、僕は静かにお茶を飲んだ。

そうして次に瞼《まぶた》を上げた時、僕の隣に軍服を着た若い男性が座っていた。

その前には青い湯呑があり、向かいには髪を上げた着物姿の乙女が盆を抱きしめて正座している。ふたりの間に会話はなく、ただ共通してその両頰が赤かった。

それは征一さんと町子さんであると、すぐにわかった。

征一さんが会釈をし、湯呑を取った。一口啜《すす》って、「美味《おい》しいです」と言った。すると町子さんはパアッと雨上りのように笑って、でもすぐに恥ずかしそうに顔を盆で隠した。

「お変わりなく、安心致しました」と征一さんが言った。

町子さんは嬉しそうに盆から顔を覗かせた。

それから町子さんは、艦上でのことや海の生活のことを征一さんに尋ねた。

近況を報告しあいながら、ふたりはとても満たされていた。このふたりだけが、まるで世界の現状など干渉し得ない雲の上にいるようだった。しかし、ふと征一さんの口が動くのを止めた。

町子さんが「どうしました」と尋ねた。

いつまでこの逢瀬《おうせ》が続くのか。命の覚束《おぼつか》ない海兵である彼は、今という時間のなにもかもを、急に不安に思った。この少しの逢瀬が終われば、彼はまた艦へ戻る。そして、この女性《ひと》の知らないところで知らない魚雷を受け、知らず知らずのうちに死んでいるかもしれない。いつの間にか落とされる爆弾で、いつの間にか死んでいるかもしれない。彼はそのような状況に身を置いているのだ。

ついに何も言えなくなって、征一さんは俯《うつむ》いた。力強く湯呑を握り、酒のように一気に呷《あお》った。お茶を干した彼は、唇を強く噛《か》んだ。

長い間があった。

やがて町子さんは急須《きゅうす》を持ち、彼の湯呑にもう一杯のお茶を注いだ。そして、

「これは、私がおまじないを込めたお茶でございます。度々飲んだら、きっと良いことがございます」

征一さんは町子さんを見つめた。彼女は、彼の黙った理由も葛藤《かっとう》も見抜いていた。その瞳に溜《た》まったたくさんの涙が必死に零《こぼ》れ落ちまいとして、彼女を美しく輝かせた。

征一さんは、新たに注がれたお茶を眺めた。その時、彼の心の中で錠が落ちる音を聞いた。海に投げ出されて摑《つか》まる浮き木は、この女性《ひと》だ。溺《おぼ》れる寸前まで縋《すが》りついていたいのはこの女性《ひと》の他にない。彼の瞳はそう語った。

「町子さん」

征一さんは言った。

「航海の拠《よ》り所になるよう、何か、あなたから御守りを頂けませんか」

「御守り……」

「何でもいいのです。あなたが息をかけてくれたら」

突然にそう願われた町子さんは困惑した。たいへん困って、咄嗟《とっさ》に辺りを見回した。彼の無事を、その身を守ってくれそうな物はないか。

そして、須弥壇《しゅみだん》の傍に立て掛けられていた警策《きょうさく》を見つけた。

手に取って、ふうっと息をかけ、そっと征一さんに差し出した。

征一さんは居住まいを正し、畳に着くほど頭を下げ、それをまるで町子さんの魂を扱うように受け取った。どうして警策など突拍子もないものを差し出したのか、髪留めでも渡せばいいものを、と、町子さんは赤くなった。そして恥ずかしさを誤魔化すために、

「私のことを重荷に感じましたら、いつでも海へお捨てください」

そう言って俯いた。

征一さんは正直に頷いた。


車の通りすぎる音が聞こえた。涼しい風が本堂に入り込み、香の匂いをかき回した。お茶を飲み終えた僕は、今の今まで傍にいた男女の幻影を撫《な》でるように虚空へ手を伸ばした。

「とても美味しいお茶でした」

「お粗末様でした。これは『ぐり茶』という、伊豆《いず》の名産のお茶なのよ。うちはいつもこのお茶で淹れていたわ。ひとつ持っていらして」

「ありがとうございます。でも、結構です」

僕が断ると、瑞枝さんは意外そうに「あら」と言った。

「けれども、お願いがあります。境内にある花をひとつ頂いてもよろしいでしょうか？」

「いいけれど、紫陽花《あじさい》はとっくに枯れてしまっているわ」

「紫陽花じゃないんです」

僕は立ち上がった。そして「失礼します」と言った。

「またいらしてね」と、瑞枝さんは言った。本堂を出る間際「お姉さんが亡くなって、もう四年も経つのねえ。早いわ。全部、全部、早い」という彼女の呟《つぶや》きが聞こえた。

○

伊東から帰るその足で、僕は『お茶の燎』へ赴いた。宵が近づいているというのに、市松さんが店番をしていた。最近の燎さんは、遠くまでランの散歩に行っているらしい。歩きながら、征一さんのお茶についての考え事をしているという。

僕は、何の変哲もない、一番安価な煎茶《せんちゃ》を買った。

市松さんは、僕が花を持ち帰ったと知って、何も言わずにただ微笑んだ。慣れた手つきで茶葉《ちゃよう》を充填《じゅうてん》し、紙袋に入れてくれた。

僕も、何も言わなかった。彼と通じ合えているような気がしていた。

○

十一月中旬に入ったある日の午後、僕は誰にも告げずに佐々木邸を訪れた。片手に提げた『お茶の燎』の紙袋を持ち直す。呼び鈴を鳴らして出て来た奥さんは、僕を見て驚いた。

「あなたは……お茶屋さんのとこのお子さん？」

お子さん……。僕はがっくりしそうになったが、頑張って耐えた。

「ひとりで来たの？」

「はい。藤堂と申します。突然お伺いしてごめんなさい」

「今日はどうしたの？」

「征一さんに、お茶を淹れさせてください。特別なものを持ってきました」

それから僕は台所を借り、持参した煎茶を淹れた。急須から注がれる一滴一滴に、弘誓寺での記憶を込めた。自宅で何遍も練習した通り、自分でも在処《ありか》のわからない心を、それでもあると信じて絞り切った。

床の間では征一さんが待っていた。股引《ももひき》に腹巻をして、前と同じくちゃんちゃんこを着ている。あの日、町子さんから渡された警策が傍らにある。

僕は、彼の前に湯呑を置いた。彼は湯呑を見つめた。それを嗅《か》いで、半分程しか開けていなかった瞼を大きく上げた。その瞳に漂っていた淀《よど》みが、段々と消えていく。

彼は湯呑をおもむろに取って、僕の淹れたお茶を飲んだ。

天を仰いで目を閉じた。

そして、動かなくなった。

ずいぶんと動かなかった。

心配になった奥さんが、征一さんの肩に手を置いたその時、征一さんは警策を掴んで勢い良く立ち上がり、キョロキョロとして、獣のように居間を飛び出した。

「おじいちゃん！」

慌てた奥さんが声を上げた。

僕は征一さんを追って廊下を駆けた。すぐに仏間にいる征一さんを見つけた。息を切らして、後から奥さんもやって来た。

征一さんは荒い呼吸をしながら、仏壇に置かれた町子さんの写真を見つめていた。

ぐっ、と、警策を持つ手に力が入る音が聞こえた。

そして、響くくらいに唾《つば》を飲み込み、

「いつ」

胸を押さえながら、奥さんが「え？」と聞き返す。

「町子は。死んだのですか」

征一さんは言った。

奥さんの表情が崩れそうなほどに歪《ゆが》んだ。

「おじいちゃん、意識が戻っているの？　戻っているのね？」

征一さんは、僕たちをキッと見た。

「町子は、どこにいますか」

それを聞いて、奥さんはとうとう泣いてしまった。

「おばあちゃんは、四年前に亡くなりました。今は、沼上《ぬまがみ》霊園で眠っていますよ」

「沼上霊園」

征一さんは反芻《はんすう》した。その言葉の舌触りを確かめるように口をぱくぱくさせて、警策を持ったまま、僕と奥さんの間を強引に割って、ダッと駆け出した。

突き飛ばされた奥さんの短い悲鳴が上がり、僕は障子に背をぶつけた。棚の花瓶が落ちて割れた。「おじいちゃん！」「征一さん！」と声が重なる。

彼が何事かを叫び、玄関の引き戸が開く音がした。

奥さんの顔が真ッ青になった。「外は、外は駄目！」彼女は叫んだ。「轢《ひ》かれちゃう！」

身を支えようとしゃがんだ僕の肩に、彼女は縋りついた。

「止めてください！　おじいちゃんを止めてください！　意識が戻って、おばあちゃんが亡くなったのをわかって、おかしくなってしまったんだわ！」

○

佐々木邸を飛び出した僕は、素早く左右へ目を散らした。

　すると十字路を左に折れる征一さんが見えた。僕はそれを追った。

　閑静な住宅街の路地を、征一さんはご老体にあるまじき物凄《ものすご》い速度で駆けて行く。全くもって追いつけない。どうなってんだ。家の前で竹馬をしていた子供たちが、彼と僕を見て「鬼ごっこ！　鬼ごっこ！」と嬉《うれ》しそうに飛び跳ねた。彼は陸上選手のようなフォームで爆走を続け、唐瀬《からせ》街道を横切り、仏壇の文殊堂《もんじゅどう》を過ぎ、かくんと美しいコーナリングで右に折れた。彼のちゃんちゃんこの裾《すそ》が鮫《さめ》の尾のように翻った。

「ぐえっほ、げほげほ」

　全く追いつけずに紳士服のコナカの駐車場で項垂《うなだ》れて、血の味のする息を整えていると、

「あれ？　小僧、こんなところで何やってんだ？」

　その聞き慣れた美声は、燎さんである。僕は地獄に仏ありと彼に飛びついた。そんな僕に、リードに繋《つな》がれたランが飛びついた。彼は散歩中に偶然僕を発見したのだ。

　僕は、素早くこれまでの経緯を説明した。そして共に征一さんを追ってくださいと懇願した。燎さんは「大変じゃねえかそりゃ！」と言った。こうして僕たちはふたりで征一さんを追走することになった。

　メゾン・マルヤの手前を右に曲がると、長い一本道の遠く向こうに征一さんの背がある。僕と燎さんとランは路地を駆けた。しかしまあ、距離が縮まるどころか離されているような気さえする。「なんなんだあのじいさんは！」と燎さんが声を荒らげた。「今までボケて

た人間の走りじゃねえぞ！」

縮まらない差のまま走り続けていると、左手に静岡中央高校が見えて来た。四時を告げる鐘が鳴って、校門からたくさんの生徒が吐き出された。横目に見ながら走っていると、ふいに背後から「おうい、おうーい！」と声が聞こえてきた。足を止めて見ると、大きく手を振りながら駆けて来る、トランペット・ケースを提げた小夏さんだ。

「ふたりとも、こんなところで何やってるんですか？」

中央高校に通う友人と待ち合わせをしていたという彼女と鉢合わせたのである。僕と燎さんは、素早くこれまでの経緯を説明した。小夏さんは「大変じゃないですかそれ！」と、友人に事情を説明した。こうして僕たちは三人で征一さんを追走することになった。

だが、追走者が増えたところでこちらの速度が増す訳ではない。征一さんは戦艦仕込みの底知れぬ体力をこれでもかと僕たちに見せつけて、現代人の腑《ふ》抜けた体を嘲笑《あざわら》った。

両脇の田んぼを見ながらひたすら行って、千代田上土《ちよだあげつち》インター・チェンジを過ぎ、巴川《ともえがわ》沿いの小道へ突入する。一体どこまで行くのか。太陽が沈み、夕焼けが満ちてきた。

こちらで元気なのは、もはやランだけである。僕も燎さんも小夏さんも、生まれたての小鹿のような足取りになっている。なのに先を行く征一さんはしゅたたたたたという音が聞こえてくるくらい軽快な快走を続けている。右手に静岡市中央卸売市場があった。「いい加減にしろ」と燎さんが泣きそうな声で言った。「どこまで行けば気が済むんだああ」

流通センター通りの交差点を北へ、なお征一さんは止まらない。僕たちの間に会話はない。体力の限界を幾度も超えることにより、融通無碍《むげ》を獲得していたからである。達観を極めた静かな追走をしていると、右方にある施設が広がってきた。静岡消防航空隊、東邦《とうほう》航空など、数種のコンテナが並んでいる。ここは『静岡ヘリポート』だ。

そのヘリポートに、ヘンテコリンな格好をした集団があった。まるで武士のような和装の中年男性たちが、双眼鏡を構えてぼうっと空を見つめている。頭上にばらばらとヘリコプターがやって来て、彼らはわあっと歓声を上げた。その中に、どこかで知っている禿頭《とくとう》の男性がいる。それは利休御霊だ。

「あれ見てください」と、僕はふたりに促した。「うわ、あいつら何やってんだろう」と燎さんが言い、「誰もいませんよ?」と小夏さんが言った。彼女に見えていないということは、あれらは御霊で間違いない。そう言えば、いつか利休御霊が「静岡探勝ぴくにっく」へ行くと言っていたことを思い出した。ヘリコプター見学もそのコースのひとつに入っていたのだろう。

ここで僕は天啓を得た。

御霊は空を飛べる。

空を飛べるということは、とても速いということ。

つまり、利休御霊に、征一さんを捕まえて貰《もら》えば良いのだ。

「利休さあん！」と、僕はヘリポートに向かって呼び掛けた。双眼鏡を構えていた男性たちが驚いたようにこちらを見た。僕を認めた御霊は、ひゅうっと風に乗る凧《たこ》のような身のこなしで、僕たちの前に降り立った。それに続いて、他の中年男性たちもひゅんひゅんやって来た。

「お主ら、こんなところで何をやっている？」

僕と燎さんは、素早くこれまでの経緯を説明した。御霊たちは「それは実に面白い」と大笑した。「大岩くんだりからここまで走って来るとは、見上げた根性のご老公」

「お願いです。御霊様のお力で、征一さんを止めてください！」

「だが、あのご老公は、お主のお茶が引き金でああなってしまったのだろう。ならばお主が責任持って片付けるのが筋ってものよ」

「僕ではどうにもならないんです。ご覧ください、この両足を。あまりに速すぎて、逆にゆっくりに見えるくらい震えているでしょう。僕はすっかりポンコツでございます」

「力を貸してやらんこともない。ただ、その礼はたっぷりとしてもらおう」

僕は売り飛ばされる少女の心持ちになった。ちょっと唇に触れてから、お母さんごめんなさい、と念じて覚悟を決めた。「何なりとお申し付けくださ い……」

「では、いざ」

利休御霊は腕まくりをした。

しかし、それを止める若者がいた。

「利休さんが出るまでもありません。ここは私、近衛三郎太《このえさぶろうた》がお役目仕《つかまつ》りましょう」

近衛御霊は双眼鏡を利休御霊に渡して、ひゅーんと征一さんの元へ飛んでいった。

そして、その身を捕まえようとし、まるでピンボールのようにポカンと弾《はじ》き飛ばされた。

近衛御霊は、ぐったりしたまま暮れた空を切っていった。

御霊たちからどよめきが上がった。

「あの爺《じい》さん、何をした！」

「何かを振るったような！」

「現世《うつしよ》の者らは我々に触れられないはず！　一体どうして！」

「畜生、近衛の仇《かたき》！」と、数人の中年御霊がこぞって征一さん目掛けて行った。征一さんは御霊が近づくと、ぐるんぐるんと独楽《こま》のような動きをした。その度にパコンポコンと御霊たちが吹き飛ばされて夕空を切っていく。偶然こちらに飛んで来たひとりが、おでこにできた大きなたんこぶを押さえながら「警策《きょうさく》だ！」と叫んだ。

「爺さん、警策持ってる！　そしてべらぼうに強い！」

「げえ！」残った中年御霊たちがおののいた。「警策はまずい！　神通力を帯びている物は我々に干渉できる！」

「それが作用して、我々の姿が見えているのか！」

「ううん、こうなれば仕方ない」と、燎さんは、持っていたリードをぱっと離した。

「ラン！　あの爺さんのちゃんちゃんこに噛《か》みついて止めろ！　お前も老犬にあらぬ若々しさを見せつけてやれ！」

するとランは魚雷のように駆けだして、真っ直ぐ征一さんの元へ行くかと思いきや、びゅうんと見当違いの斜め方向の草むらへ走って行った。「あれ!?」と燎さんが言った。

「私に任せてください！」

小夏さんが提げていたケースを開き、金色に輝くトランペットを取り出した。

「私が演奏して、征一さんの気を引きます！　その間に捕まえてください！」

そうしてプァ〜と宇宙戦艦ヤマトを吹き始めたが、征一さんどころかこちらの陣営すら誰も聞いていない。

「どいつもこいつも、不甲斐《ふがい》ないのう」

利休御霊がぺっぺと両手のひらに唾を吐いた。「お主ら、そこで見てろ」と言って、ひゅうんと征一さんの元へ飛んで行った。「いよっ、天下三宗匠！」「国宝製造人間！」と残った御霊たちが囃《はや》し立てた。

征一さんと利休御霊は、押し合いへし合いした。しばらくしてポカンと殴られた利休御霊がこちらへ吹き飛ばされてきた。「駄目だ強い！」と彼は言った。

「あの身のこなしは、そんじょそこらの使い手じゃないぞ。俺は剣道部だったからわかる」

燎さんが呟《つぶや》いた。「おじいちゃんは、剣道の達人だったんですよ」という奥さんの言葉が思い起こされた。

こうして、またも追走劇が始まった。隙を見て征一さんの元へ突撃する御霊もいたが、あっと言う間に征一さんの警策の餌食《えじき》となった。

「なんなんだあのジジイは！　一向に止まらんぞ！　まるで戦艦だ！」利休御霊が頭を掻《か》き毟《むし》った。

空は夕暮れを終えて宵に染まりつつあった。大所帯を引き連れて、お茶に呼び覚まされし昭和の韋駄天《いだてん》戦艦こと征一さんを追いかけているうちに、僕は、彼が狂乱的に当てもなく走っているのではないということに、とうとう気がついた。

それは、左手に『この先、沼上霊園』という看板を見つけたからだ。

征一さんは、迷うことなく沼上霊園へ入った。

僕たちが到着するまで、彼は並び立つ墓石をひとつひとつ確認して回っていた。

ふと征一さんの足が止まって、御霊たちが「とうとう観念したか、このジジイ！」と、雪崩のように彼の足元へ飛びついた。体勢を崩して前のめりに倒れた彼に、御霊たちがドサドサと折り重なる。

「待って、待ってください！」

僕は御霊たちを引き剥《は》がした。「征一さんはもう止まってます！」

むくりと起き上がった征一さんの前にある墓石には、『佐々木家之墓』と刻印がある。

彼は立ち尽くし、ジイッと墓石を見つめて、息を整えた。

ようやく落ち着いた僕たちは、その後ろから、彼を黙って見守った。

しん、と辺りは静かになり、秋の虫の声だけが響いた。山颪《やまおろし》の冷たい風が吹いて、汗に濡《ぬ》れた体に滲《し》みた。空には、暗幕に飾られた勲章のような無数の星が輝いていた。

「町子」

征一さんが、ぽつりと呟いた。

そして彼は、ただ次の一言を伝えたきり、自宅へ連れ戻されるまで、口を開かなかった。

それは、終わった己の青春を悟った彼が……いつまた靄《もや》の中へ戻ってしまうかもしれない彼が、彼女に何よりも伝えたいことだったのだと僕は思っている。

彼は右腕を真っ直ぐ伸ばし、摑《つか》んでいた警策を墓石に見せつけるようにした。彼の背中は今、氷の反射がなくとも輝く、あの弘誓寺での若く雄々しい戦艦乗りの背中だった。

長い息を吐き、彼は穏やかに墓石へ語り掛けた。

「まだ、持っているよ」

○

十一月も下旬に入り、季節はいよいよ冬に変わろうとしていた。

僕はこの日も『お茶の燎』で市松さんに、緑茶廻廊《かいろう》に茂る全国の品種を用いての緑茶講釈を受けていた。

僕は、自分のこの熱心を不思議に思っていた。

あれから、征一さんは度々意識を戻すようになった。何がきっかけかはわからないが、生活の至るところで本当の彼が現れるようになる。奥さんはそれをたいへん喜んだ。僕は、その功績が自分にあって嬉《うれ》しいのかもしれない。いや、きっとそうだ。その喜びは、この胸のお茶熱に注がれる灯油となっていた。

一杯のお茶で、何かが変わる。

それを、今度は菅野ではなく、自分自身で体験できたことが、このがらんどうの身の全てに響き渡ったのだ。

「きみがお茶を大好きになってくれて、私はとても楽しいです」

市松さんは、こうして僕がお茶にのめり込んでいくのをずいぶん嬉しそうに眺めた。僕もそんな彼の視線を受けるのが居心地よかった。彼は、僕が征一さんの青春のお茶を見つけ出したことを素直に感心してくれた。

ただ、今回の件を経て、少し変わったことがある。

というのは、僕に対する燎さんの態度が、何か、喉《のど》に引っかかった魚の小骨に対するようなものになったのだ。

「小僧。どうやって征一さんの青春の緑茶を探し出した」

追走騒動を終えた翌日、燎さんは僕にこう問うた。

「普通の煎茶《せんちゃ》に、刻んだ勿忘草《わすれなぐさ》の葉を混ぜて淹れました」

僕はそう答えた。

それを思いついたのは、伊東の弘誓寺で瑞枝さんに振舞われたお茶を飲んだ時だ。あれを飲んだ時に現れた町子さんは、征一さんへ警策を渡した後に言った。「私のことを重荷に感じましたら、いつでも海へお捨てください」。それを聞いた時、またそう言って彼女が俯《うつむ》いたのを見た時、僕はふいに、境内にあった、かすれた花を思い描いていた。彼女の言葉と姿があの花に重なっていた。

そうして僕は、勿忘草を摘んで帰った。瑞枝さんから『ぐり茶』を受け取らなかったのは、もはやお茶の品種や銘柄に本質はないと、どこかで確信していたからだ。

自宅に帰って勿忘草を調べ、その確信が的中していたと知る。勿忘草は、呼吸器疾患においての効果があるとされ、ヨーロッパにおいて民間療法で薬として用いられていた。つまり飲んでも害がない。

何より重要なのは、その花言葉にあった。

勿忘草の花言葉は「私を忘れないで」。

町子さんは、征一さんに振舞う一服のお茶で、密《ひそ》かに告白をしていた。愛を説けない時代だからこその手法だった。口では己を荷物にしないよう言って、その内では長い艦上生活の中でもその心に自分が住まっていることを願い、祈りを込めてお茶を淹れていた。そこに彼女の本心があった。彼女の愛と悲しみを抽出して出来た、どんな種類のお茶にも辿《たど》り着けない青春の味があった。

私のことを重荷に感じましたら、いつでも海へお捨てください。

征一さんは、どんな靄の中にいても、その言葉をいつまでも覚えていたのだ。

「……俺の知らんうちに、わざわざ伊東にまで足を運んでたのか」

燎さんは僕を睨《にら》んだ。

「お茶の味を決するのは、淹れる人の心ひとつだと、市松さんに教わりました。その心ひとつを見つけるためには、行かなきゃいけない、と思ったんです」

「……そうして解答を摑んだんだな」

僕が頷《うなず》くと、燎さんは自嘲《じちょう》するようにハッと笑った。

「その答えに辿り着こうと、廻廊で必死に研究していた俺が、実に馬鹿らしいよ」

○

市松さんとお茶談義を交わしているうち、気付けば夕方になっていた。そのうち、燎さんが散歩から帰って来た。燎さんは僕を見て、ほんの僅《わず》かに眉《まゆ》をひそめた。僕はそれを見逃さなかった。彼は、自分自身、そんな表情を浮かべたことに気づいていないようだった。

彼を怒らせるようなことをしたとは思えなかった。しかし、彼が僕に対して僅かながらも一種の敵愾心《てきがいしん》を見せ始めたことは事実だった。

何となくいたたまれなくなって、そろそろお暇《いとま》しようとした時、入店する者があった。

吊《つ》った目に、七分に腕まくりした真ッ白のカッター・シャツとバンカラ風の高下駄《げた》が特徴的な、どこか時代錯誤な雰囲気を匂わせる、僕と同い年くらいの青年だ。ギラリとした眼光は爬《は》虫類《ちゅうるい》のように鋭い。腰に巻いたエプロンに『緑茶専門店・茶湊《ちゃみなと》』とある。

彼はこちらの挨拶《あいさつ》より早く店内を見渡し、手に提げていた紙袋から一本の茶筒を取り出して、僕たちへ向かって印籠《いんろう》のように突きつけた。

「これは、佐々木家からお借りしたものである。征一爺の記憶を呼び戻した茶が入っている」

そして青年は、硝子《ガラス》が軋《きし》み、ランが飛び上がるほどの大音声を上げた。

「このお茶をつくったのは、誰かッ!」

第三章　茶臼の速度

『お茶の燎《かかりび》』から呉服町《ごふくちよう》通りを西へ少し行くと、青葉《あおば》通りに交差する。

この青葉通りに、一軒の緑茶専門店がある。創業五十年と歴史こそ浅いが、取り扱う深蒸し茶の質が良く、また若者へ向けた抹茶関連の甘味が評判で、呉服町通りに多々ある緑茶店の顧客を根こそぎ掻っ攫《さら》いつつあるほど脅威を持った店である。

この店の台頭には、二代目である店主の手腕が大きく影響している。創業当時は鳴かず飛ばずだったが、主人が引き継がれた途端に売り上げを大きく伸ばし、今では呉服町を代表する茶店にまでなった。

なんでもその二代目は、二十二歳と非常に若く、そして真面目一徹に緑茶のことを考え、もはや病的なまでに愛を注ぎ、緑茶以外は茶にあらずとの信念を振りかざして「茶審査技術五段」を取得しているという。

通常、茶師の感覚が最も冴《さ》えるのは四十代と言われている。この年齢で五段もの高位を得ている彼は、『お茶の燎』の燎さんの「時代の寵児《ちようじ》」という異名に対して、「茶畑の超新星」と呼ばれている。生まれて初めて発した言葉が「かてきん」であったとか、白米の代わりに茶葉《ちやよう》を喰《く》らっているだとか、血液が全て深緑色だとか、彼にまつわる噂は絶えない。

また以前、グルメ・リポートの取材で彼の容姿が全国に発信された際、その大正男児ふうな伊達男《だておとこ》ぶりが話題を呼んで、ファン・クラブも結成されているのだという。

その店の屋号は『茶湊《ちやみなと》』。

二代目店主である彼の名前は、三兎《みと》という。

○

『茶湊』の店主・三兎が茶筒を持って『お茶の燎』に襲来した際のことである。

彼は呆《ほう》ける僕たちに向かって、再度「誰かッ！」と質問した。市松《いちまつ》さんと燎さんが無言で僕に視線を集めると、三兎は「貴様かッ！」と僕の肩をガッシリ摑んだ。

そして、

「茶葉に他の植物の葉を混ぜてこんなものをつくるとは……緑茶道を舐《な》めるのも大概にしろ！　このクソ非常識めがッ！」

と叫び、それから天気が急変するように、

「しかし、俺はそんな貴様に屈したのだ！　それは認めざるを得ない！　貴様、名前は！　藤堂《とうどう》？　よし、藤堂だな、覚えたぞ！　見ていろッ！」

そう一方的にまくし立てて、さっさと帰ってしまった。

その後にわかったことだが、佐々木《ささき》さんは、この『燎』へ来る前に、征一《せいいち》さんを連れて『茶湊』を訪れていたという。そこで三兎は征一さんの青春緑茶についての話を聞き、一意専心に正解を探していたのだが、僕に先を越されて地団駄を踏んだと。

そして迷惑なことに、この日から彼は事あるごとに『燎』へ顔を出し、僕を敵視するようになった。天を衝《つ》くほど屹立《きつりつ》する彼のプライドにおいて、「先を越される」というのは即ち「負け」なのである。

「貴様、茶師なのか？」

「いえ……」

「茶師になるのか？　なるんだろう。なるんだな」

「いや、そんな気は……」

「貴様は、必ず俺がけちょんけちょんにしてやるぞ。あんな茶をつくる者に俺の戦績が傷つけられたままでは我慢ならない。いいか。来春に行われる『静岡まつり』の利き茶会で俺と勝負しろ。公衆の面前で貴様をぶちのめしてやる！」

このような具合に、彼は僕を見ると直線的に喧嘩《けんか》を売ってくる。そのくせに礼儀を重んじるのか、いつも律儀に羊羹《ようかん》を買っては「さらばだ！」と一礼してからいなくなる。

「なんだかご迷惑をお掛けして、申し訳ありません」

そう僕が詫《わ》びると、「いいよ。いつも羊羹買ってってくれるんだから、ありゃもうお得意さんだ」と燎さんは言う。

○

十二月に入り、街は冬の椀《わん》に沈んできいんと冷たくなった。

ある土曜日の昼間、僕は燎さんに使いを頼まれ、煎茶を持って『御菓子司《おんかしつかさ》きっぷ』へ赴いた。繁盛と言えるほどに客がいた。和菓子の並ぶカウンターの奥で、小夏《こなつ》さんが会計をしている。彼女はエプロンに桃色の三角巾《さんかくきん》をつけて、手伝いをしているようだった。くるくると手際よく店内を動くその様子は、まるで野原でボールを追い回す柴犬《しばいぬ》のようだった。

小夏さんは、店の出入口に佇《たたず》んでいた僕に気付くと、パアッと笑顔になった。

「藤堂さん。こんにちは」

「ご注文の煎茶を持ってきました」

「わざわざごめんなさい。今日はお客さんが多くって、もうお茶っ葉が切れそうで」

僕が『燎』の紙袋を差し出すと、彼女はポケットからがま口を取り出しながら、「もうすっかり『燎』の一員ですね」と笑った。

「お使いくらいなら、なんてことはありません」

「そのまま『燎』で働いちゃえばいいのに」

「従業員を募集しているような感じもないですし、僕も来春からサラリーマンですから」

小夏さんから代金を受け取っていると、背広姿の男性が入店してきた。黒髪の所々に白髪の交じる、くたびれた漬物のような中年である。

男性は小夏さんに向かって「ただいま」と言って小さく手を挙げた。

小夏さんは「ちら」と男性を見て、途端に瞳《ひとみ》の色を無くした。そして、まるで何も視界に入らなかったかのように無表情でふいと顔を背け、「ありがとうございました。私、これから部活があるので、また」と、店の奥へと消えて行った。

小夏さんの明らかな無視は、男性と僕の間に気まずい沈黙をもたらした。嫌悪感とはまさにこれ、というほどの、清々《すがすが》しい無視だった。どのような間柄かは知らないが、今のを見れば、おそらく万人が万人、彼女が彼を嫌っているのであろうことがわかる。彼女の色のない瞳は、蚊を眺めるものとまるで変わらなかった。

ふと、男性と目が合った。彼は干し柿のような愛想笑いを浮かべた。僕も黙礼し、息苦しいその場から早急に退散した。

この時の僕は、まさかこの男性が自分のストーカーになるとは予想だにしていなかった。あろうことか、彼は僕を「小夏さんの恋人」と勘違いし、僕の追跡を始めたのだ。

○

違和感を覚えたのは、『燎』へ煎茶《せんちゃ》の代金を届け、帰宅の途に就こうとした際。

冬空を眺め、ううんと背伸びをして、小梳神社《おぐしじんじゃ》の鳥居の後ろに細身の背広の男性がいることに気がついた。『御菓子司きっぷ』にいた、彼だ。

彼は僕の視線を避けるようにして、ぱっと鳥居の後ろに隠れた。不思議に思いながら静《しず》岡《おか》駅を目指し、横断歩道の手前でフッと振り返ってみる。すると電柱の陰に身を隠す彼がいる。駅北口に着いて、パッと振り返ると、バス停の標柱に隠れる彼がいる。

僕は気味が悪くなった。彼は明白についてきている。僕はこれまでにも、この童顔のため変態に狙われたことがある。このまま藤枝《ふじえだ》までつけられ、自宅を割られてはまずい、と判断した僕は、変態中年を煙《けむ》に巻くべく、再び街を歩き回ることにした。

そうして呉服町通りから青葉通りへ、昭和《しょうわ》通りから江川町《えがわちょう》通りへ、ぐるりと三周もしたが、男性はどこまでも追ってくる。そしてどうやら、僕に気付かれていないと思っている。

いよいよ不気味になって、僕は駆け出した。すると男性も駆けてきた。御幸《みゆき》通りから県庁へ、彼は影のように迫ってくる。たまに振り向くと慌てて通行人のフリをするが、切れた息が誤魔化しきれていない。

僕はそのまま東御門から駿府城内《すんぷじょう》へ逃げ込んだ。中にある公園を一心不乱に逃げていると、そのうちとうとうついてくる気配が消えた。

それでも警戒していると、どこからか喇叭《らっぱ》の音が聞こえてきた。

その伸びやかで上手な音に導かれていくと、「家康《いえやす》公お手植えのミカン」の前でトランペットを構える見慣れた姿を見つけた。小夏さんだ。

○

「今日、本当は部活ないんです。でも、嘘ついて出て来ちゃった」

売店の前に腰掛けて、自販機で買った抹茶ラテを冷ましながら彼女は言った。

「あの人が帰ってくると、どうにも居心地が悪くって」

あの人、というのは、僕を追い掛け回していた男性のことだろう。ならば、つい先ほどまで彼に追い掛け回されていたと告白するのは早急に思われた。

その思案による僕の沈黙を違うふうに受け取ったのか、小夏さんは申し訳なさそうに苦笑した。

「あの人は、私のお母さんの再婚相手なんです」

彼女の本当の父親は、彼女が小学六年生の頃に家を出た。『御菓子司きっぷ』は、昭和初期から代々続く名店である。小夏さんの母親は一人娘なので、店の暖簾《のれん》を守るため、婿養子を取らねばならなかった。つまりあの男性は、彼女にしたら「突然家にやってきたおじさん」ということなのだ。

「お母さんの再婚をどうこう思っているわけではないんです。ただ、あの人が……あの『新しいお父さん』が、すごく苦手で」

小夏さんの新しい父、治《おさむ》さんは、静岡県庁に勤める公務員だった。彼は偶然『御菓子司きっぷ』を訪れた際、小夏さんの母に一目惚《ぼ》れをした。それから彼は一念発起、「手練手管に姑息《こそく》上等、恋はいつでも早い者勝ち」の精神に則《のっと》って辞職を決意し、背水の陣で猛烈な恋愛攻撃を仕掛けて、見事に赤い糸を互いの薬指に巻きつけた。

「あの人……とても私に気を遣うんです。まるで腫《は》れ物に触るみたいに、気を遣って遣って仕方がないんです。敬語で話すのは当たり前。こないだだって、私が欲しい欲しいと思っていたトランペットを、ぽん、って買ってくれました。私、そのトランペットを買うために、お店のお手伝いをして、コツコツお小遣いを貯めていたんです」

僕は小夏さんの傍らにあるトランペット・ケースを見た。「これは違います。これは学校から借りているやつ」と彼女は言った。「貰《もら》ったトランペットは、使う気になれなくて」

「贈り物をされるのは、素敵なことです」

「確かにそうです。でも、藤堂さん。トランペットっていくらくらいするか知っていますか？」

僕は少し考えた。「三万円くらいですか？」

「その五倍くらいです」

僕が「げえっ」と蛙の声を漏らすと、小夏さんは「ね。それを、ぽん、ですよ」と溜息《ためいき》をついた。

「そのトランペットを貰った時、嬉《うれ》しいような、寂しいような気持ちになりました。でも、ちゃんとお礼は言ったんです。そうしたらあの人、すごく勢いづいちゃって。事あるごとにプレゼントを持って来ては、私のご機嫌を窺《うかが》うんです」

ヴィトンの外套《コート》や藍方石《アウィン》の首飾り、ルブタンの赤い靴《レッドソール》にキャロンの香水、木製譜面台にシロイルカのぬいぐるみ……小夏さんは指を折りながら、治さんから貰ったプレゼントを追思した。抹茶ラテを一口飲んで白い息を吐き、遠い視線を冬空へ投げた。

「距離を縮めたいのはわかります。私だって、早く彼を家族の一員に思えるようになりたい。……でも、なんだか、物で私を釣ろうとしているみたいで、悲しいんです」

○

その後、僕は「学校に用事がある」という小夏さんと別れた。そう言う彼女の黒い瞳が泳ぎに泳いでいたので、それはおそらく嘘だった。まだ家に帰りたくないのだろう。一人にさせてあげた方が良いと感じて、僕は何も言わなかった。彼女は嘘が下手だった。

日が沈んできていた。駿府城公園を出た僕は、今度こそ帰ろうと思った。すっかり警戒心を解いていた。

そうして呉服町交差点に差し掛かった時、ふいに「目のまえスクランブルビルディング」、通称「めのスク」脇の暗がりから細長い腕が伸びて来て、僕の胸倉を掴《つか》んだ。抵抗する間もなく引きずり込まれた闇の中に、爛々《らんらん》と瞳を輝かせる治さんがいた。僕はあまりの驚きに声も出せなかった。

「ちょっと、聞きたいことがあるのですよ……」

陰鬱《いんうつ》そうに治さんは言った。

「ねえ。私は、どうすれば小夏ちゃんと仲良くなれるでしょうか……」

その糠床《ぬかどこ》から這《は》い出た茄子《なす》みたいな様相があまりに不気味で、僕はワッと叫んで治さんの手を振りほどいて駆け出した。人ごみを掻《か》き分けながら呉服町通りを行くが、ぴったり治さんもついてくる。彼に捕まり、両腕を押さえられて壁に押し付けられ、生温い息を吹きかけられながらぬるぬるした尋問をされる想像が脳裏を過《よぎ》った。

僕は無我夢中で小梳神社に逃げ込んだ。利休《りきゅう》御霊たちが境内でバドミントンをしていた。

「助けてください!」

僕は利休御霊に縋《すが》りついた。「ド変態に追われているんです！」

背後に治さんが迫っていた。利休御霊は「なんか知らんがあいわかった」と頷《うなず》き、ラケットを振り抜いて、治さんの額にすぱんとシャトルを命中させた。もんどり打って倒れる治さんに、その他の御霊たちが覆いかぶさった。

「藤堂。これでお前には貸しふたつだぞ。いつでも良いから、夜、神社に顔を出せ」と利休御霊が言った。

僕は、御霊たちの下敷きになって「なんだか体が重くて動けない！」と身じろぎする治さんに近づいた。

「あのう。どうして僕を執拗《しつよう》に追い回すんですか」

治さんはぐったりして言った。

「……私は、小夏ちゃんのお母さんと再婚をしたんだ。彼女の新しい父親なんだ」

「……へええ」知っている。

「君は、小夏ちゃんのボーイ・フレンドだろう？」

そうであったなら、どれほど喜ばしいことか。僕が左右に首を振ると、治さんは「違うの？」と、きょとんとした。

「でも、君。『きっぷ』や駿府城公園で、小夏ちゃんと仲良さそうにしていたじゃないか」

治さんは、どこかから僕たちのことを窺っていたらしい。撒《ま》けていなかったのだ。

「君なら、小夏ちゃんとの心の縮め方を理解していると思ったのに……」

「一体どうして、そんなことが知りたいんです」

「君も昼間、『きっぷ』で見たろ。彼女は私を避けている。私は、どうしても彼女に取り入りたいんだ。『お父さん』と呼んでもらいたいんだよ」

無表情で折り重なる御霊たちの下で、治さんは悲しそうに顔を伏せた。境内でうつ伏せに倒れて動かない彼の元に、ざわざわと人が集まり始めた。

「どうでもいいけど、お前ら。込み入ったことなら、どこか他のところで話したら？」

利休御霊が言った。「好奇の衆目が凄《すご》いよ」

○

治さんを連れて『お茶の燎』へ行くと、茶碗《ちゃわん》のカタログをカウンターの上に広げていた燎さんが、不思議そうに僕を見た。市松さんは廻廊《かいろう》を探検中だという。

「なんだ、その人は」

僕は燎さんに彼の素性を説明した。しかし彼の小夏さんに対する過度な気遣いについては黙っていた。

小夏さんの母を籠絡《ろうらく》した手法にせよ、恋が絶対に叶《かな》うものと根拠のないまま信じて職を辞した行動にせよ、小夏さんに対しての贈り物にせよ、治さんはどうにも「一直線」な気質の人だった。とにかく真っ直ぐに人と接して、早急に親密になろうとする。彼にとっては都合良いのかもしれないが、思春期の只中《ただなか》にある小夏さんにはそれが鬱陶《うっとう》しいのだろう。

彼女は再婚をどうこう思っている訳ではない、と言っていたが、そんなはずはない。年頃の女の子の胸間に、突然に現れた男性を「新しいお父さん」とすぐに受け入れられる余白があるなど、到底僕には考えられなかった。

ところが、そのような繊細な乙女心に疎いのは燎さんである。

「あなたも苦労していますねえ」

彼は治さんにお茶を淹《い》れながら、そうして同情したりする。

「小夏ちゃん、あれで結構堅物だから」

「ご主人は、小夏さんと長い付き合いで？」

「ええ。彼女が米粒くらいに小さかった頃から知っています」

「それはそれは」治さんはお茶を飲みつつ感嘆した。「そうか。このお店は『きっぷ』の御用達《ごようたし》か」

「俺がふたりの仲を縮める手助けでもできたらいいんですけど、贈り物も駄目となると、なんにも思いつかねえな……」

燎さんは腕組みをして、考える風に顎《あご》に手を当てた。贈り物一辺倒で気が引けるほど、女性の気持ちは容易《たやす》くない。彼は見た目に反して、そういう肝心なところが希薄なようだ。

「……市松なら妙案を閃《ひらめ》くかも」

「市松？」

「この店の、もうひとりの従業員みたいなもんです。あいつは安楽椅子探偵的な才能があるから、ちょっと呼んできましょうか」

燎さんは僕に店番を頼んで、奥へと引っ込んだ。風鈴が響き、ドアの閉まる音がした。

カウンターの中に入ってすぐ、鍵《かぎ》が落ちていることに気が付いた。勝手口の鍵だ。

偶然とはいえ、僕のように廻廊へ迷い込み、店に通じてしまう者が泥棒でないとは限らない。この鍵は、その対策としてつけられた錠のものだ。

特に客が来る気配もなかったので、僕は治さんに断って少し退席させてもらった。鍵を持ち、廻廊へ続くドアの前でふたりを待った。

だが、なかなか戻ってこない。あまり店番を不在にするのも良くない。ふたりを急《せ》かしに行こうと思い、僕は廻廊へ入った。

すぐそこに、燎さんと市松さんがいた。燎さんが市松さんを先導しているようだった。

鍵を摘《つま》んで掲げ、

「ねえ。鍵、落としていましたよ。駄目じゃないですか」

と言おうとして、思わず僕自身が鍵を落とした。

燎さんと市松さんは、まるで恋人のように硬く手を繋《つな》いでいた。

ぎゅっと繋いでいた。

これまで信じていた何かが、僕の中でガラガラと音を立てて崩れた。

あ、ホモですね、と思った。

あんぐりする僕に気付いた燎さんが、噴火するみたいに頭から湯気を噴出し、慌てて手を離して「違う！」と叫んだ。「違う、違う、違う！」

後ずさりする僕の肩を燎さんは掴んだ。「イヤッ！」と僕が身をよじると「違うから！」と彼は唐辛子みたいに真ッ赤な顔で、滝の汗を流して言った。

「俺は違う！　俺は男色じゃない！　俺は女性が好きだ！」

慌てる燎さんに対して、市松さんはニコニコしたままだった。

市松さんにはある事情があって、自分が手を引かなければ決して店に辿《たど》り着けないのだ、と燎さんは言う。自分の父親も、そのまた父親も、そのまた父親も、こうしてずっと市松の手を引いていたと。だからこれは歴史的なしきたりであるのだと。そうしたら市松さんは一体何歳なのか。そう問うと途端に燎さんは口ごもる。

「やっぱりホ……」

「違うっつってんだろうが！」

そういえば、燎さんはいつも市松さんを呼びに行く時、「決して覗《のぞ》くんじゃない」と注意を置いていた。手を引くところを目撃されたくなかったのだ。

しかし、どうしてそのようなことをせねば市松さんは店へ来られないのか。彼はどうにも、胸を騒がせるような不思議な雰囲気ばかり纏《まと》っている。彼は、廻廊に住まう御霊の類《たぐい》ではないのか。忌憚《きたん》なく言うと、僕は前々から、密《ひそ》かにそう考えていた。

けれども、御霊とは誰の目に見えるものでもない。市松さんは、小夏さんにも、今、目の前でお茶を啜《すす》っている治さんにも見えている。すると、市松さんは確かに人間だ。

「とにかく、俺は男色ではない。それだけ信じてくれ」

燎さんがぴしゃりと言い、これ以上追及したら殺すという波動を放ったので僕は黙った。

治さんと対面し、事情を聞いた市松さんは、穏やかに笑った。そしてまた、全てを見通したように「ずいぶんなことです」と言った。

「小夏ちゃんと距離を縮めるためのお知恵を拝借できませんでしょうか」

治さんが頭を下げた。

「特にございません」

市松さんは微笑んだ。

「そこを、こう、どうにか。私だけの力では、もう八方塞《ふさ》がりのように思われます」

「ただ近くにいるだけでも十分ではないでしょうか。氷は自《おの》ずと融《と》けていくものです」

「彼女と暮らすようになって一年も経ちます。一年も、ですよ。だのに、全く親子の仲が進展しません。どうか、どうか……」

「ふうむ、弱りましたねえ」

市松さんは困ったように笑った。そして急に僕へ視線を転じて、

「どうしたらいいと思いますか？　藤堂君」

予期していなかった僕は慌てた。「ええと。贈り物に効果がないなら、もっと違うところで後押しをしてあげたりすると、彼女は喜ぶのではないでしょうか」

「小夏ちゃんが後押しを求めるもの……。何でしょう。トランペットでしょうか」

「そう言えば」と、燎さん。

「今度の金曜日に吹奏楽部の定期演奏会があるって、小夏ちゃんが言ってました。それを観に行ってあげたらどうですか？」

「定期演奏会……」

「ええ。市松の言うように、ただ近くにいるということが大事なら、客席にあなたが座っているだけでも、きっと彼女の琴線に触れると思いますよ」

治さんの瞳《ひとみ》に輝きが灯《とも》った。「そうですか……そうですか！」

「小僧。お前も一緒に行けば？」

燎さんが意地悪に言った。彼は、小夏さんへの僕の気持ちを見抜いているらしいのだ。

「未来のお義父《とう》さんと共に、愛する人の勇姿を目に焼き付けてこいよ」

燎さんはそうやって、先ほどの男色追及に一矢報いようとしているようだった。「お義父さん？　愛する人？」と呟《つぶや》く治さんの隣で、僕は耳が赤くなるのを感じながら「うるさい、ホモ野郎が！」と言い返した。「やんのかこら！」と燎さんは腕を捲《まく》った。市松さんはニコニコしたままだった。

こうして僕と治さんは、一週間後に開催される静岡城北《じょうほく》高校吹奏楽部の定期演奏会へ連れ立って赴くこととなった。もちろん、小夏さんには内緒である。

だが、まさか治さんがあんな大失敗をしでかし、小夏さんとの距離を更に広げてしまうことになるとは、創業三百四十年『お茶の燎』一同、蚤《のみ》ほども考えていなかった。

○

城北高校吹奏楽部の定期演奏会は、駿府城の北東にある、静岡市民文化会館で行われる。

僕と治さんは、エントランスで待ち合わせをした。僕が到着して五分もしない内に、燕《えん》尾《び》服《ふく》を着、髪をオールバックに固めた治さんがやって来た。光沢のある大きな紙袋を提げている。まるで内閣組閣時の写真から抜け出た大臣のようなその出《い》で立ちは、父兄や生徒たちの中で明らかに異彩を放っていた。ふたりでホールに入り、最後方右端の席に座った。

「演奏予定の曲目をばっちり予習してきました。とても楽しみです」

そう言う治さんはかなり緊張しているようで、午後六時の開演までしきりに御手洗いへ立っていた。

静岡城北高校の吹奏楽部は、かなりの強豪であるらしい。客の入りも上々で、ほぼ満席に近い状態となっていた。

やがて照明が落とされ、静かになった。ゆっくりと緞帳《どんちょう》が上がり、きらきら輝く楽器を構える吹奏楽部員たちが露《あらわ》になった。

僕は小夏さんを探した。彼女は舞台の最後方の列にいた。

舞台袖《そで》から指揮者が現れ、指揮台に登壇して礼をした。拍手。ゆっくりと指揮棒が上がり、間延びした何かしらの笛の音が鳴り、それに続いて演奏が始まった。

二曲ほど静かな曲があってから、ふと小夏さんと他二名のトランペット奏者が立ち上がり、譜面台を持って指揮者の横の目立つところへ移動した。ぽつり「待ってました」と治さんが呟いた。

小夏さんたちは勢いよくトランペットを吹き出し、一気に明るい演奏を始めた。それは聞き覚えのある曲だ。そう、これは僕の携帯の着信と同じ曲「『トランペット吹きの休日』ですよ」という小夏さんの言葉が思い起こされた。

楽しげな曲調で、観客たちがゆらゆら動き出した。トランペットを吹く小夏さんは、金色の火を灯す蠟燭《ろうそく》のように見えて、とても素敵だった。

彼女に惚《ほ》れ直してうっとりしていると、ふいに治さんが席を立った。そして、紙袋から両端に棒のついた大きな巻物のようなものを取り出した。

嫌な予感がした。

その予感を制止にスイッチする暇もなく、彼は巻物の片方の棒を席列の右端に立て、左端に向かってダッと走り出した。ぐるぐるぐると巻物が開かれていく。それは横断幕だった。達筆の巨大な墨字が一文字一文字現れる。ついに右端まで辿り着いた治さんは、満足そうに棒を突き立てて、舞台へ向かって手を振った。

『小夏ちゃん頑張れ心から応援していますよ治』と書かれていた。

それが目に入ったのであろう、トランペット隊からプピーと素《す》っ頓狂《とんきょう》な音がした。おそらく小夏さんが外した。僕は小声で「何をやってるんですか！」と叫びながら左から横断幕を丸めて行った。他の観客たちが僕らを振り返った。

すっかり調子を狂わせたトランペット隊は、みるみる音に精彩を欠いた。それから崩れるように演奏を終え、まばらな拍手の中を小さくなって定位置へ戻って行った。

横断幕を畳み終え、治さんを再び席へ着かせる。クスクス笑う同級生たちに頭を下げ、しょんぼりする小夏さんが見えた。

以上のようにして、思春期の乙女心を微塵《みじん》も理解していない愚かな治さんは、その後、小夏さんに蛇蝎《だかつ》の如く嫌われることとなる。

この日の夜、小夏さんは家を出た。

○

演奏会の三日後の夕方、いつもの如く喧嘩《けんか》を売って羊羹《ようかん》を買った三兎が退店するのと入れ違いに、治さんがやって来た。彼は演奏会で会った時よりずいぶんやつれていた。元々細身なのが更にか細く小さくなって、血色の悪い顔もあわせてまるで鉛筆のように見えた。

治さんはふらふらと席に着いて、

「足取りがわかりました。今、小夏ちゃんはご友人のお宅にお世話になっているそうです」

べっとりと言って、カウンターの上に水色《みずいろ》の大きな箱を置いた。

「これ、私が彼女に買ってあげたトランペット。彼女が家を出る時に投げつけられちゃいましてね。うへへ……」

そうして虚《うつ》ろな目をし、狂ったように笑って頭を抱え、「私の何がいけなかったのか……」とぶつぶつ呟くのである。

何がいけなかったのか、と独白している時点で、彼にいくら解説を試みても無駄ではないかと僕は思った。このようなものを僕は「対極性ユーモア教室論」と呼んでいる。これは、ユーモアを得ようとしてユーモア教室に通うような輩《やから》は、その時点でユーモアがない、という論理である。この場合、当の本人は「ユーモア教室に通うことがどうしてナンセンスなのか」ということをいくら説かれても、それを理解できる感覚自体を持ち合わせていないので、永遠に無益な月謝を払い続けることになるのだ。

　だから彼も、自分が取った行動が「どうして小夏さんに刺さってしまったのか」という

ことは理解できないだろう。己は良かれと思って掲げたあの横断幕が、いかに彼女の精妙

なところを傷つけたか。彼女は温かな人間だ。彼女だって、彼の心情をわかろうと必死に

なったろう。しかし、それを上回る優しさの押し売りに身が潰《つぶ》されそうになって、家を出

る他になかったのだ。

「とにかく、居場所がわかっただけでも一安心でしょう」

　お茶を淹《い》れる市松さんの隣で、燎さんが言った。

「ねえ。私はこれからどうしたらいいでしょう」

「……」もう滅多なことは言えないというように、燎さんはお茶に気を遣っている振りを

する。

「年頃の女の子は、本当に難しいですね。私は、いい父親になれる自信がありません」

「まあまあ、そう悲観せずに。一服どうぞ」

　そう言って、市松さんは湯呑《ゆのみ》を置いた。

　治さんは、差し出されたお茶をぼんやり見つめた。一口飲んで、ほえぇっと腹の底から

の息を吐き、「美味《おい》しいな……」と呟いた。

「なんだか心が休まります」

「お茶には、緊張を緩和する効果があるんです」

「そうですか。道理で。飲んだ一瞬だけ、この憂鬱《ゆううつ》が吹き飛びました」

治さんはまた一口啜《すす》った。

「うん。美味しいや。まるでお腹の底に可愛らしい新緑が芽吹いた気持ちだ」

治さんは、湯呑の中で揺蕩《たゆた》う濃い緑色の液体を眺めた。

「小夏ちゃんは、お茶が好きでしたよね」

「子どもの頃から、そうですね」と燎さん。「特に抹茶が好きみたい」

「心を安らげてくれるお茶を飲んだなら、彼女も私への怒りを鎮めてくれるでしょうか」

「……」もう滅多なことは言えないというように、燎さんは急須《きゅうす》の茶葉を気にしている振りをする。

「こんなお茶を、私も、彼女のために淹れられるかな……」

治さんの体内にむくむくと生まれた希望が、その瞳の輝きから漏れていた。

市松さんと燎さんは、同時に僕を見た。市松さんは微笑み、燎さんは、たまに露にする敵愾心《てきがいしん》から眉間《みけん》に皺《しわ》をつくっていた。「できますとも」と燎さんは言った。

「小僧なら、できるよな」

「ぼ、僕ですか？」

「お前は、人の心を砕くお茶を淹れるのが上手じゃないか」

治さんは、僕の手を取って懇願する。

「お願いです、藤堂君。お茶の淹れ方を私に教えてくれませんか。ただ一杯、小夏さんに振舞いたい」

「小夏ちゃんは抹茶が好き」と、先ほども聞いたことを燎さんが言った。彼はニヤニヤしていた。「それだけ助言しといてやるからな」

○

市松さんの緑茶講釈によって、僕は抹茶に少しの知見を持っている。

抹茶は「碾茶《てんちゃ》」というお茶の葉を茶臼《ちゃうす》で挽《ひ》いてつくられる。茶の湯でよく見るお茶は、この抹茶を茶筅《ちゃせん》で点《た》てて飲んでいるものだ。鮮やかな黄緑色に、新鮮な葉の瑞々《みずみず》しい香り、濃厚でまったりした口当たりは非常に美味だ。近年は御菓子に使用されることも多く、それこそ三兎の店『茶湊』では代表的な商品となっている。

これを淹れるとなると、やはり出来合いの抹茶を買うのではなく、自らの手で碾茶を挽くのが良いと僕は思った。挽きたては香りが立っているのだ。

そこで僕は『燎』の奥、それから二階で茶臼を探したが、見当たらない。

「うちに茶臼はないぞ」

燎さんは楽しげに言った。

「そもそもうちは、抹茶を置いていない。だからない」

「じゃあ、どうしましょう？」

「知らねえよ。それは小僧の手腕の見せ所じゃないの？」

燎さんは意地悪に笑う。

僕はひとまず治さんと別れ、帰宅して策を練ることにした。

店を出るとすぐ、茶碗《ちゃわん》を箸《はし》で叩《たた》く音と、男たちの笑い声が聞こえてきた。小梳神社の拝殿から光が漏れて、夜の闇を拭《ぬぐ》っている。利休御霊から「顔を出せ」と言われていたことを思い出した。

手水舎《ちょうずや》で手を洗い、賽銭《さいせん》箱の前から「あのう」と声を掛けると、中で円座を組んでいた男たちが振り向いた。皆、顔が茹蛸《ゆでだこ》のようになっていて、まだ夜も浅いのにずいぶん出来上がっていた。「藤堂！」と利休御霊が手を挙げた。

「お主のう、挨拶《あいさつ》に来るのが遅いよ！　こっち来い！」

参拝客のいないのを見計らって、僕は拝殿の中へ入った。畳の上にはたくさんの一升瓶が転がり、直置《じか》きされた刺身皿の周囲にはスルメやら柿の種やらが散乱していた。異常な酒臭さが鼻を衝《つ》いた。下戸なので、すぐに気持ちが悪くなった。

「僕に、何かご用でしょうか……」

「用ってことはない。ただ、共に酒席で遊ぼうと思ってな」

利休御霊は笑った。前歯にゲソが挟まっていた。

「皆の衆、紹介してしんぜよう。こちらの童《わっぱ》は、我々の姿が見える、げに珍しき平成人の藤堂君」

利休御霊が言うと、拍手と歓声が上がった。「藤堂というと、高虎《たかとら》んとこの血縁かのう」「そうしたら築城名人であるな」「年の頃は一二くらいか?」「女子《おなご》みたいな男やな」「こないだヘリポートで会ったよね」「余興やれ、余興!」と、御霊たちが口々にやんや言った。

「ほら、藤堂。お主も一杯やれ」

利休御霊が、本殿に供えられた日本酒を一本取って開けた。

「そんなこと、勝手にして良いんですか? 御神酒《おみき》ですよ」

「いいの、いいの。誰も見ちゃいないよ」

「いつか絶対に怒られますよ」

「怒られない、怒られない。どんな偉人に叱られたって、聞く耳持たずでいてやるもん」

利休御霊は、升になみなみ日本酒を注いで僕に差し出した。

「僕、お酒が苦手で」

「酒が飲めんだと！　貴様、それでも武士か！」

「武士ではなくて学生です」

「元服終われば立派な男児、いいから飲め飲め飲まんかい」と、利休御霊は僕を追い回す。

僕はしたたかに躱《かわ》していたが、逃亡虚《むな》しく、タンクトップで筋骨隆々で青い髭《ひげ》でつるっぱげの御霊に羽交い締めにされてしまった。

放して、と口を開いた瞬間、利休御霊に升の角を突っ込まれた。

一気に酒が流れ込み、たちまち頭の奥で鐘が打ち鳴らされ、僕は仰向《あおむ》けに倒れた。すると御霊たちがドッと沸いて、僕を立たせてまた無理やりがぶがぶ飲ませる。彼らは僕を玩《おも》具《ちゃ》にするべくこの場へ呼んだのだと、ようやく気付いた。

そうして卒倒と酒責めの拷問を繰り返されるうちに、僕はすっかり没我となって、気付いた時には御霊たちをひとり残らず正座させて説教を始めていた。

「おめえら、ちょっと過去に活躍したからって調子に乗ってんじゃねえ！」

自分でもわかるくらい据わった目をして僕が言うと、御霊たちはしゅんと俯《うつむ》いた。

「おめえらの時代は腕っぷしさえ強けりゃ伸《の》し上がれたかも知れねえがなあ、こちとらバブル崩壊後を生きる３Ｄ世代だぞ。見くびるなよ！」

「見くびってはいないよなあ」「黙って聞け！」「ひぃ！」

「僕は、おめえらみたいに単純じゃねえんだ。おめえらより何倍も繊細で、何十倍も無常観を悟ってるんだぞう！」

果たしてこれは御霊たちに訴えていることなのか、それとも別の何かに訴えていることなのか、この時の僕は自身でもわからず、自分から酒をあおった。

「どいつもこいつも、まるで運命のように就職して、サラリーマンになって、普通に働いて、普通に結婚して、普通に子供産んで、普通に歳取って普通に死にくさる。でも、そうして普通を生きることすら、この時代は難しい。こんな時代に誰がした。どうして僕たちみたいな若い者ばかり苦しまなきゃいけないんだ！」

腕を振り回し、見えない何かへ怒りを吐きつけていると、自然にぼろぼろぼろぼろと涙が零《こぼ》れ、洟《はな》が溢《あふ》れてきた。

就職説明会のために、菅野と共に背広を見繕いに行ったあの日のことが唐突に思い起こされた。

僕は、そのうちに泣いているようだった。

「どうして僕たちが、夢も希望もない若者って言われなきゃならないんだ。僕だって、持ちたいよ。夢を持ちたいよ。でも、持てないよ。あんたらが荒らした未来を見渡せば、とてもじゃないけれど持てないよ。そうして夢もないくせに、諦《あきら》めだけはきちんとある。対象のない、ぼんやりとした諦めが、お化けみたいな諦めが！」

「あのう、藤堂。お前の説教は一体どこへ向かっているの？」

いよいよ呂律《ろれつ》が回らなくなってきて、僕は近くにいた御霊の元へ倒れ込んだ。

「なんて迷惑な酔い方をする奴だ！」と利休御霊が立ち上がった。「そんな怒り上戸の泣き上戸は、ぎゅっと縛ってその辺の太鼓にでも立て掛けておけ！」

利休御霊は、他の御霊に拘束される僕を見下ろした。

「お主は、ずいぶんこの時代を生き辛《づら》く思っているんだな。だが、お主もその時代を構成する一員だ。自分だけが関係ないように、蚊帳《かや》の外から不満を吐くのは、どうだろう！」

その言葉が聞こえたのを最後に、僕の記憶はぷっつり途切れた。

○

翌朝、咽《む》せ返るような植物の匂いで僕は目を覚ました。石畳に敷かれた煎餅布団《せんべいぶとん》の上に僕はいた。腹にタオルケットがかかっている。ひどい二日酔いを噛《か》みしめながら頭をもたげると、すぐ傍に市松さんが座っていて、のんびりお茶を飲んでいた。

「どうも、おはようございます」

市松さんは微笑んだ。

僕は額の脂汗を拭って身を起こし、辺りを見回した。

そこは十畳ほどの古めかしい東屋だった。四方に木の柱があって、中心に脚の高い机が置かれている。キャンプ用の焜炉《こんろ》と茶筒、それから急須が載っていた。一角には茶箪笥《ちゃだんす》があって、中にたくさんの茶器が並んでいる。廻廊《かいろう》から差し込む緑の光が、端にある姿見に反射していた。

「ここは、どこですか……」

寝ぼけ眼のまま、僕は市松さんに尋ねた。

「ここは、緑茶廻廊の最奥。私の住まいです」

「ここに住んでいるんですか？」

「そうですよ」

僕はよろよろと布団から出て、廻廊から東屋を窺《うかが》った。

建物を囲むように、チャの白い花が咲いていて、揚羽蝶《アゲハチヨウ》や瑠璃立羽《ルリタテハ》が静かに飛んでいた。少し広い空間の天井から、瓦《かわら》屋根に木漏れ日が落ちている。東屋の向こうには、壁のように樹が茂っていて、行き止まりになっていた。

市松さんは茶箪笥から湯呑《ゆのみ》を取り出し、ペットボトルの水を注ぎながら、僕に昨夜の顛末《てんまつ》を語ってくれた。午前零時を過ぎて就寝しようとしていたところ、小梳神社から僕を担いだ利休御霊がやって来たらしい。

「介抱してやってくれ、と利休様に頼まれました」

「そうですか……。本当に、ご迷惑をおかけしました」

「気にしないでくださ い」市松さんは笑った。「あの人たちに捕まったのが運の尽き」

チャノキに包まれた東屋を見ていると、まるでこの身が雲になってしまったような、不思議な高揚感が湧いてきた。緑の光の粒子がきらきら舞っている。東屋に佇《たたず》む市松さんはまるで蠟細工《ろうざいく》みたいに儚《はかな》げで、この場所は僕などが足を踏み入れてはならない聖域のように思われた。

僕は水を頂いた。そしてすぐ東屋を辞そうと思った。ここに長くいるのは市松さんに無礼であると、まるで皇族を前にしたかのように、本能的に感じていた。

「それでは、また『燎』でね」

市松さんはゆるゆる手を振った。

小梳神社の祭器庫へ繋《つな》がる出口へ向かって廻廊を進んでいるうちに、ふとあるべき異物感がなくなっていることに気付いた。ポケットに入れていた財布が見当たらない。血の気が引いたが、すぐに東屋に忘れたのだと思い直し、僕は来た道を戻って行った。

しかし、いつまで進んでも最奥にある東屋に辿《たど》り着けない。ついさっきまでいたはずの、あの場所に戻れない。

響く頭痛も構わず駆けた。

先の霞《かす》むほど延々と延びる廻廊に、当然あるべき終わりが来ない。

僕は立ち尽くした。立ち尽くして、東屋の中で佇む作り物の市松さんを思い描き、あれは幻だったのか、白昼夢を見ていたのだろうかと、頬を抓《つね》った。

○

財布がないので、帰ろうにも帰れなかった。緑茶廻廊を出て小梳神社の境内に出た僕は、拝殿の中を覗《のぞ》いた。誰もおらず、酒席の残骸《ざんがい》はひとつも残っていない。昨夜の騒ぎが嘘のようにしんとしている。財布を探してみたが、発見には至らなかった。

早朝の呉服町通りには、駅を目指す足早な背広たちがいた。冷たい冬の空気に、たくさんの白い息がぽわりと浮かんでは消えていた。

次に僕は『燎』を窺った。もしかしたら、と思ったが、やはり燎さんはまだいない。

定期も財布の中なので、少しばかりお金を借りなければ電車に乗れない。ちょっと行って『きっぷ』を見たが、シャッターが降りている。

どうしたものか、と思案しながら歩いた。この市街界隈《かいわい》に頼る当てもなく、やはり『燎』が開店するまで時間を潰《つぶ》さねばならないようだ。

そうしてぷらぷらして青葉通りに差し掛かった時、街路樹の前で、まるで酔った猿のような動きのヘンテコリンな体操をしている三兎を発見した。これは幸いだと思った。

「なにやってんの？」

僕は背後から三兎に声をかけた。すると片足立ちをしていた三兎は驚いて器用に飛び上がった。どぎまぎしながら振り向いて、「貴様、藤堂！」と言った。

「日課である早朝体操を狙っての奇襲、しかも背後からとは誠に卑怯《ひきょう》なり！」

「争いに来たんじゃないよ。お願いがあって」

「貴様のお願いなど誰が聞くか」

「財布を落としてしまって、家に帰れないんだ。五百円で良いから貸してください」

「なに、それは大変だ。よし」

三兎は『茶湊』へ五百円玉を取りに行った。戻って来て「ほら」と言って僕に渡してくれた。彼はこういう不器用な人間だった。

お礼を伝えながら、『茶湊』の前に立つ「抹茶アイスあり〼」という幟《のぼり》が目についた。

火花が散るように閃《ひらめ》いた。

「つかぬことを訊《き》くけれど、君のところで出している抹茶は、全て店で挽《ひ》いてるの？」

「当たり前だろう」三兎は胸を叩《たた》いた。

「うちは朝比奈《あさひな》から仕入れた一等級品の碾茶《てんちゃ》を、丁寧に丁寧に挽いている」

「君が自分で挽いているの？」

「違う。電動茶臼《ちゃうす》を用いている。人力で挽いていたのではとても手が足りん。それはやむないことなのだ」

「普通の茶臼って、『茶湊』にある？」

「あるに決まっている。うちは一通りの茶道具を揃えている」

しめた。

「お金を借りるついでに、もうひとつ。その手挽きの茶臼を貸してくれないでしょうか？」

「断る」三兎は即答した。

「すぐに返すから」

「駄目だ。金は貸しても茶道具は貸さん」

こうなってしまってはもう無駄だった。三兎は、こと茶に関することになると、こうして冷めた鉄のように硬い頑固を見せつけた。打てども打てども一向に曲がらない堅牢《けんろう》な信念の土台にあるのは、まさしく彼の比類なきお茶愛に他ならない。

だが、僕としてもこの天啓を逃す訳にはいかず、必死に食い下がった。

「どうしても駄目ですか」

「駄目だ」

「代わりに何かを致します」

「アホぬかせ。貴様にして欲しいことなど」

と、そこまで言いかけて、三兎は「待てよ」と呟《つぶや》いた。それから何かを思いついたように、吊《つ》った目をギラリと光らせた。

「貴様が来年の『静岡まつり』の利き茶会に参加すると、今、この場で約束するなら、貸してやらんこともない」

僕は反射的に「嫌！」と答えていた。

「ならば、茶臼は貸せんなあ」

三兎はしたり顔をして踵《きびす》を返した。「金はいつでもいいからな」と言って、『茶湊』へ帰ってしまった。

ぽつんと残された僕はくしゃみをした。寒々しい空に風の巻く音が聞こえる。手のひらの上の五百円玉を見つめて、頭《かぶり》を振り、帰ろう、と思った。

○

自宅で一風呂《ふろ》浴びて酔いを抜いた僕は、昼食を取ってから、豚の貯金箱を壊してまた呉服町へと出掛けた。治さんから連絡が入り、どのような形で小夏さんに抹茶を振舞うか、これから手段を練ることになったのだ。家を出る間際に、「今日は帰ってきてね」と母に小言を頂いた。「あなたを無断外泊する不良息子に育てた覚えはありませんよ」

呉服町通りの上島珈琲店《うえしまコーヒー》に入ると、奥の席で治さんが茶道入門の手引書を読んでいた。

「どうやって点《た》てるのか学ばなきゃいけないと思って。抹茶のこともたくさん調べました」

僕と治さんは、珈琲を飲みつつ話し合いをした。彼は、小夏さんの母・つまり自分の妻である小夜子《さよこ》さんに、小夏さんが着替えを取りに自宅へ戻る日を秘密裏に聞き出したという。その瞬間を見計らって抹茶を振舞うという算段を立てていた。

「彼女は、明後日《あさって》の夕方、学校が終わった後に自宅へ戻ります。その時、サプライズで抹茶を出します」

「日取りは完璧《かんぺき》ということですね」

「あとは、肝心の抹茶です。本格的に淹《い》れようとなると、道具を揃えるのに時間がかかる」

僕は、ぼんやりと三兎を思い出していた。

「いっそ、大人の力を十二分に駆使して買っちゃおうかな」

「それはいけません」

僕はすぐに言った。小夏さんは、距離を近づけるためとはいえ、そうしてお金でぽんぽん大切なものを買われるところに嫌悪を抱いている。仮令《たとえ》美味な抹茶を振舞えたとしても、そこに掛かった大きな金額が知られては堂々巡りである。

「では、どうしたら……」

「道具は、僕が何とかします」

茶筅《ちゃせん》や茶碗《ちゃわん》はどうにかなるだろう。やはり肝心なのは茶臼だ。僕の望みの中心には、燎さんと市松さんがいた。彼らに心から尽力を請えばどうにかなると思っていた。

「なら、どうか碾茶は私に用意させてください。藤堂君にだけ負担をかける訳にはいきません」

僕たちは団結の握手を交わし、上島珈琲店の前で別れた。見送る治さんの背が雑踏に紛れるのを確認してから、僕は飛び込むようにして『燎』を訪れた。破顔した燎さんが、客のいない店内でランを撫《な》でくり回していた。「よう、小僧」と、僕に気付いて、燎さんはからかうように言った。

「抹茶の件は捗《はかど》ってるか？　捗ってなさそうだなあ。テレ〜ッとした顔しくさって」

「この店は閑古鳥の巣ですか？」

「よし、喧嘩《けんか》を売りに来たのなら一括で買ってやる！」

「これで経営難でもないところが流石の名店、という意味で言ったのでございます」

僕は恭しくお辞儀をして、茶臼を貸してくれそうな頼りを紹介して欲しいと懇願した。

燎さんは間髪を容《い》れず「断ーる」と言った。

「どうしてですか！　助けてください！」

「お前ひとりで解決してみせろ」

「あなたはどうしてそんなに意地悪なんですか？」

「バーカ。普段から意地悪なんじゃない。お前にだけ意地悪なんだ」

僕は憤慨した。もう頼るものかと決心して「ばあか、ばあーか！」と精一杯の毒を浴びせ、勝手に台所へ歩みを進めた。風鈴を指で弾《はじ》いて、廻廊《かいろう》へと入った。市松さんの住む東屋には辿り着けないにしても、風鈴を聞いた彼がこちらを目指して来てくれるだろうと思った。

そうして進んでいると、向こうに人影が見えた。

市松さあん、と声を上げようとして、それが彼ではないと気付いた。見えてきたのは利休御霊だ。「童《わっぱ》。丁度良かった。酔いはもう大丈夫か」と彼は手を挙げた。

そして、

「水野《みずの》様にご用か？」

撃たれるようにして、僕の口から、「え？」と疑問の塊が零《こぼ》れ落ちた。

その様子を見た利休御霊は「ああ、そうか」と得心いったように顎《あご》をさすり、

「市松様にご用だな」

一層わからなく、僕は混乱から何を言うのだったか忘れた。水野という人は誰だろうと考えていると、利休御霊が「お主に伝えたいことがある」と言った。

「お主、抹茶を探しているんだとな。昨晩、市松様に聞いた」

「あ」僕はあたふた頷《うなず》いた。「はい、そうです」

「それからお主の話を御霊たちにしたらな、彼ら、とても心を打たれていたぞ。愛娘に捧《ささ》げる一服の茶。素敵なことではないか」

「はあ」と相槌《あいづち》を打って思い出した。そうだ。市松さんに茶臼の相談をするんだ。

「それで、彼らがな。お主にその抹茶を用意してやりたいと言っておって」

「え？」

「明日の巳《み》の刻に、渦中の娘さんの御父上を連れて、新金谷《しんかなや》駅へ来い。面白いものを見せてやろう。儂《わし》はその旨を市松様に伝え、お主に伝聞してもらうためにここへ来ていた」

○

静岡から名古屋《なごや》方面へ、七駅隣にある島田《しまだ》市金谷は、広大な茶畑と、その中心を突き抜けるようにして走る大井川《おおいがわ》鐵道《てつどう》の蒸気機関車が有名な町だ。江戸《えど》時代には東海道《とうかいどう》の宿場町として栄え、その頃からお茶の産地として知られていた。

ということで、御霊たちにとっても想い入れの強い土地なのだろう。翌日の午前十時頃、言われた通りに僕と治さんが新金谷駅に着くと、既にたくさんの御霊たちが構内にごった返しており、しきりに「懐かしい懐かしい」と呟きあっていた。古めかしい和装集団の溢《あふ》れるその様子は、まるでこれから合戦でも始まりそうな風情を醸し出していた。

「よおう、来たか」

御霊の雑踏から、笑顔の利休御霊が現れた。

「そちらのおっさんが、小夏なる娘の新しい父親か。お主らの事情は全て把握しているぞ」

「今日は、一体何があるんですか？　どうして僕たちをここへ？」

僕が尋ねると、利休御霊は禿頭《とくとう》を撫でつけてニヤリとした。

「お主らを特別な汽車に乗せてやろうと思うてな。きっとその父の後押しになる汽車だ」

新金谷町はSLの始発駅となっている。蒸気の吐かれる音が聞こえてきた。

「僕たちは、抹茶をつくろうとしているんですが……。機関車に乗って何になるんです」

「それは乗ってのお楽しみ」

利休御霊は、僕たちをぐいぐいとホームへ押し遣《や》った。彼に触れられた治さんが「え、誰？」と驚いた。

雲一つない冬晴れが広がっていた。目の前に、SLの巨大な車体があった。真ッ白な蒸気を纏《まと》うその姿は、まるで霧の海にいる鯨のようだ。車両のドアが開き、待ってましたとばかりに御霊たちが続々と乗り込んだ。

「人間はお前たちの他にいないから気にするな。この汽車は貸し切りじゃ」

いつの間にか車掌の帽子を被《かぶ》った利休御霊が言った。そう言えば、辺りに駅員の姿がない。「ちょいと茶に盛って、少しばかり眠ってもらったのだ」と利休御霊は何か物騒なことを言った。

僕たちは三両目に乗り込んだ。おどおどする治さんを宥《なだ》めていると、『それでは、間もなく出発しま〜す』という利休御霊のアナウンスが聞こえた。

蒸気が噴き出し、ゆっくりと車両が動き始めた。しゅ、しゅ、しゅという音の間隔が短くなり、車体は小気味よく線路を走り出す。汽笛の大音声が上がって、御霊たちがワァッと色めきたった。

「なあ、藤堂君。君に言われるままついてきちゃったけれど、どうして私をこの場所へ？」

対面に座る治さんが言った。

それは僕にもわからない。

機関車は速度を増していく。車窓に流れる風景を見ながら、利休御霊はこのまま終点の千頭《せんず》まで行くつもりだろうかと考えた。

僕と治さんは会話のないまま、座席に伝わる振動に身を任せた。何処からか『線路は続くよどこまでも』を吹くハーモニカの音色が聞こえてきて、御霊たちが手拍子を始めた。

長閑《のどか》な景色を見るでもなくいると、ふいに視界が暗転した。

トンネルに入った。

御霊たちが「窓を閉めろ、煙が入ってきてるよ！」と楽しそうに騒いだ。

車窓にぼんやり頬杖《ほおづえ》をつく自分の顔が映って、それからあの定期演奏会での沈痛な小夏さんの面持ちが浮かんだ。

何故乗っているのかもわからない、どこへ向かうのかもわからない。この機関車は、僕にとっての時代であり、彼女にとっての悲しみなのだと思った。そうして、彼女がひどく可哀想になった。目の前にいる治さん。彼は彼女にとって、この機関車そのものだ。ひたすらに真っ直ぐ行って、有無を言わせず身を運ぶ、得体の知れない不安そのものだ。

治さんは、とてつもない速度で、彼女を家族という駅へ連れて行く。

彼女はまだ座席についてもいない。切符の在処《ありか》もわかっていない。

生き急ぐ僕と彼女が重なった。

汽笛がトンネルに木霊《こだま》した。機関車の速度が上がっていく。僕と小夏さんの不安が加速する。

「……急ぐばかりが良いことではないのかもしれません」

僕は、自分と治さんに届くよう呟《つぶや》いた。彼が不思議そうに僕を見る気配があった。

トンネルを抜けた。車窓に差し込む眩《まぶ》しい光が、剝《む》きだされた感傷に染みる。

○

果たして利休御霊は、僕にこのような気持ちを抱かせるためにこの機関車へ招待したのだろうか。もしそうなら、彼に感謝せざるを得ない。茶臼《ちゃうす》を探すことばかりに夢中であった僕は、大切なことを忘れていたようだ。

ふいに喉《のど》の奥がむず痒《がゆ》くなって咳《せき》をした。車内が何だか粉っぽい。訝《いぶか》しくて窺《うかが》うと、あらゆる座席や通路、御霊たちに、点々と緑色の粉末が付着している。髪に触れると、たちまち手が緑になった。何かがおかしいと気がついた。

「藤堂君！　君、体が緑色になっているよ！」

そう言う治さんも、まるで頭から緑の粉砂糖をかぶったようになっている。

大井川を越え、機関車は徐々に速度を落とし、緩やかで長い右カーブへ入った。

僕は車窓を押し開いて、車両を牽引《けんいん》する先頭へ目を凝らした。

煙突から濛々《もうもう》と噴き上がる煙が、緑色をしていた。その煙が風に乗って車体を覆い、こちらにまで漂ってきていた。機関車を支える主軸となる四つの車輪がぶうぶう緑の飛沫《ひまつ》を上げている。けぶる緑の霧の中で見え隠れするその車輪が、どうにもおかしい。鉄らしくなく、それは鼠色で、まるで石のようだ。

「治さん、ちょっと失礼します！」

僕はすぐさま一両目まで走った。連結部への扉を開いた途端、緑の霧の洪水がドッと車内に吹き込んで、僕の体と共に辺りを真ッ緑に染め上げた。鼻から口から入って来る緑の煙は舌に苦い。「ぎゃあ、閉めろ！」「おえっぷ！」と御霊たちが悲鳴を上げた。

その時、煙と共に運転室から利休御霊が飛んで来た。僕の姿を見て「おう、藤堂。丁度良かった。これからお前を呼びにいくところだったのだ」と言った。「それにしても派手に緑じゃのう」

「何をやっているんですか！」僕は咽《む》せながら叫んだ。「この緑の煙はなんですか！」

「わからんか。これは抹茶じゃ。自分の目で見てみい」

利休御霊は僕の背後に回って、両手で僕のシャツの首元を摑《つか》み、いきなり浮遊した。たちまち全身から重力が剝《は》がれ落ちて、僕は恐怖で暴れた。「大人しくしろ。うっかり落としちゃうぞ」と、利休御霊は僕を持ち上げたまま炭水車の上で滞空する。

石炭が積載されているはずの場所に、大量の碾茶《てんちゃ》が山を成していた。

利休御霊は、今度は機関車と並走するように低空を飛んだ。四つの大きな車輪が見えた。連動するそれらは、縦に置いた巨大な茶臼そのものだった。走行の回転によって挽《ひ》かれた抹茶が、どうどうぶうぶうと溢れ出していた。

それから利休御霊は、僕を運転室に連れた。

中には、ハンドルに手をかける白髪の外国人がいた。

「こちらは蒸気機関車の生みの親、英国出身のジョージ・スチンブンソンさんだ。儂《わし》と彼は、天上の英国パブで知り合った酒友だ」

利休御霊が紹介すると、ジョージ御霊は「ハ～イ、トウドウ」と笑顔で両手を広げた。

「この機関車は、彼に依頼して、徹夜で改造してもらった。石炭ではなく、碾茶を燃料に動いているんだぞ」

腰を抜かして息を整える僕を見下ろして、利休御霊は「凄《すご》かろう！」と威張り、石炭をくべる火室を開いた。中で、緑色の炎が燃え盛っていた。

「この火室は、先ほど見せた茶臼車輪に繋《つな》がっている。ここに碾茶をくべれば勝手に抹茶が挽かれて、炭水車の下部にある水槽に溜《た》まっていく仕組みだ」

線路が直線となって、ジョージ御霊が機器をいぢくって煙を吐かせ、汽笛を鳴らした。

「儂も父親。娘を愛する気持ちは痛い程わかる。この機関車で挽いた抹茶は、全てお前らにくれてやる。これを用いて娘に淹れて差し上げろ」

利休御霊は笑った。「飲みつくせんほどあるぞ」

僕は、彼の破天荒にやられてしばし放心した。彼の尽力は、僕と治さんにとって非常に嬉《うれ》しいことであり、そしてまた非常に迷惑なことだった。それでも彼らの気持ちを無下にはしたくなくて、かろうじて「ありがとうございます」と絞るように呟くと、利休御霊は満足そうに頷いた。

「アレ？」

ふいに、計器を見つめていたジョージ御霊が首を捻《ひね》った。

「どうした、ジョージ」

「ナンカ、ブレーキガ効カナイ」

「ぶれーきが効かないとな」

ジョージ御霊は、ブレーキと思われる黄色い摘《つま》みを強く握った。すると骨が鳴るような音がして、摘みが外れた。「アハハ。取レチャッタ」と彼ははにかんだ。

「ヤッパリ、付ケ焼刃ノ一夜改造ジャ欠陥ガアルネ～」

「まずいね」と利休御霊が落ち着いたそぶりで同調した。口から心臓が飛び出そうなのは僕だけであった。

止まる術《すべ》を無くした暴走抹茶機関車は、まるで見えない何かに引っ張られるようにして加速を始めた。

焚口《たきぐち》に碾茶をくべてないのに、一向に速度が落ちない。噴き上がる抹茶の煙も勢いを増しているようだ。塩郷《しおごう》の吊《つ》り橋の下を潜った。数人の観光客が、こちらを見つめてぽかんとしていた。

「碾茶ガ、変ナ回路ニ繋ガッチャッタカナ？」ジョージ御霊は言った。「永久機関的ナ」

このままでは脱線する。しなかったとしても、終点の千頭駅にて大惨事が起こる。御霊たちは既に天上人なので問題なかろうが、僕と治さんがとても大変だ。僕は利休御霊の胸倉を摑んで前後に揺すった。

「ねえ、どうするんですか！」

「どうするって言われてもねえ」

「何とか止めてください！　死んじゃう！」

「良いではないか。太平は死ななければ得られぬ。南無阿弥陀仏《なむあみだぶつ》南無阿弥陀仏、ありがたいありがたい」

「あんた死んでるからそんなことが言えるんだ！　僕はまだまだ死にたくない！　助けてえ、どうにかしてえ！」

「ああもう、わかったわかった、うるさいのう」

利休御霊は運転室を出て行った。しばらくして戻って来て、「皆に協力を仰いだから、もう大丈夫」と言う。

「協力ったってどうするんですか」

「そら、人力で止めるしかなかろう」

「どうやって」

「前から押すのよ。全力で」

僕は運転室の窓から顔を出して叫んだ。「誰か助けてえ！」

「藤堂。共に酒を酌み交わした夜、お前は『自分を見くびるな』と言ったな。しかし、お前だって御霊の力を見くびっている」

利休御霊は運転室の扉を開け、吹き荒れる抹茶の中へ飛び出した。すぐそこに茶畑の流線がある。『するがとくやま』とある駅名標が一瞬だけ見えた。終点の千頭まであと三駅だ。

左のカーブに来て、寸刻身が浮くほど列車が大きく傾いだ。脱線すると覚悟して、「そうれ押せえっ！」「エイサヨイサ！」と御霊たちの合唱が聞こえた。重々しい振動を伴って列車が水平となり、遅れて茶臼車輪が線路を噛《か》む大音声が轟《とどろ》いた。

「ようし押せ押せ、もっと押せ！」

落ちる寸前まで身を乗り出し、抹茶の煙を浴びながら前方を窺うと、煙突の脇に立ち、両手の扇子を振って調子を合わせる利休御霊と、押しくら饅頭《まんじゅう》をするように連なるたくさんの御霊たちが見えた。利休御霊が「ピーッ！」とホイッスルを吹いて、三々七拍子を取る。するとその音に合わせるように機関車の速度がぐっと弱まり、茶臼車輪から火花が上がった。

だが、まだ完全に停止するには程遠い。

ホームへ入り、『青部《あおべ》』と駅名標が後方へ流れた。

御霊たちは機関車を押しまくる。崎平《さきだいら》駅を過ぎる。ある一定になってから、どうしても速度が落ちてこない。運転室の焚口から緑の炎が、蛇の舌のようにチロチロと漏れ出した。

とうとう向こうに、終点の千頭駅が見えてきた。

「そうれ日本男児、武士の根性見せんかい！　もうひと押しい！」

利休御霊が絶叫した。

段々と、抹茶機関車が大人しくなり始めた。噴き上がっていた煙も沈静化し、後は慣性を殺すのみとなった。しかしまだまだ勢いはある。もうホームを三分の二ほど過ぎている。

線路の先に車止めが見えてきた。

最後の力を振り絞る御霊たちだったが、これはもう無理と判断したのか、

「藤堂、飛び降りろ！」

利休御霊が叫び、びゅうんと車両へ向かって行った。

僕は運転室から飛び降り、砂利の中へ転んだ。同時に、御霊たちが空中へ散開した。

車止めに激突した機関車は、まるで花火が炸裂《さくれつ》するようにして、炭水車に蓄えていた碾茶と、茶臼車輪で挽いてできた抹茶を爆発させた。

青空はたちまち緑に染まり、舞い上がった抹茶が粉雪みたいに降り注いだ。御霊たちが大歓声を上げて拍手した。ジョージ御霊が指笛を吹いた。

僕は座り込み、啞然《あぜん》としてその光景を見ていた。

「抹茶はなくなってしまったが、いやあ、実に愉快な汽車の旅だった！」

気が付けば、茫然《ぼうぜん》自失とする治さんの肩を支える利休御霊が隣に立っている。

「すまんが、やはり抹茶は自分らで挽いてくれ。我々はこれの後片付けをせねばなあ」

まるで初雪にはしゃぐ子供のように、御霊たちはハラハラと降る抹茶の中を駆け回った。

それは誰もが邪気のひとつもない笑顔の瑞々《みずみず》しい瞳《ひとみ》で、とっくに死んでいるくせに、現代の人間よりもよっぽど生き生きしていた。

「仮令《たとえ》戦で果てようとも、道半ばでくたばろうとも、夢に生き抜いて死んだ者の魂は、後

悔という鎖に捉《とら》われない。だからこそ、未来の万事を楽しめる」

彼らの様子を見つめながら、利休御霊は言った。

「男は総じてうつけもの、何事も楽しむ他に脳がない。だから、男は夢を持たねばならぬ」

その台詞《せりふ》は、血の奥にこたえた。

「……僕には、夢が見つけられません」

「嘘をつけ」

「……本当です」

「いいや、嘘だ」

「あなたに何がわかるんですか」

「先ほどお主は、死にたくない、と申したじゃないか」

利休御霊は笑った。

「生に執着するということは、お主の内に夢がある証拠だ。やりたいことがあるから、死にたくないんだろう。お主はただ、それに気づかない振りをして、底の浅い悲観に酔っているだけだ」

○

「よし。母さんの言い付けを守って、今日はちゃんと帰ってきたわね。偉い偉い。でも、どうしてそんなに全身緑色なの？」

「ちょっと、色々あって」

「緑になるだなんて、面白い色々ねえ。ご飯の前に、先にお風呂《ふろ》に入っちゃいなさい」

「ああ。……父さんは？」

「今日は高校の頃の友達と『花房《はなふさ》』で飲み会よ」

「そう……」

「定年したからって、一週間にいっぺんは飲みに行っちゃうんだから困りものよねえ」

「……ねえ、母さん」

「なあに」

「……もし、僕が……」

「え？」

「……いや、なんでもない。風呂に入るよ」

〇

僕の内に夢があるだって。

それに気づかない振りをして、底の浅い悲観に酔っているだけだって。

そんな馬鹿なことがあるもんか。

それでは、僕は何に苦しんでいるんだろう。何を辛《つら》く生きているんだろう。

教えてください、利休御霊。僕の夢とは何でしょうか。まるでうじうじする僕の、赤くなれない林檎《りんご》のままでいる態度は、あなたから見て滑稽《こっけい》なのでしょうか。

燎さん。燎さんは知っていますか。僕の夢を……意地悪をしないで教えてくれますか。

あなたは、生まれた時から自分の進む道が決まっていたんでしょう。敷かれた運命をなぞってきたのなら、普通を生きる他にないと思っていた僕と共通しているようです。だから、僕とあなたは似ている。それならあなたは……知らないのでしょうか。

市松さんはどうですか。

あなたなら知っていますか。……きっと、知っているんでしょう。毛布に包《くる》まり、暗がりの中、携帯電話で就職先の企業のホームページを見つめながら、僕がどうして震えているのか、それなのにどうしてこんなに体が熱いのか、その理由を、僕にお茶を教えてくれたあなたなら、いつだって澄んだ目をして、全てを見通しているあなたなら、知っているんでしょう。

市松さん。あなたがどうしてお茶を語る時に少年となるのか。

そして、そんなあなたを見るのがどうして好きなのか。

ああ……僕の疑問は、僕ひとりでは、宙に浮いたまま、いつまでも空っぽだ。

市松さん。喋《しゃべ》るべきことも見当たらないのに、今、ひたすらあなたに会いたい。

○

この朝は、雲がそのまま落ちて来そうなくらいに重い空で、風は少しもなかった。

朝食も取らず、僕は冬の寒さで決意の焔《ほのお》が消えないうちに青葉通りへ行った。駅へ向かう背広たちの中を、僕は早足で逆流した。誰を避けるでもなく、肩がぶつかっても気にならず、けれども感覚は鋭く、弾む己の足音だけを聞いていた。

『茶湊』の前で、ヘンテコリンな体操をしている三兎がいる。僕は声を出した。気づいた彼はムッとして僕を見た。

「なんだ、貴様。また財布を落としたのか?」

僕は初めて抱いたこの不可解な感情に、自分で付加する裏打ちが欲しかった。月に旗を立てるように、確かにそこにある、という目印をつけたかった。そしてまた、この感情から逃げないよう、逃げられないようにする鎖が欲しかった。

「三兎。今日は、茶臼《ちゃうす》を借りに来た」

僕は言った。

「『静岡まつり』の利き茶会に出ようと思うんだ」

この空っぽを満たす答えが、そこに落ちているのなら。

三兎は目を見開いた。

見開いて、固まって、やがて獣のように歯を見せた。

○

十時を待ってから、僕は『きっぷ』へ行った。店先に開店作業をする治さんがいた。

僕は彼を引き連れて『茶湊』へ茶臼を借りに赴いた。濡《ぬ》れたように光る重い茶臼を上臼と下臼にわけて、ふたりで『きっぷ』の奥にある台所へ運んだ。

治さんは、偶然にも『茶湊』で使用しているものと同じ、朝比奈の碾茶《てんちゃ》を用意していた。

僕たちは、来るその時のために試し挽《び》きをすることにした。彼は緊張した面持ちで上臼の孔《あな》に茶葉を入れ、挽き木をぐるぐると素早く回した。挽かれた抹茶が受け皿にぽろぽろ零《こぼ》れる、が、なかなか順調にいかない。いくら回せど、出てくる抹茶の量が少なかった。

治さんは顔に汗を滲《にじ》ませながら、一生懸命に重たい茶臼を回した。

「どうして、あんまり抹茶が出てこないんだろう。こんなにぐるぐる挽いているのに」

「あの三兎の茶道具に欠陥があるとは思えません」

「まるで、私と小夏さんみたいだね。必死に近づこうとしているのに、少しも成果が得られない」

僕たちはそれぎり黙った。茶臼の回るごりごりという音をひたすら聞いた。賑《にぎ》やかになってきた呉服町通りの喧騒《けんそう》と、接客をする店員の明るい声が向こうにあった。

「昨日の」

ふいに、治さんが口を開いた。

「昨日の出来事は、一体なんだったんだろうねえ。私は狐に抓《つま》まれたのかな」

「あんな滅茶苦茶なものへ連れてしまって、本当にごめんなさい」

「いやいや、いいんだ。あれも夢だったと思えば、とても楽しいものだった。緑色に爆発するSLなんて、初めて見たからね。それに、」

手を止めずに治さんは言った。

「それに、あの汽車の中で、君が言ったことがどうにも私の心にこびり付いて離れない。君は、汽車がトンネルに入ったあの時、急ぐばかりが良いことではないのかもしれません、と言ったね」

彼は茶臼に視線を落としたままだった。

「その言葉が、家に帰って来てからも、ずうっと気になった。君は、どうしてあんなことを言ったの？」

答えを持ち合わせておらず、僕が黙っていると、治さんは茶臼を回す手を止めた。フッ、と吐息を漏らすように笑って、汗を拭《ぬぐ》った。

「駄目だ。うまく挽けないや。藤堂君、やっておくれ」

「……あなたが挽かなきゃ、意味はありません」

「誰が挽いても同じじゃないかなあ。君はいつまでもそこにこだわるね」

「お茶の味を決するのは、淹《い》れる人の心ひとつらしいんです」

「……そうか。そうだね」

治さんは再び挽き木を握った。大きく息を吐いた。

「急ぐばかりが良いことではない、かあ」

そして、先ほどとは打って変わって、ゆっくりゆっくり、亀が歩くほどの速度で茶臼を回し始めた。すると、石の擦《こす》れる静けさの隙間から、徐々に緑の粉がぽろぽろと零れ始めた。

僕は嬉《うれ》しくなって治さんを見た。彼は、茶臼の一回転ごとに近づく小夏さんの心の感触を確かめるように、今にも決壊しそうな瞳を輝かせ、自分の胸懐を碾茶に混ぜて、ゆっくり、ゆっくり、茶臼を回した。

○

午後四時を過ぎた頃に、小夏さんは『きっぷ』へ帰って来た。自動ドアを潜り、まるで忍者のように警戒して店内を見回し、カウンターの中にいる僕の姿を見つけて「あれ？」と言った。

「どうして、藤堂さんが？」

そして、店の奥へ続く暖簾《のれん》から、治さんが姿を現した。それを見た小夏さんは、みるみる顔を強張《こわば》らせ、僕の隣にいる小夜子さんを睨《にら》みつけた。

「私が帰って来る時、その人は用があって出掛けてるから大丈夫だって言ったじゃない」

「言ったかしらねえ」小夜子さんは悪びれもせず笑った。

「お母さんは、その人と私、どっちの味方なの？」

「私は中立を愛する女よ」

いよいよ不機嫌になった小夏さんは会話に見当をつけて、踵《きびす》を返して店を出て行こうとした。「待ってください！」と治さんが言った。

「小夏さん。この間はごめんなさい」

小夏さんは、背中を向けたまま立ち止まった。

「私の応援が気に障ったのなら謝ります。あのように捻《ひね》りのない文面ではなく、もっときちんとしたメッセージをしたためるべきでした」

僕はゲエと思った。小夏さんが傷ついたのはそういうことが理由ではないのだから、これ以上ぼろを出さないでくれと焦った。案の定、彼女は溜息《ためいき》をついて「……あなたのそういうところが嫌いなのよ」と呟《つぶや》き、ついに歩み始めた。

「お茶を！」

治さんは大声を出した。

「お茶を、一杯。飲んでいかれませんか。私が淹れますから」

○

渋々とカウンターに着く小夏さんに、治さんは茶碗《ちゃわん》を差し出した。

挽きたてを茶筅《ちゃせん》で点《た》てたその抹茶の水面《みなも》は、緑の雲のようにふんわりしていて、風にそよぐ新緑みたいに爽《さわ》やかな香りを漂わせている。

しかし、その量が一口で終わりそうなくらいしかなかった。

失敗だ、と僕は思った。

抹茶には二種類の楽しみ方がある。ひとつは「濃茶」といって、お湯よりも抹茶の分量が多く、味の強いもの。ひとつは「薄茶」、対して抹茶よりお湯の分量が多いものである。

ところが治さんの出した抹茶は、そのどちらにも当てはまらないくらいにお湯の分量が少なかった。これでは茶筅で混ぜても溶媒が足らず、抹茶の粉がダマになり、せっかくの綿を食《は》むような美しい口当たりが失われる。それは抹茶の魅力を半分も失うに同じことだ。

僕はよっぽど声を掛けようかと思った。

が、やめた。

治さんの表情は、何も臆《おく》していなかった。

小夏さんはジッと抹茶を見つめた。手を伸ばそうとして、治さんが「待って」と言った。

「これを」

治さんは、巨峰一粒ほどの大きさに丸くくり抜いたバニラ・アイスが載った、小さく白い陶器の皿を置いた。

「その抹茶を、この一粒のアイスにかけて食べてみてください」

小夏さんは訝《いぶか》しむように皿を観察した。言われた通り、茶碗からアイスへ抹茶を注いだ。たちまち溶けだしたアイスと抹茶と混ざりあい、皿の上に白と緑の螺旋《らせん》を描いた。彼女は不安そうに小夜子さんを見た。小夜子さんは微笑んで、「さ」と言った。

小夏さんは、抹茶アイスをスプーンで掬《すく》って食べた。

そして「美味《おい》しい」と呟き、ハッと口を押さえた。

「美味しいですか？」

治さんは安堵《あんど》の息を吐いた。

「その抹茶はね。治さんが自分で挽いたのよ」小夜子さんが言った。

「……自分で？」

「はい。『燎』で飲んだお茶が美味しくて、私もこんなお茶を淹れて小夏さんに振舞いたいと思ったんです」

治さんは笑った。

「でも、そのまま抹茶を出したって、小夏さんは喜んでくれないと思って。あなたは若者ですから、渋ったらしいお茶を出されても困るでしょう」

小夏さんは黙っていた。

「それでね。色々と手伝ってくれた藤堂君にも内緒で、アイスにかけようと閃《ひらめ》いたのです。どうしてこれを閃いたのかと言いますとね。『燎』にいらっしゃる、あの和装の……」

「市松さん」

「そう。市松さんが仰《おっしゃ》ったんです。氷は自《おの》ずと融《と》けるものだって。だから、私の憂鬱《ゆううつ》が『燎』のお茶で溶けたように、私も、あなたの心をこのお茶で溶かしたかったんです」

「……私の心を、このアイスに見立てたんですか」

「その通りです！」

「……私の心を、こんなに冷たいものだと見ていたんですね」

「エ？」

治さんはたじろいだ。「イヤ、エ？　イヤ、そういう訳では……。アレ？」そうしてバタバタ否定の手を振って、「ア、でも、そのアイスはハーゲン・ダッツです！　高いやつです！　つまりあなたの心が高価だってことですよ！」と言った。

小夏さんはその様子を眺めていた。そして突然「プ」と噴いた。

「手のひらが真ッ赤ッ赤」

「ア。これは、いっぱい茶臼《ちゃうす》を挽いたせいで……」

治さんは、ふうふうと手のひらに息を吹きかけた。「それに、茶筅をシャカシャカしたのも相まって、血行が良くなっちゃったんでしょうか」

それを見て、小夏さんはとうとうたくさん笑った。「へんなの」

治さんも救われたように、草臥《くたび》れた顔を光らせて嬉しそうに笑った。

彼の想いと彼女の心の混ざった抹茶アイスを、小夏さんはぱくぱく食べた。茶臼が上手に回る速度で彼らが家族になっていくのを、僕は静かに見つめていた。

○

『きっぷ』を後にして、夕陽に抱かれる呉服町通りへ出た。寂しい冬の街の橙色《だいだいいろ》も、今の僕には色彩を増して華やかに見えた。

僕はうきうきして、すぐ『燎』へ向かった。市松さんと燎さんが談笑していた。僕の顔を見るなり、報告するよりも早く、「……そうか。また、うまくいきやがったな」と燎さんは呟いた。

「さすがです、藤堂君」

市松さんは微笑んだ。僕は嬉しさに弾《はじ》けそうになった。

「そうそう。きみ、この間、金子《きんす》を落として行きませんでしたか？」

市松さんは、袂《たもと》から財布を取り出した。

「これ。東屋の前に落ちていましたよ」

それは紛れもなく、僕があの夜になくしたものだった。

燎さんの表情に気付いたのは、財布を受け取り、三兎に返す五百円玉を取っている時だった。

「市松。今、何て言った」

重量のある声で燎さんは言った。

「何て、とは？」

「小僧の財布が、東屋の前に落ちていた、だと」

「……そうですよ」

「小僧は、……小僧は、東屋へ、行けたのか？」

市松さんは黙り込んだ。

燎さんは、突き刺すような瞳《ひとみ》で僕を睨んだ。殺意にも似た明らかな威圧に僕の肝は冷え切り、恐怖と戸惑いが体を固めた。

そして、彼は僕を目で刺したまま吐き捨てた。

「お前、もうこの店に来るな」

第四章　燎という男、市松という男

味のない冬が続き、純白の温度も響かず体を通過した。

魂が抜け落ちてしまったような脱力感にも、また慣れつつあった。するべきことも打つべき手もなく、僕はだらだらと実感のない寒さの根本《ねもと》で怠惰を抱いて丸まっていた。

正月、菅野《かんの》と共に静岡浅間《しずおかせんげん》神社へ初詣《はつもうで》へ出掛けた際、偶然に小夏《こなつ》さん一家と会った。彼女たちは、桜の梢《こずえ》におみくじを結んでいたところだった。小夏さんと治《おさむ》さんが何かを会話していた。それを見て僕の憂鬱はひとときだけ紛れた。

「あれ、藤堂《とうどう》さん」

人ごみの中に僕を見つけた小夏さんが、人懐っこい笑顔を浮かべて駆けてきた。治さんが会釈をした。

「あけましておめでとうございます」

「おめでとうございます。最近、『燎《かがりび》』に来ないじゃないですか。どうしたんですか？」

「就職の準備で、忙しくて。そのうちまた顔を出します」

僕は曖昧《あいまい》に濁した。燎さんとの確執については伝えなかった。

一体、僕は燎さんに何かしてしまったのか。

彼はどうして、あのように冷淡な態度を取るようになってしまったのか。

幾度考えようと、まるで身に覚えがない。こんなにもあっけなく人と人との縁は切れるものかと、僕は一種の不思議を感じた。

そうして色彩のない平行線はどこまでも延び続けた。『お茶の燎』の暖簾《のれん》を潜らなくなって、早三ヵ月が過ぎていた。

三月の初週には、入社式の案内が届いた。四月四日、月曜日の午前十時。この日この時を境に、いよいよ僕は「大人」になる。残すところ大学卒業を控えたばかりとなった僕は、半年前と同じように、無機質な毎日を、がらんどうの体で空費していた。

〇

自分でも可笑《おか》しかったが、いよいよ卒業となって就業する間近になると、まるで死に支度を始めるように、やり残したことはないかと周囲を見回すようになった。社会の荒波に飛び込んで、早々に溺《おぼ》れる自信があるようだ。卒業すればそれぎりの縁になるであろう人に会っておいたり、菅野に返却していない漫画はないかと棚を掃除したり、二度と見返さないであろう教科書を纏《まと》めたりした。

ベッドの下で十円玉を見つけた時、まだ三兎《みと》へお金を返していないと思い出した。その日の午後から、僕は久しぶりに呉服町《ごふくちょう》通りへ向かった。良い機会なので、お金を返すと同時に、『静岡まつり』の利き茶会への参加を辞する旨も伝えようと思った。

僕はもう、すっかりしょげていた。今更お茶に関わったところでどうなろうと、やさぐれていた。ささくれ立った左胸に触れると、ただ虚《むな》しい空白があるだけだ。

重苦しい曇天が広がっていた。人波を気にしながら呉服町通りを抜けて青葉《あおば》通りへ行くと、冬だというのに『茶湊《ちゃみなと》』の抹茶ソフト・クリームを求める客が列を成していた。総じて女性である。店の小窓から三兎が顔を出すたびに「キャー」と黄色い声を上げている。「三兎さん」「こっち向いて」「LOVE」とあるお手製の団扇《うちわ》まで振っている女性もいる。それを見て三兎が嫌そうな顔をすると「キャー」とまた喜ぶ。「あのトカゲみたいに冷たい瞳がたまらないわ！」

僕は『愛のライオン像』にもたれて、客が落ち着くまで待った。しばらくして三兎の元へ行くと、彼は「おやおや、これは好敵手」と言った。

「久しぶりではないか。抹茶アイスを食べに来たのか？」

僕は、三兎に五百円玉を差し出した。

「毎度あり」

「違う。これは去年に借りたお金だよ」

「ふん、客じゃないのか」三兎は五百円玉をエプロンのポケットへ放り込んだ。「まあ、せっかく来たなら俺の茶を飲んで行け」

三兎は素早く煎茶《せんちゃ》を用意し、小さなポットから急須《きゅうす》にお湯を注いだ。見事な手つきで紙コップに淹《い》れて、僕に差し出した。

「『白銀《しろがね》』という、俺が合組《ごうぐみ》した茶だ」

彼の好意を断る訳にはいかず、僕は久しぶりに緑茶を飲んだ。『燎』を訪れなくなってから、緑茶と疎遠になっていた。

緑の湯気立つ紙コップに鼻を寄せると、はっきりした強い匂いが感じられた。一呼吸で判別がついた。これは芽茶だ。

芽茶とは、荒茶の仕上げ工程でふるい分けられる芽先の部分を集めたものだ。茶葉が丸みのある細かい粒状なので、高温で素早く淹れられる。成長途中の茶葉《ちゃよう》を使用しているので、旨《うま》みが凝縮されて、色と香りも濃厚である。

濃い緑の水色《すいしょく》の奥には細かい葉が沈殿し、濁っている。飲んでみると、じゅわりとした程よい渋みが冷たい舌を包み込んで痺《しび》れさせた。力強い旨みがどんと口中に溢《あふ》れる。喉《のど》に落ちる瞬間に、鼻《び》腔《こう》から甘みが抜けていき、同時に腹の底にぽわんと緑の日だまりが生まれた。

「いい芽茶だね」

僕が呟《つぶや》くと、三兎は爬虫類《はちゆうるい》の尖《とが》った目と真ッ白な歯をギラリと輝かせた。

「さすが俺の見込んだ男、いい利きだ。それは掛川《かけがわ》産の芽茶である。うまかろうが」

確かに美味だった。そして、何だかとても悲しかった。この味が遠いところに感じられた。

「今日は、お金を返しに来るついでに、ひとつ伝えに来た」

悴《かじか》んだ指を紙コップで温めながら、僕は言った。

「僕は『静岡まつり』に出ない」

「……何だと？」

三兎は眉《まゆ》を吊《つ》り上げた。

「貴様、約束を破るのか？」

「そうなる」

「俺はもう知り合いに頼んで、貴様のエントリーを済ませたのだぞ」

「たいへん申し訳ない」

「それで済むか、馬鹿者め。まさか怖気《おじけ》づいたのか？」

「何だかもう、やる気がないんだ」

「俺は、貴様をぶちのめすのを楽しみに修業していたのだ」

「謝ることしかできないよ」

三兎は僕を睨《にら》みつけた。そして嘆息し、「男が約束を破るとは。この大嘘つきめ。地獄の底ほど見損なった！」と言って、ピシャと勢いよく小窓を閉めた。そして彼は店から出て来て、人目も気にせず僕の尻《しり》に蹴《け》りを入れた。下駄《げた》の鼻緒の結び目が食い込んで、非常に痛かった。これは予期しておらず、僕は紙コップを放り出して悲鳴を上げた。

「二度と来るんじゃない、この愚か者が！」

三兎は更に、僕へ向かって塩を投げつけた。「帰れ！　帰れ！」

僕はたまらず逃げ出した。「貴様が出なくたって俺は出る！　必ずや頂から駿府城《すんぷじょう》内を睥睨《へいげい》してやるからな！」というようなことを三兎は叫んだ。

青葉通りを脱出し、呉服町通りで歩調を整える。大きく息を吐いて振り返った。三兎は追ってきていない。だが、ずっと舌にこびり付いて離れない芽茶の味が煩わしい。

それからこの冬、僕は就業に向けての準備をするに終始した。

○

ある日、小夏さんから電話があった。四月の三日、浜松《はままつ》で行われる「全日本高校生管打楽器ソロコンテスト」を観覧しないかという誘いだった。その日は『静岡まつり』の三日目であったが、利き茶会への参加を辞して予定もなくなったので、僕は二つ返事でそれを受けた。

彼女は嬉《うれ》しそうだった。それから急に声を潜め、周りを気にするふうに『あの』と呟いた。

『これ、まだ誰にも……お母さんにも、治さんにも言っていないんですけれど……藤堂さん、聞いてくれますか』

「はい」

『実は、私……将来、プロのトランペット奏者になりたんです。それが夢なんです』

少し胸がぐらついた。が、

「それはとっても素敵です。小夏さんならきっとなれます！」

小夏さんはとても喜んだようで、受話器の向こうで鼻息を噴いた。

『ようし、絶対に優勝してみせますよ！ 応援お願いします、藤堂さん！』

僕は彼女から誘われたことを嬉しく思い、しかし何処かで彼女への羨《うらや》ましさも抱えつつ、

「もちろん。頑張って！」と声をかけた。

治さんの件があってから、僕は自分でも彼女との仲が大きく進展していることに気付いていた。こうして夢を打ち明けてくれたり、彼女が無垢《むく》な好意を見せてくれるようになっていた。

通話を切って、決心した。そのコンテストが終わったら、彼女に想いを打ち明けよう。

四年間も通ったというのに、あまり感慨もなく大学の卒業式を終えた。僕は適当に思い出を噛《か》みしめるふうな態度で学友らと別れた。

○

そうして年度が変わり、四月二日になった。『静岡まつり』の二日目である。

明後日《あさって》には始まる社会人生活に反抗するように、僕は土曜日の街を冷やかすべく、呉服町へと赴いていた。

さすがと言うべき人出だった。バスを降り、呉服町通りへと向かってザアと寄せる人波に揉《も》まれ、僕はすぐ、「しまった、来なければ良かった」と後悔した。浮足立った人たちはぶつかるのを意にも介さず、焼きとうもろこしを持った女の子が嬉しそうに駆けて行き、僕の足を踏んだのに気付かない。歩くのも億劫《おっくう》なくらいの人混みで、祭りの主会場である駿府城に辿《たど》り着く前なのに、僕はすっかり疲弊してしまった。

そして、当然ながら呉服町を行く限りは『お茶の燎』の前を通ることになる。僕はできるだけ店を気にしないように進んだ。魔が差して小梳神社《おぐしじんじゃ》をちらと覗《のぞ》くと、ごった返す人に紛れ、境内にある池の前に佇《たたず》んでいた利休御霊《りきゅう》と目が合った。

利休御霊は挨拶《あいさつ》するように、持っていた紙袋を小さく上げた。その所作は僕を誘っているようだった。

仕方なく、僕は鳥居を潜って彼の元へ行った。

「久しぶりじゃのう」と利休御霊は言った。「お祭りを見に来たのか」

「そんなところです」

「儂《わし》もこの度初めて伺ったのだが、静岡まつりはとても良い催しだなあ。皆《みな》楽しそうだ」

「人が多いのが難点です」

「家康《いえやす》公も喜んでいらっしゃるだろう」

利休御霊は柔らかく小首を傾げた。

「お主は最近この辺りに来なかったな」

「現代人は忙しいんです」

「忙殺されているようだ」

「別に、そんなことはありません」

「だが、お主の顔にはまるで生気がなくて、うらなりの青瓢箪《あおびょうたん》」

利休御霊は笑った。「昨年、そこの茶屋で憂鬱《ゆううつ》事があったんだろう。そうだろう」

「何故そう思うんですか」

「だって、水野《みずの》様に聞いたから」

利休御霊は、池の水面《みなも》へ千切った麩《ふ》を投げた。群がる鯉が我先にと体をうねらせ、派手な水飛沫《しぶき》を上げた。「平成の鯉は、どうにも風流というものを知らんな」と彼は呟いた。

「利休御霊は、市松《いちまつ》さんを水野さんとお呼びになります。何故ですか」

「お主はよく知らんのだな。水野様のことを」

その、如何《いか》にも自分の方が彼に通じているのだという利休御霊の口ぶりに、僕はムッとした。すると「こらこら、機嫌を損ねるな」と利休御霊は笑った。

「お主自身で、水野様に伺ってみたら良いだろう。どうして市松と名乗るのか」

「僕は『燎』へは行けません。店主に立入禁止を言い渡されたんです」

「では、どうして店主がお主を排斥するのか、その理由は尋ねてみたか？」

正鵠《せいこく》を射るその利休御霊の言葉に、僕は二の句が継げなかった。

「お主はいつだって、自分を当事者にしていない」

利休御霊は、幾重もの波紋でぐにゃぐにゃになった水面を見つめていた。

「お主はいつか酩酊《めいてい》して、恨み節を滔々《とうとう》と吐きながら泣いていたな」

「……僕はどうしたらいいんでしょう」

「自分も、他人も、環境も、時代も、知らんぷりでは世界は廻《まわ》らぬ。この波紋の中に飛び込んで、溺《おぼ》れていることを悟られずに深くへ潜っていくことが、生きるということなのだ」

利休御霊は気安く笑った。

「あの祭器庫を見てみろ。あれは緑茶廻廊《かいろう》に繋《つな》がっている」

僕は黙っていることで既知であると示した。

「あの廻廊は、茶屋のものではない」

利休御霊はきっぱり言った。

驚いた。

緑茶廻廊について、店の離れかと尋ねた時、燎さんが頷《うなず》いた記憶があった。だから僕はすっかり、廻廊は店の所有物であって、茶の倉庫であるのだと思っていた。

「じゃあ、あの廻廊は一体……」

「あれは小梳神社のものであって、水野様のものだ」

利休御霊は、池に向かって紙袋を逆さにした。麩の滓《かす》がはらはらと落ちて、一層激しい飛沫が上がった。

「お主がこのうねりの中に飛び込むかどうかは勝手だが、廻廊が茶屋のものではないということは、お主が立ち入っても良いということだなあ」

利休御霊は楽しそうに言って、ふわふわと境内を後にした。

◯

お祭りの空気にほだされたのか。

緑茶廻廊へ踏み入ったところで最奥に辿り着けるとは思っていない。ただ僕は知るべきことから逃げて、ひとりで恨みを捏《こ》ねていたのだと、曇天の隙間に僅《わず》かに覗く青空を見て、まるでアスファルトに零《こぼ》れた血が煌《きら》めくように思った。途端に胸が軽くなった気がして、生きたような死んだような、夢の中にいる心持ちになった。

どうせ空っぽのこの身ならば、これ以上何も抜け落ちるものはない。空白の僕はどこまでも軽く、ただ風に吹かれて飛んでいってもいい。この波紋の中、たとえ鯉に揉まれてくたばってもいいんだと、そんな想いが湧いてきた。正体不明の元気が出た。

祭器庫の扉に手を掛けた時、「夢に生き抜いて死んだ者の魂は、後悔という鎖に捉《とら》われない」という利休御霊の言葉が聞こえたようだった。だから僕はそれを信じようと思った。靴を飛ばして出た天気を信じるみたいに、ただ漠然とそう思った。市松さんを知るということに立ち向かうのは、僕が僕の未来へ立ち向かうのと同じような気持ちがしたのだ。

緑茶廻廊には、変わらず光が満ちていた。

どこへ着かなくても、どこまでも行こう、何時間でも歩こうと決心した。

緑の廻廊は一直線なのに、ずうっと進んでいると目が回ってくる。樹のお化けの腹の中にいるような感覚に陥って、緊張からすぐに汗が滲《にじ》んでくる。滴が顎《あご》を垂れる。足裏に踏む枝のぱきぱきという軽い音が骨の軋《きし》みのように聞こえた。右手に『燎』へ通じる鉄《くろがね》の扉がある。僕はそれを通過してどんどん行った。

目に一色の緑の中にいると、五感がぼやけてきて、幻覚が見えてきた。

廻廊の先に、毛糸玉と瓜《うり》二つの狐色の子犬がいて、舌を出して尻尾《しっぽ》を振っている。近づくとからかうようにふかふか逃げて、また少し先で、身を低くして僕を待っている。

小さいが、あのどんぐりのような瞳《ひとみ》と梅干みたいな鼻には、見覚えがあった。

あれはきっと、ランだ。

ラン、ラン、と呼び掛けようとして、それより早く、背後から曹達《ソーダ》の泡みたいな声がぱちんと飛んで来た。「待ってってば、ラン！」……そう発しながら駆けて来るのは、黒い短パンの子どもだ。びゅんと僕を追い抜いて、子犬の方へ走っていく。すれ違い様に見たが、これまたどこかで見覚えのあるような男の子だ。顔つきがどうにも燎さんに似ていた。

まあ幻覚だから、と動じずにそのまま進んでいくと、ぽつんと立っている男の子の小さな背があった。子犬に追い付けなかったようで、赤い首輪を握り締め、悲しそうに萎《しお》れていた。僕は彼の前でしゃがんで、「どうしたの」と問いつつその顔を覗き込み、確信した。

どこか生意気そうだが端整なこの面差しは、間違いなく燎さんだ。

小学校低学年ほどの彼は、左頬に絆創膏《ばんそうこう》を貼っていた。そして、瞳に涙をいっぱい溜《た》めて震えていた。

「ラン、待ってよ。置いていかないでよ……」

子どもの燎さん（これを僕は、腹いせも込めて『チビりび』と呼ぶことにした）は、そう呟《つぶや》いて、今にも泣き出しそうだった。彼の背をさすろうと思って、僕の手は宙を切った。指が、彼の体をすり抜けた。「大丈夫？」と声をかけたが、これも届いていないようだった。彼にとって、今の僕は幽霊だ。

ひとりぽっちのチビりびさんは、とうとうぽろぽろと涙を零し始めてしまった。

どうしたものかと思案に暮れていると、廻廊の奥から人影が近づいて来た。

胸にランを抱いた、市松さんだった。

その姿は、チビりびさんとは対照的に、現在と何ら変わりがない。ただ、彼も僕を認識しているそぶりがないので、彼もまた幻であるらしい。

「ラン！」

チビりびさんはたちまち泣き止んで、市松さんからランを預かり、しっかと抱き締めた。ふんふん鼻を鳴らすランに頬ずりして、「ひとりで行くなよな、もう！」と叱った。

「きみの犬ですか？」

穏やかな声で、市松さんが言った。「可愛いですね」

「ランっていうんだ」と嬉《うれ》しそうに言って、チビりびさんは鼻を啜《すす》った。

「兄ちゃんが捕まえてくれたの？」

「はい。ぴゅうっとこちらに走って来たので、思わず」

「ランは、足が速かったでしょ。だからランって言うんだよ」

市松さんはぽかんとして「ふうん？」と呟いた。よく意味がわかっていないようだった。

「この緑のトンネルをふたりで冒険していたんだけれど、首輪が抜けて、ランが逃げちゃったんだ。だからおれ、追っかけてきた」

「そうですか。それは大変でしたねえ」

「ところで、兄ちゃんはだれ？」

「私は、市松と言います。この廻廊に入れたということは、きみは燎君かな？」

チビりびさんは驚いて、ぴょんと飛び上がった。「どうしてわかったの？」

「私は、きみのお父さんと友達なのですよ」

「なあんだ、それでかあ」

これは、ふたりの出逢《であ》いなのだと僕は思った。今、僕はふたりが初めての邂逅《かいこう》を果たした瞬間の幻影を見ているのだ。

でも、それではどうして市松さんの姿がそのままなのか。

「兄ちゃんはここに住んでるの？」

「そうですよ。もうずっと住んでいます」

「ずっとって、どれくらい？」

「そうですねえ。もう四百年くらいは経ちますかねえ」

チビりびさんはキョトンとした。

「兄ちゃん、ゴリョーなの？」

「ゴリョー？」

「おれ、そこの神社でへんなのが見えるんだ。足があるのに、空を飛んだりする人間。それは幽霊じゃなくて、ゴリョーっていうんだって、父ちゃんが」

「ああ、違いますよ。私は本物の人間です」

「なんだよ。四百年も生きていられる人間なんていないやい」

チビりびさんは、ぷうと頬を膨らました。

市松さんは、寂しそうに微笑んだ。

「そうですね。私も、最早自分が人間であるのか、幽霊であるのか、屍《しかばね》であるのか、己でもわからないくらいです」

その言葉を最後に、市松さんとチビりびさん、そしてランの幻影は、空気に溶け出すようにして消えていった。虚空に、市松さんの儚《はかな》げな微笑みの残像があった。

○

それからも廻廊の奥へ向かうにつれて、過去の一場面を切り取ったかのような不思議な幻影が幾度も現れた。

ランドセルを背負ったチビりびさんが、市松さんへ紙粘土の茶碗《ちゃわん》を見せていた。市松さんは茶碗を丁寧に持ち、鑑定をするようにしげしげと眺めて「とても上手ですね」と微笑んだ。するとチビりびさんは両腕を振り回して「だろ、だろ!」と嬉しそうに鼻息を噴いた。「4の2・かがりび」とある胸の名札がぱたぱた揺れた。

「今日の工作の時間につくったんだ」

「たいした腕前です」

「おれ、大人になったら茶碗職人になりたいんだ。モノヅクリが好きなんだ」

「そうですか」市松さんはそれだけ言ってチビりびさんの頭を撫《な》でた。

そうしてふたりは緑の地に影法師を残して消える。

僕は歩き続けていく。

するとまたふたりの幻影がぼんやりと浮かび出す。水玉の敷物の上に足の畳める簡易机を置き、向かい合って座っているふたりだ。チビりびさんの傍らに『燎』の紙袋がある。チビりびさんが持参したと思われる店のお茶を、市松さんが急須《きゅうす》で淹《い》れていた。

「熱いので、気をつけて」

急須を絞り切って、市松さんは湯呑《ゆのみ》をチビりびさんへ促した。チビりびさんはふうふうと湯呑に息を吹きかけて飲んだ。そして「ううまい!」と叫んでミサイルのように立ち上がった。

「うまい！　市松、これはうまい！」

市松さんは微笑んだ。「きみのお店のお茶ですよ」

「でも、父ちゃんが淹れるお茶より何倍も美味《おい》しい気がするんだけど！」

「そうですか？」市松さんは照れたように後ろ頭を掻《か》いた。

「きみのお父様のお茶も美味しいですよ」

「でも、父ちゃんと市松のお茶は何か違うんだ。なんでだろ？」

「きっときみが飲んだお父様のお茶は、きみひとりに向けてではなく、たくさんの人に向けて淹れたものだったんでしょう」

「それで何が変わるのさ。変わるとは思えないや」

「変わりますとも。今、私はきみひとりに向けた心ひとつで淹れました。美味しくなあれ、美味しくなあれ、ただきみだけが喜びますように、と」

「だから？」

「きみは、私の心を独り占めしたのです。だから美味しい」

「ふうん。よくわからん」

チビりびさんはすとんと腰を落として、机の上にあった羊羹《ようかん》を齧《かじ》った。そして「お茶も羊羹もうまい。おれはそれで幸せ」と言って、抜けた前歯でにかっと笑った。市松さんも幸せそうにそんなチビりびさんを見つめていた。

ここでふたりは、砂浜を波が攫《さら》うようにして消えた。

僕は歩き続けていく。そして、永遠に延びる廻廊《かいろう》にこびり付いたふたりの思い出を発見していく。

次に現れたチビりびさんの名札には「6の1」とあって、彼は少し背を伸ばしていた。歯も生えそろって、子供から少年へ、可愛らしさから精悍《せいかん》さへと変遷を辿《たど》っている最中にあった。市松さんだけは変わらない。ふたりは手を繋《つな》いで、向こうからこちらへ歩んで来ていた。

「この間、父ちゃんに陶芸に連れて行ってもらったんだ。そこでいっぱい茶碗をつくったんだよ」

市松さんの相槌《あいづち》があって、

「あれは楽しかったなあ。窯からうまく焼き上がった茶碗が出て来る瞬間は、本当に嬉しくてさ。父ちゃんの用事が終わったら、市松にも見せてあげるよ」

そのようなチビりびさんの言葉がぼんやりと聞こえて来た。彼の声は、子どもの時分から異様に抜ける。市松さんはそれに合わせて穏やかに頷《うなず》いていた。

僕とすれ違う間際に、ふとチビりびさんが立ち止まって、市松さんと繋いでいた手を離した。真剣な相好で市松さんを向いて、「あのさ」と固く言った。そして、

「市松は、どうしておれを最奥に連れて行ってくれないの？」

そう訊《き》いた。

「父ちゃんに聞いたよ。市松は、この緑のトンネルの奥にある部屋みたいなところに住んでるんだろ？」

「そうです」

「ねえ、一度くらい招待してくれたって良いじゃないか。市松はいっつも店に来るばかりだ」

「ごめんなさい」

市松さんは困ったように微笑んだ。「いつかご招待しますから」

「いつもそう言ってごまかしちゃうじゃないか。いつかっていつなのか、はっきり言ってくれよ」

市松さんは「ごめんなさい。でも、いつか必ず」とばかり言ってチビりびさんにひたすら低頭した。「何だよ、そんなに見せたくないくらい部屋がきたねーのかよ」とチビりびさんは毒気を抜かれたようで、大きな溜息《ためいき》を吐いてから再び彼と手を繋ぎ、ずんずん歩き出した。

「まったくもう。おれが行く日には、しっかり片付けとけよな！」

市松さんは危うい足付きで、チビりびさんに引っ張られて行った。

そうしてふたりは消えていく。

僕が廻廊を歩き続けていく限り、チビりびさんと市松さんは幾度も幾度もロード・ムービーの中に生きる。チビりびさんは少しずつその背丈を伸ばし、市松さんは枯れない花のように咲いて、ふたりは手を繫いでいる。

ある時は簡易机に広げた茶碗のカタログを楽しそうに眺めるふたりの姿があって、またある時は市松さんの淹れるお茶を正座でじっくり味わうチビりびさんがあって、またある時はふたりで紙粘土を捏《こ》ねて茶碗をつくっていて、またある時はチビりびさんに宛てられた恋文を市松さんが茶化しており、またある時はチビりびさんが熱心に茶碗職人への夢を語り、またある時はランに嚙《か》まれた手の傷に泣くチビりびさんを撫でる市松さんがあり、またある時は市松さんからお茶の淹れ方を習うチビりびさんがあり、またある時は陶芸コンテストで受賞したチビりびさんが賞状を掲げて市松さんに見せており、またある時は廻廊に茂る茶葉を摘んでいるふたりがあり、またある時は廻廊に大の字になって昼寝をするふたりがあり、またある時は、またある時は――。

どれだけ年月が経っても、燎さんが大人になっていっても、指先の先端、その淡い部分を通して見えない絆《きずな》を結び合わせるように、ふたりは手を繫いで笑いあう。

僕は歩き続けていく。

歩数を数えていたはずなのに、それすらわからなくなるくらいに僕は進んでいた。廻廊に満ちる春の陽気ですっかり汗に濡《ぬ》れて、とうにコートを脱いでいる。開襟のシャツのボタンも、上ふたつを開《あ》けた。足が取れようとも、倒れるまで行こうと決めている。靴紐《くつひも》を直して十分ばかり行くと、蠟燭《ろうそく》に火が灯《とも》るように、目の前にぽうっとチビりびさんが出現した。

いや、それは最早チビりびさんと呼べる存在ではなかった。竹刀袋を肩に掛ける彼は、詰襟の学生服を着ていた。ボタンに「高」と文字がある。着崩れなく、長身にあって高貴なすらりとした出《い》で立ちは、艶《なま》めかしい黒豹《くろひょう》を思わせた。彼は、少年から青年になっていた。不思議なのは、その髪と肩がうっすら雪に染まっていることだった。

その前にいる市松さんは、どこまでも一辺倒だった。着流しの袖《そで》に手を隠し、穏やかに微笑んでいた。

燎さんは、凪《な》いだ夜の海みたいな表情をしていた。乱れた息を無言で整えていた。彼は急いでここへ来たらしかった。

「市松」

肩に降り積もった雪が融《と》ける頃、ようやく燎さんは口を開いた。

「親父が死んだ」

市松さんは顔色を変えなかった。ただ「そうですか」と言った。

「死に目には会えましたか」

「ああ」

これは『お茶の燎』の十四代目店主……先代が亡くなった日のことであると僕は気づいた。

「お前に、よろしく、って言ってたよ」

「そうですか」

そうしてふたりは黙り、長い間があった。

「なあ、市松」

燎さんは泣いていない。

「親父が、死んだんだ」

「はい」

「とても。とても悲しいよ」

「私もです」

「俺の悲しみは、ふたつある。ひとつは、もう、親父に会えないこと」

「はい……」

「あとひとつは。俺が、この店を継がなきゃいけないということ」

「……そうですか」

「この歴史ある店を、俺の代で潰《つぶ》すわけにはいかないもんな」

「どうでしょう……」

「店がなくなったら、それこそ天国で親父が悲しむもんな」

「……天国」

「なあ、市松。俺は、茶碗職人になりたかったんだ」

「勿論《もちろん》。……勿論、知っています」

「ただ眺めているだけで胸の満たされるような、それにお茶を淹れて飲んだら何百倍も味が良くなるような、最高の茶碗を焼きたかったんだ。だから、高校を卒業したら、知り合いの窯元に弟子入りしようと思っていた」

「知っています」

「でも、夢を諦《あきら》めて、継がなきゃいけないな。もう、真っ向からお茶の道に進まなきゃな」

「それは、きみの心が決めることではありませんか」

「そんな程度の低い説法、無駄だよ。こんな何百年も続く店を投げ出せるもんか」

　燎さんは笑った。

「お前だって、わかっているんだろ。俺だって、生まれた時から、何処かではわかっていたんだから。見ない振りをしていただけなんだから」

市松さんは小首を傾げた。

すると燎さんは一層笑った。

「なあ、市松」

「はい」

「俺には、茶の才能がないんだろう」

市松さんは黙っていた。

「親父が入院した時、病室で尋ねてみたんだ。どうして市松は俺を最奥に連れてってくれないのか、って。すると親父は、この廻廊について知っていることを全部教えてくれた。もう己の最期を悟って、俺に引き継ぐつもりだったんだろうな」

「……そうですか」

「この廻廊は、茶師の血を引く者、あるいは茶の才能のある者しか見えず、また入れない。そして最奥に辿り着けるのは、茶の才を持つ、選ばれた者のみ」

「……」

「お前は俺を最奥へ連れたくなかったんじゃない。連れて行くことができなかったんだ。だって、俺には才能がないんだから。茶師の家系である、ただそれだけなんだから。この緑茶廻廊は、奥深い緑茶道の象徴なんだ。茶の道を極めた者だけが、極められる可能性を持つ者だけが、その真理に……最奥に行けるんだ」

それでも燎さんは泣かなかった。

「生まれた時から人生が決まっていて、その為に夢を諦めて、才能も何もないと明らかになっている道へ進まなきゃいけないんだ。突き詰めたってどうにもならないことを知っているのに、その生き方をしなきゃいけないんだ、俺は」

僕はよろけた。疲労ではない理由で足が震えていた。

「ひどく辛《つら》い。ひどく辛いよ、市松」

燎さんは泣くよりも悲しそうに言った。

「こんなことなら、初めから夢なんて持たなきゃ良かった」

○

ふらふらと、それでも僕は廻廊を行った。昨年、毛布の中で思い起こした燎さんについてのことを僕は深く反省していた。彼が僕と一緒だって。馬鹿な。彼は僕とは違う。彼は、僕など比べ物にならないくらい、もっと凄惨《せいさん》な夢の終わりを体験していた。彼は父と同時に夢も亡くしたんだ。

その時、前方からたくさんの茶葉《ちゃよう》の螺旋《らせん》がざあっとこちらへ吹いて来た。僕は目を閉じ、吹き抜けていくその大風に耐えた。廻廊《かいろう》の樹がざわざわと音を立て、やがて静かになった。

髪に絡んだ茶葉を払った。

落ち着いた空気に違和感がある。

しん、と、右方の壁に食い込むようにして、大きな木造りの扉が現れていた。

その扉にはたくさんの触手のようなチャノキの根が絡まり、固く閉ざされていた。

一瞬だけ躊躇《ためら》って、それからドアノブに手を掛けようとして「おい」と声をかけられた。

「開けるのか」

背後に、三食団子の串《くし》を持った利休御霊が立っていた。

「あなたも幻影ですか？」と僕は尋ねてみた。すると利休御霊は「何？」と答えた。僕の声が届いているということは、彼は幻ではなく、この時間軸にいる存在だ。

「どうしてここに」

「そんなことはどうでもいい。その扉を開けるのか、と儂《わし》は訊《き》いている」

「この先には何があるんですか」

「ある男の過去だよ」

利休御霊は団子を頬張った。それをむしゃむしゃやりながら、

「その先に進んで、それをお前が知ろうが知るまいが、儂にはどうでもいいことだ。ただ、

その扉を開けたとなると、お前はこちらへ戻ってこられないかも知れぬ。それだけ忠告しといてやる」

「ある男とは、市松さんのことですか？」

僕が問うと、利休御霊は鼻歌交じりに視線を泳がせた。

「市松さんですね」

「儂は、存外お前のことを気に入っていた。お前みたいに女々しくてウジウジして小さいことに苦心する童《わっぱ》は物珍しい。くだらん悩みに翻弄《ほんろう》されるお前を眺めるのは、夕立に慌てる蟻を見ているようで、儂にとってとても風流なことなのだ」

「あなたは、とっても良い人です」

僕は小さく笑った。「そんなんじゃないやい」と、利休御霊はつまらなそうに串を放った。

僕は、ドアノブを捻《ひね》った。どう、と真ッ白な光の洪水が溢《あふ》れ出し、僕の身を包み込んだ。

○

光に目が慣れてきて、自分が何処かの外にいるのだと判別がついた。青空に縁を描く雀が鳴いていて、穏やかな春光が満ちている。砂ぼこりを纏《まと》ったつむじ風が吹いた。

ぽん、てん、という音に振り向けば、松の木の付近で、たくさんの和装の男たちが蹴鞠《けまり》に興じている。その向こうには堀があって、仰々しい石垣が聳《そび》えていた。

右方から、馬の蹄《ひづめ》の音がした。見ると、馬上に、藤色の着物を召した上品な老人がいて、その肩に大きな鷹《たか》が乗っている。傍らには、裃《かみしも》に袖を通した二名の男性がいた。ひとりは動かない兎の足を持って、逆さにしていた。

「大御所様。なんとか寅《とら》の刻には帰って来られましたね」

兎を持ったちょんまげ男が言った。

「ほら、今しがたに、丁度、水野がやって参りましたよ」

男は僕の存在をないものとして、僕の鼻先寸前に腕を伸ばして左方を指差した。その先に緑の茂る高台があって、頂に東屋が建てられていた。

僕は息を飲んだ。

見紛《みまが》うはずもない。

その東屋は、緑茶廻廊の最奥にあるものと同じだった。

温《ぬる》い日差しにきらきらと輝く東屋へ、ひとりの人物が入っていくところだった。僕は夢中で目を凝らした。

その人物……それは、市松さんだ。

僕は東屋へ駆けた。穏やかな表情は僕の知っている市松さんだったが、その微笑みが微妙に幼い。現在より幾分か若い頃の市松さんだ。

「市松さん」と呼び掛けたが反応はない。彼はニコニコしたままで、卓袱台《ちゃぶだい》の上に皿を並べて金鍔《きんつば》を用意していた。次に、赤い敷物に載せた茶釜《ちゃがま》に水差しで水を注いだ。それがのんびりと湯気を噴き出してから、桐の箱から高価そうな茶碗《ちゃわん》を取り出して並べた。イチマツ模様の巾着《きんちゃく》から茶筅《ちゃせん》を取ったところで、馬上にいた老人が東屋へやって来た。

「やあやあ、本日のお茶の時間に間に合った、市松」

老人は微笑んだ。

「大御所様。成果は如何《いか》ほどでしたか」

「一等の兎が捕れたよ」

「それはようござんした」

「鷹狩りを始めてもう随分だが、最近ようやくその極意が掴《つか》めてきた気がするよ」

「よろしければ教えてください」

「うむ。鷹狩りの極意とは、己が止まり木に徹し、鷹に任せて好きにやらすことだ」

「なんですか、それ」

市松さんは笑った。すると老人も「鳥の速度には、儂の頭の回転など到底追いつかん」と笑った。

「天下の徳川《とくがわ》家康様でも、鷹は思い通りになりませんか」

「ならんね。だが、そこが面白いんだ」

徳川家康、と呼ばれた老人はそう言って金鍔に手を伸ばそうとした。それを市松さんが「もう間もなくで湯が沸きますから、ちょっと堪《こら》えてください」と制した。

不思議なことに、この老人がかの徳川家康であって、それを目の前にしているというのも、僕にとっては些事《さじ》にしか感じられなかった。

やがて湯が沸いて、市松さんは茶を点《た》てた。家康公はそのお茶を美味《おい》しそうに啜《すす》り、金鍔を齧《かじ》った。「今日も美味《うま》い」と家康公が幸せそうに呟《つぶや》くと、市松さんもまた幸せそうにふんわりした。「この茶の時間は本当に良いものじゃ」と言って、家康公は東屋の近くにある桜の梢《こずえ》に止まる百舌鳥《もず》を眺めた。

「本日の茶は、宇治《うじ》のものです。取り寄せました」

「宇治かあ」

「上品な覆い香が素敵なお茶です」

「毎日、よくもこう美味い茶を淹《い》れられるものだ。聞けばお主は、昨日も神務を終えた後、夜中まで茶室に籠《こ》もっていたそうじゃないか」

「どうすれば美味しい茶が淹れられるか、講究しておりました」

「神主と茶師の両立は何よりだが、第一に身を大切にせねばならん」

「大御所様のためなら、少しも苦ではありません」

家康公は意地悪そうに笑った。

「儂のためではないだろう」

「誓って本心ですよ」

「いいや、違う。お主は茶が好きなだけじゃ。好きで好きで好きで、だから極めたくてたまらんだけじゃ」

市松さんは赤くなった。

ふたりはまるで気心の知れた親子のように、のほほんとした時を過ごした。それから会話はなかったが、それでも何かを通じ合っているようだった。

「慶長《けいちょう》の駿府、見事に穏やかなり。天下泰平とはこの悠然こそを指す言葉」

城内を見つめて呟く家康公の台詞《せりふ》を聞いて、僕は初めて「ああ、ここは駿府城の中なんだ、晩年の家康が過ごした静岡なんだ」と悟った。

◯

市松さんと家康公が東屋を出たところで、今度はまるで藍色《あいいろ》の絵ノ具をぶちまけるようにして、空が一気に夜へと染まっていった。それと同時に、すぐそこにいた二人の姿がパッと消えた。周囲に目を散らしたが、提灯《ちょうちん》を持った数人の男たちが夜風を楽しむように歩いているばかりだった。

僕は、市松さんを探そうと思った。

慶長の夜は暗く、僕は自分の両目まで藍色に染め抜かれてしまったかとはらはらした。ただその暗いぶん、夜空に瞬く星の輝きったらない。発光するザラメを撒《ま》いたように存在感を持って、きらきらピカピカ、いや、ぎらぎらビカビカしている。また、一層明るいのは、尖《とが》り切った先端で人でも殺せそうな三日月だ。まるで漫画にあるような、お利口な形の三日月だった。僕は駿府城内を行きながら、ふとすれば夜空を見上げていた。

天守台の北東に回って、橙《だいだい》の火がともる灯篭《とうろう》の奥にうっすらと浮かぶ鳥居を発見した。城内に神社があるらしい。

僕は鳥居を窺《うかが》って、驚いた。

拝殿に掛けられた木の板には『小梳神社』とあった。

その境内は、呉服町通りにあるものと広さも構造も変わらない。偶然に名前が一致しているのか。拝殿の前で立ち尽くしていると、がら、と引き戸の開く音がして、建物の脇から、狩衣《かりぎぬ》を着て提灯を提げた市松さんと、紅《あか》い着物を着た女性が出てきた。市松さんと同じくらいの年の頃で、上げた黒髪が美しい人だった。

「行きましょう、はな」と市松さんが女性に語りかけた。彼女の名前らしい。

ふたりは境内を出て行った。その後について行くと、やがてまた東屋へ戻ってしまった。ならば、じっと待っていてもふたりは来たのか。徒労に悲しくなったところで、市松さん

てて、それを自分とはなさんのものにした。二杯を点
が提灯を置いて、東屋に置きっぱなしにされていた茶道具でお茶を淹れ始めた。

ふたりは長椅子に腰掛け、お茶を飲みながら夜空を見上げた。月見に来たらしい。

「綺麗《きれい》な三日月ですねえ」

はなさんが言った。「磨《と》いだばかりの猫の爪みたい」

「はなは、満月の方が良かったのではありませんか？」

「どうして？」

「満月は、餡子《あんこ》がぱんぱんに詰まったお饅頭《まんじゅう》に見えますから」

「あら。それは私が食い意地の張っている女だと言いたいのですか」

「違いますよ」市松さんは笑った。「茶には菓子でしょう」

「水野様は意地悪ですね」とはなさんも笑った。こく、と白い喉《のど》を鳴らしてお茶を飲んで、

「それにしても、いきなり月見がしたいだなんて珍しい」

「別に、おかしなことはないでしょう」

「だって。普段なら神職のお勤めが終わりましたら、水野様はお休みになるまでずうっと茶室でお茶を勉強なさっているじゃありませんか」

「ふむ。そうですね。確かにそうです」市松さんは顎《あご》に手を当てた。

はなさんがクスリとした。

「何かあったのですか？」

「何かとは？」

「心に重いことであったり、悲しいことであったり」

「そんなことはありませんよ。今日も、私が淹れたお茶を、家康様が美味しく飲んでくださった。それだけで私の一日は幸せです」

「水野様は、心の底から家康様を慕っていらっしゃるのですね」

「あの御方は、私の命です。小さい頃から、本当に良くしてもらいました。天下を手中にしたっていうのに、あれほど和平を好んで穏やかであることが俗人にできましょうか。あの御方は、いつでも民を想っていらっしゃる。あんなに立派な人は天上天下おりません」

「でも、それじゃ一体今夜はどういうご了見ですか。本当にただの気まぐれでいらっしゃるんですか」

「そう理由を急《せ》かしてはいけません」

市松さんは苦笑して、懐からイチマツ模様の巾着を取り出した。中に手を突っ込んで、「はな。少しの間、目を閉じていてください」と言った。

「何故ですか」

「いいから、ほら」

はなさんは、言われるがまま目を閉じた。市松さんは巾着から何かを取り出し、はなさんの髪に触れた。「きゃっ」とはなさんは短い悲鳴を上げた。「何です、何ですか、水野様」

「まだ目を開けてはいけませんよ」……はなさんは黙って市松さんに髪を触られていた。

「はい。もう良いですよ」

はなさんは目を開けた。市松さんは巾着から手鏡を取り出して、はなさんへ向けた。

彼女の黒髪に、一輪の小さくて白い花が咲いていた。「あっ」とはなさんが声を上げた。

「茶の花」

「珍しいでしょう。南蛮からの献上品の中にあった簪《かんざし》です」

はなさんが右に左に首を捻《ひね》る度、茶の花の髪留めは暗闇に一筋の白い線を描いた。光を湛《たた》えた特別なもので創られた造花のようだった。

「はなにあげます」

市松さんは言った。

「こんなの、いけません」はなさんは慌てた。

「夜の中でも輝いています。とても高価なものではありませんか」

「いいのです。家康様から直々に譲り受けたのですから、私が誰に贈ろうと勝手です」

はなさんはぽかんとして、それからまた手鏡を見つめて、「綺麗」と呟いた。

「でも、どうしてこのようなものを私に……」

すると、ふいに市松さんの両頰が、闇に浮かぶふたつの林檎《りんご》のようになってきた。

「はな。今日であなたは、数えで十五です」

「ええ……」

「だからです」

「え？」

それぎり市松さんは黙り込んでしまった。はなさんは眉根《まゆね》を寄せ、しばらく考えて、それから彼と同じように、真ッ赤な林檎の頬をした。彼はどうやら誕生日のプレゼントを彼女に贈ったらしかった。

「大御所様の定めたのは、あなたが十五歳になったらばふたり一緒になれ、ということでした」

市松さんはそっぽを向いたまま言った。

はなさんはぎゅっと拳《こぶし》を握って、赤い頬で俯《うつむ》いた。泣きそうなほどに顔を歪《ゆが》めて小さく震え、意を決するように言った。

「……水野様は、私のような小娘が許嫁《いいなずけ》で宜《よろ》しかったのですか」

「私だって、あなたと二つしか変わりません」

「そういうことでは、なくて。私など、ただの上女中で……」

市松さんは、明らかに恥ずかしがっていた。

「そんな問題ではありません。家康様がお決めになったからでもありません。はな。私はあなたが良いのです」

市松さんは、少し震えていた声を誤魔化すようにお茶を飲んだ。

はなさんはすんすんと鼻を啜り出した。左の手のひらで、己の魂を扱うように、茶の花の髪留めに触れた。

「ほら、ほら。茶を飲みなさい」

所在なく感じたのか、市松さんは言った。

「心の落ち着く茶だと、家康様のお墨付きです」

はなさんはゆっくりお茶を飲んで、静かに息を吐いた。そして「本当に、心の落ち着くお茶ですね」と、月光と同じ色の笑顔を見せた。「美味《おい》しい」

○

ここで僕の視界は明転する。

瞬《まばた》きひとつ分の間にして、僕は神社の境内の石畳の上に立っていた。酔ったようにぐらりとするのは、東屋からこの場所まで一息に飛んで来たからか、それとも夜から朝へと時間を吹き飛ばしたからか。

無礼を承知で手水舎《ちょうずや》で顔を洗っていると、鳥居の向こうから続々と、質素な着物を着た男たちがやって来た。鉢植えのような物を抱えている者もあれば、鍬《くわ》や鋤《すき》を携えている者もある。男たちは、拝殿の左横にある空地へ向かった。殿《しんがり》に市松さんがいて、「ご苦労様でした」と声をかけた。

「水野様。ここらでようござんすか」男のひとりが言った。

「ええ。よろしくお願い致します」

男たちは素早くたすき掛けをして、ざくざく地面を耕し始めた。ここに鉢植えを植えるつもりらしい。「さすがは名高い狭山の百姓、見事な手際でございます」と市松さんが言うと、男たちは「神社の地面を掘り返すなんて、一生に一度ぎりでございましょうなあ」と笑った。僕は鉢植えを窺って、葉の形から、それがチャノキであると気が付いた。

しばらくして、家康公がやって来た。彼は平伏する百姓の男たちを治めて、市松さんと並び立って耕作を見学した。

「神社の境内に茶の庭を造るそうだな」

「はい。自分で採って、製茶して……最初から最後まで行って、淹《い》れたいのです。明日《あす》には、入間《いるま》からも苗が来ます。ゆくゆくは全国の茶を集めて栽培したいと思っています」

「まるで突飛なことを考える神主じゃ」家康公は大笑した。「そんなにうまくいくのかのう」

「ご神体、須佐之男命《スサノオノミコト》様のご加護がありますから、きっと枯らさないでしょう」

「お主は如何《いか》ほど茶が好きなのだ」

「私の夢は、茶師の道を極め、大御所様に最高の茶を楽しんで頂くことなのです」

市松さんは微笑んだ。

「ですから、あの鉢植えから一番茶が取れるくらいになるまでは、ご健勝でおらねばなりませんよ」

「母君のようなことを言うなあ」

僕は、彼らを後ろから眺めていた。そして、この慶長の小梳神社と、平成の小梳神社の光景を重ね合わせていた。

耕され、段々と均《なら》されていくその地には、今、『祭器庫』が建っている……。

○

そこから時間の加速が始まった。

僕の前にある光景が、まるで早送りをする映像を見るようにして目まぐるしく変わる。

男たちが行き交い、苗を植え、徐々に茶の庭の環境が整った。庭の付近に簡易の小屋が建てられて、だびつや焙炉《ほいろ》が運び込まれ、そこが製茶室となった。並行して茶の木もすくすく背丈を伸ばし、入道雲を終え、落ち葉の波を越え、舞う粉雪を耐え、足元に桜の花びらが吹いて来るというのを三度ほど繰り返して、市松さんが初摘みを行った。

僕が製茶室へ入ると、時間の流れがぎゅっと戻った。この間に季節は三度巡っている。

市松さんは額に汗を滲《にじ》ませて、蒸した茶葉《ちゃよう》を炭火で乾燥させながら揉《も》んでいた。当然ながら慶長時分に製茶機械などなく、彼は全て手作業で煎茶《せんちゃ》をこしらえた。

当時で言うと、煎茶は中国から流入したばかりでまだ珍しく、文化に定着していないはずだった。しかし彼は、殊勝にそれを心得ていた。薬缶《やかん》にしか見えない大きな急須《きゅうす》でそれを淹れ、少しだけ盃《さかずき》に落として啜《すす》った。そして和紙をくしゃくしゃにしたような顔をした。不味《まず》かったらしい。

「これでは、とても家康様にはお出しできないや……」

市松さんはそう呟《つぶや》いて、残念そうに茶の庭へ戻った。「境内には神通力が満ちているとはいえ、やはり土が悪いのかな……」

それをきっかけに、またぐるぐる時間が巡り始めた。

市松さんの夢と同じ速度で膨らむチャノキは、僕の腰の高さを過ぎた辺りから剪定《せんてい》をされた。僕の体感にして五分ほどで、神社の境内の一角は、瑞々《みずみず》しい緑の輝く立派な茶園になっていた。

大人びた顔つきとなった市松さんは、毎日、神務が終わると製茶室へ籠《こ》もり、一心に茶の研究をしていた。あの茶とこの茶を混ぜてみたら、いや湯の温度に問題があるのでは、いっそ煎茶と碾茶《てんちゃ》を混ぜて点《た》ててみては……苦心を重ねる彼の探究には鬼気迫るものがあった。一心不乱に「美味しいお茶」を求めるその姿には、恐ろしささえ感じた。

彼はお茶を淹れている間、まるで自分は現実の中にいないような、人ではない何か別の生き物のような表情をした。ただ、そこにはなさんや家康公がふらっと現れると、たちまちいつもの微笑みになる。彼はそういう器用を持ち合わせているからこそ、城内の誰もに慕われていた。

「市松、精進しているのう」

ある朝、着膨れした家康公が製茶室を訪れた。この時の彼はずいぶん老いていたが、肢体には生気が満ち満ちているようだった。彼は、揉捻《じゅうねん》をする市松さんの手元を覗《のぞ》き込んだ。

「見識はないが、それが見事な手つきであるというのはわかる」

「昨日、ようやく良い塩梅《あんばい》の配合を見つけたのです。抹茶ばかりで大御所様が退屈しないように、これは煎茶というお茶です」

煎茶の味は、その茶葉の配合で無限に変わるのです、と市松さんは言った。ほんの数貫《すうかん》、品種の違う茶葉の分量が違うだけで、茶の味がガラリと変わる、天と地ほどの差が生まれる、と。その微妙な部分は突いても突いても終わりがなくて、だからこそ面白いのです、と。

「儂《わし》の鷹狩《たかが》りみたいなものかなあ」

「本日もおいでに？」

「勿論《もちろん》。また大物を仕留めて帰ってみせよう」

「冷えますから、お気をつけて」

「どうってことはない。まだまだ健勝」

「お祝いの茶を用意してお待ちしてますよ」

家康公は製茶室を出た。市松さんは頭を下げたままそれを見遣《みや》り、家康公の背が見えなくなってから、フンヌと鼻息を噴いて気合を入れた。

彼は今日のお茶会の為に、三日三晩ほぼ徹夜で茶の吟味をしていた。それでようやく生み出した至高の煎茶を家康公に振舞うのを、瞳《ひとみ》の中に銀河を生んで、まるで夏休みを前にした子どものように楽しみにしていた。

彼は今日、最初の夢を叶《かな》えようとしていたのだ。

一通りの製茶を終えて、市松さんが小屋を出て背伸びをした頃には、太陽が天頂にあった。僕は温度を感じないが、季節は真冬にあった。彼はふうと両手に息を吹きかけた。冷たい風が吹いて、庭に茂る茶の葉を揺らした。

「今日は、熱いのを淹れて差し上げましょう。体が温まるように」

市松さんはそう独り言《ご》ちて青空を見上げ、嬉《うれ》しそうにフフフと笑った。不眠による隈《くま》も素敵に見えた。

鷹狩りの最中に家康公が倒れ、危篤にあると連絡が入ったのは、市松さんが東屋で茶碗《ちゃわん》を磨いている時だった。

○

僕の浅薄な歴史の知識によると、一六一六年、家康公は鷹狩りの最中に亡くなっている。

家康公が藤枝《ふじえだ》にある田中《たなか》城へ運ばれ、もう寸刻も持たないかもしれない、と知った市松さんは、着の身着のまま全速力で馬を走らせた。僕はここで幽体であるので、まるで利休御霊のようにしてその馬の後について行った。奇妙な浮遊感に戸惑いながら往来を切っていると、ひゅん、と大きな雨粒が横切っていく。晴れているのに何だろう。ひゅん、ひゅんと雨粒は数を増す……それは、市松さんの涙だ。彼の涙が、僕の方へ流れていた。

田中城に着き、馬を飛び下りた市松さんは、焦る女中の案内を受け、屋敷へ入った。草鞋《わらじ》を脱ぎ捨て、廊下を走り、家康公が休養している居間へ上がった。

家康公の周囲には、涙を堪《こら》える家中たちがいた。家康公はしんと目を閉じて、浅い息を繰り返している。

「家康様！」市松さんは彼の顔を覗き込んだ。すると、彼はうっすら瞼《まぶた》を持ち上げた。家中たちがざわめいた。

「市松」見えているのか見えていないのか、家康公はおぼろげな瞳で言った。

「家康様、逝ってはなりません！」

市松さんは家康公の手を取った。

「まだ、今日の茶会の茶を飲まれていないではありませんか。私の茶を飲まれていないではありませんか！」

涙ながらに市松さんが言うと、家康公は小さく笑った。

「とても美味しい茶ができたのです。きっと美味しいと言って頂ける、心の落ち着く茶なのです」

家康公は掠《かす》れた声で、「それは飲みたいのぅ」と呟き、そして、苦しそうに喘《あえ》ぎだした。

「殿！」「殿！」と声を上げる家臣に見守られながら、家康公は息を引き取った。

その時、市松さんに亀裂《きれつ》が走る、氷が割れるような音を僕は聞いた。

○

この瞬間から市松さんは心を乱した。

駿府城に帰って来た彼は、真っ先に東屋へ向かい、用意していた茶道具を蹴《け》り飛ばし、茶葉をぶちまけて絶叫し、刀を抜いたまま神社へ戻って茶の庭をめったやたらに切りつけた。製茶室へ火を放ち、燃え上がる炎の中で死体のように倒れ込んだ。乱心して伏す彼を男たちが運び出した。

製茶室は焼失し、市松さんはそれから人が変わった。

神主として神職を務めることはなくなり、日がな一日茶の庭を眺めては思い出したように東屋へ行き、そこから城内を見下ろしてぽろぽろと涙を流した。痩《こ》けた頬は黒ずんで、骨と皮だけのような人間になってしまった。言葉遣いもひどく下品に、乱暴になり、時に起こす奇行もあって、家臣一同、彼を持て余すようになった。家康公は、彼にとっての魂そのものだった。それを無くした今、彼はただ無秩序な動物となって、死んでいるのと何ら変わりはなかった。

それでも彼は、まるで麻薬のようにお茶だけはやめられなかった。手入れをする者のいなくなった茶の庭から葉を取って、屋敷の中でひとり製茶をして、自分の為だけの茶を淹れて飲んだ。「まだ違う」「まだ違う」とぶつぶつ呟いては飲んだ。「まだ不味い」「まだ不味い」と……。彼を割腹の誘惑から支えているのは、お茶が好きで、それを極めたいという欲望ひとつになっていた。

「夕餉《ゆうげ》でございます」

梅雨に入って雨の降る夜、神社の拝殿で横たわっていた市松さんに、はなさんが膳《ぜん》を持って来た。行灯《あんどん》の妖《あや》しい光に照らされる彼は、はなさんに目もくれず、イチマツ模様の巾着《きんちゃく》を摘《つま》み上げて、それをジッと眺めていた。

はなさんは何も言わないまま、頭を下げてその場を辞そうとした。

その時、ふいに市松さんが口を開いた。

「はな。お前は、どうして私が家康様に『市松』と呼ばれていたか、知っているか」

はなさんは驚きを飲み下すように居住まいを正し、市松さんへ向き直った。これが彼と彼女の交わす久しぶりの会話だった。

「さあ。どうしてでございましょう」

「私は、このイチマツ模様の巾着を気に入っていて。初めて家康様に茶を淹《い》れる時、懐から この巾着を出した。するとそれを家康様はたいそう面白がったのだ。『なんと洒落《しゃれ》た巾着よのう』、と。……茶師とは、森羅万象を愛《いと》おしむ風流人でなくてはならん。茶道具一切は勿論、それを包む巾着に至るまで、趣《おもむき》の邪魔にならぬよう、落ち着いた無地でなくてはならん。それが心遣いだ。だのに茶師として駆け出しだった未熟な私は、それを知らなかった。しかしこの無礼、責められて当然であるのに、家康様は笑ってくださったのだ。『粋《いき》な巾着、私は好きだ』、と。そして『お主は今日から、市松だ』、と」

そこまで言って、市松さんは泣いた。

はなさんは俯《うつむ》いた。

俯いて、「私では、市松様の孤独を癒《いや》せませんでしょうか」と呟いた。

「その名で呼ぶな」

市松さんは泣きながら言った。「お前など。お前など……」

はなさんは寂しそうに首を垂れたまま、襖《ふすま》の奥へ消えた。

○

市松さんが枯れた薄《すすき》となって、四季節が四巡もした。家康公死去から四年後であるので、確か一六二〇年の頃だ。

そのうちに、はなさんが体調を崩して寝込んだ。市松さんは一度も見舞わず、お茶ばかりやっていた。そんな彼の目にとうとう不満を募らせた家臣たちが、「このままでは神主から退いてもらう」と警告した。

「一体いつまで女々しく腐っているつもりだ、情けない」

「私はまた一度でいいから、家康様に褒められる美味な茶を淹れたい」

「いいか、水野。人はいつかは死ぬものだ。そして家康様も人なれば、だ。悲しいことではあるが、いい加減に受け入れろ」

「でも、私はあれから美味な茶が一杯も淹れられない。茶の味を決めるのは心ひとつ。私はその心ひとつを……家康様を失ってしまった」

そうしてまた茶の研究に引きこもる市松さんに、家臣は頭から湯気を噴いた。「お前のような腐れ椎茸《しいたけ》に神職を司《つかさど》られたって、何の御利益もないわ！　去《い》ね！」

はなさんの容体が急変したのは、市松さんが立ち退きを命じられた二日後だった。

朝からしとしとと重たい雨が降っていた。屋敷の一室で茶葉《ちゃよう》を炒《い》っていた市松さんの元へ、家臣の男が怒鳴り込んで来た。ぼんやりと見遣《みや》る市松さんの頬を、家臣はいきなり殴りつけた。

茶葉が零《こぼ》れ、台の上の茶碗が割れた。倒れ込んで鼻血を拭《ぬぐ》う市松さんに、「はなさんが」と家臣は震える声で言った。

「はなさんが喀血《かっけつ》した」

市松さんは少しだけ驚いた表情をして、またすぐ落ち着いた顔をした。それを見た家臣は激昂《げっこう》した。

「貴様はどこまで……！」

家臣は市松さんの腕を取り、無理やり立たせた。「来い！」

そうして引きずられるようにして、離れの一室に連れて来られた市松さんは、床に臥《ふ》すはなさんを見て絶句した。彼女は見る影もなく痩《や》せこけ、艶《つや》のない髪も乱れ、落ち窪《くぼ》んだ目をしていた。虚《うつ》ろに市松さんを見て、「水野様」と呟《つぶや》いた。

はなさんは薄く笑った。

「今日のお茶の勉強は、もう終わったのですか」

市松さんは喉《のど》を鳴らした。

「肺です」と、はなさんの傍らにいた医者の男が市松さんに耳打ちした。「もう一晩は持ちません。ご覚悟ください」

市松さんは目を見開いたまま立ち尽くした。はなさんは微笑んだまま涙を流した。そして、「最期の我儘《わがまま》を聞いてくださりませんか」と言った。

「水野様のお茶が飲みとうございます。心の落ち着く、あのお茶を」

市松さんはふらりとはなさんの元を離れ、縁側から裸足《はだし》のまま屋敷を飛び出した。空気に溺《おぼ》れるように無様に手足をばたつかせて屋敷の一室へ雪崩れ込み、がちがちと歯を鳴らしながら保存してあった抹茶を懐紙に入れた。散乱した茶道具を震える手で拾い集めて、何とか風呂敷《ふろしき》に包み、再びはなさんの元へ走った。

はなさんは意識を無くして眠っていた。「はなっ」と市松さんが短く叫んだ。

「茶を淹れます、茶を淹れますから。逝くな、逝くな」

市松さんは布団に縋《すが》りついた。

雨の音が勢いを増して地面を叩《たた》いた。

その時、はなさんの右手から、ころり、と見覚えのあるものが零れ落ちた。白く、可愛らしい茶の花だった。それは市松さんが彼女へ贈った髪留めだ。

「はなさんは、いつもそれを御守りのように握り締めている」

家臣の男が、目元を指で押さえて言った。

「まるでそれをお前の心のように、大事に大事に持っていたよ。だから、お前が見舞いに来なくても、何ら寂しくないのです、と言っていたよ」

市松さんはへたり込んでいた。はなさんの寝顔を、色彩のない瞳《ひとみ》で見つめていた。

はなさんは二度と目を開けなかった。

○

雷鳴が轟《とどろ》き、曇天をかち割る稲妻が走った。

土砂降りの中、市松さんは風呂敷を引きずり、ずぶ濡《ぬ》れになってとぼとぼ歩いた。閃光《せんこう》が光景を一瞬だけ真ッ白に塗り上げたが、彼の眼窩《がんか》だけは底知れぬ闇を湛《たた》えていた。蛞蝓《なめくじ》のように、ずる、ずる、ずる、と、彼は身を持て余しながら歩みを進め、東屋へ赴いた。腰を抜かして、風呂敷を落とした。茶器の崩れる小さな音が雨に紛れた。解かれた包みから、ころん、と茶筅《ちゃせん》が転がった。

市松さんは茶筅を取って、ぼんやり見つめた。懐から懐紙を取り出して、割れた茶碗《ちゃわん》に抹茶を入れ、茶筅をカラカラと回した。お湯もないのに点《た》てられるはずもなく、彼の濡れた髪から落ちる滴が抹茶に染み込んで、それは不細工なダマだらけの水の茶となった。

彼は茶筅を捨て、茶碗を両手で抱えるように持って、一息に飲んだ。喉を裏返すように咽《む》せた。幾筋もの茶の緑を口元から流しながら、稲光の荒れ狂う空を見上げた。

「落ち着かない」

市松さんはそう呟いて、雨ではない、大粒の涙を、ぼたぼたぼたぼたぼたっと零した。

「落ち着かない。落ち着かない。落ち着かない」

市松さんは、欠けた茶碗にまた抹茶を入れ、東屋の屋根を伝う雨水を注いだ。指を突っ込み、回して点てるようにした。それをまたぐっと呷《あお》って、「落ち着かない」と呟いた。また抹茶を入れ、雨水を注ぎ、指で点て、飲んで……彼はその動作を三度も繰り返した。

「いくら飲んでも落ち着かない。落ち着かない、家康様、はな」

ごとん、と茶碗を落とし、市松さんは項垂《うなだ》れた。

「嘘。私の茶が、心の落ち着く茶であるなど、嘘……」

怒りを音にしたような落雷があった。

「何と愚かな男だろう」

ふいに、市松さんの背後から声がした。

「己の夢の為に、全てをないがしろにして、愛する者の危機にまで気付かないとは。神主にあるまじき愚劣……」

その低い声を響かせる存在は、黄金色の光の塊だった。それがふわりと宙に浮いて、爛々《らんらん》としていた。

「そんなに茶が好きならば、望み通り、一生、茶の道から出られないようにしてやろう」

光の塊がそう言った刹那《せつな》、ぐるん、と、天と地がひっくり返ったかのような衝撃が襲った。重力で頭を殴りつけられたような不快さがあって、両足の裏に鉄壁をぐいぐいと押し付けられるみたいな心地がした。

やがて、定まらない感覚が落ち着いて、僕は思わずアッと声を上げた。

風雨はぴたりと止んでいて、代わりに穏やかな緑の陽光と静寂があった。

「貴様が大切にしていた茶の庭だ。ここで思う存分、誰にも邪魔されず、永遠に茶の講究に励むが良い！」

光の塊はそう言って、輝きを粒子にして消えていった。

東屋に残された市松さんは、目を見開き、愕然《がくぜん》としていた。東屋は大きなチャノキに囲まれ、貝殻が真珠を覆うように閉じ込められていた。

やがて、己がこれから一生の孤独を背負い、一生の命を持って生きなくてはならないことを悟った市松さんは、止まらぬ涙に暮れながら、深く慟哭《どうこく》した。

そうして出来上がったこの場所を、僕が見紛《みまが》うはずはない。

ここは、緑茶廻廊《かいろう》の最奥だった。

その十一年後、一六三一年。

駿河《するが》大納言により、小梳神社は、駿府内から新谷町《しんがいちょう》へ、市松さんを閉じ込めたままの、誰にも見えない「東屋」ごと遷座される。

秩序を無くし、際限を知らずに成長するチャノキは、やがて廻廊を成していく。

市松さんはただひとり、永遠を漂流していた。

さらに一六七五年には、現在の鎮座場所である葵区紺屋町《あおいくこうやまち》へ遷座。

常人には見えないその庭に、上書きをするように祭器庫が建てられた。

○

こうして小梳神社が呉服町通りへ遷座された年、ある一軒の茶屋が開業した。

その日、市松さんは廻廊の中腹ほどでチャノキの地面へ仰向《あおむ》けに倒れ込み、虚ろな目をして天井を眺めていた。紋白蝶《もんしろちょう》が彼の鼻先に止まって、ゆっくりと羽根を開閉した。穏やかな陽光を浴びながら、彼は目を閉じた。つ、と一筋の涙が零れていた。

○

「ひぇえ！　し、死体！」

いつの間にか、祭器庫へ続く廻廊の向こうに、着物の青年が立っていた。市松さんは飛び起きた。すると青年は「ぎゃあ、生きてた！」とおののいた。安心したように駆けて来て、市松さんの手を取り、「よかった、あなたもここへ迷い込んだのですか！」と言った。

市松さんは、幽霊でも見るかのように、ただ驚愕の表情を浮かべていた。「あ」とようやく声が出て、「あな、あなたは」とそれだけかろうじて言えた。

「私は、小梳神社の隣にある、本日開業する茶屋の店主でございます。商売繁盛を祈願しに、ちっとばかし神社に参りに赴いたら、祭器庫なる面白そうなものを見つけまして。近づいてみた途端、ばかっと扉が開いて、この廻廊へ吸い込まれちまったんです」

市松さんは啞然茫然《あぜんぼうぜん》とした。

「ねえ、旦那《だんな》。この廻廊は一体何でしょう？　どうにも、チャノキのようなモノで出来ておるみたいですが……」

そうして不思議そうに辺りを見回す青年の前垂れには、彼の店の屋号が入っていた。

それは達筆であったが、確かに『駿河上質茶・御茶之燎』と読めた。

○

僕の眼前からあらゆるものがなくなり、ただ闇が広がった。

「運よくここまで来られたなあ。廻廊の正体がわかったか」

僕の右手に、ぼんやりと利休御霊が立っている。

「慶長十二年。家康公が大御所として駿府に移りこんだ二年後、小梳神社は城域内に包み込まれた。小梳神社は、家康公と所縁《ゆかり》の深い場所なのだ」

僕は静かに頷《うなず》いた。

「あの男は、江戸に生きた水野久兵衛という茶師であり、小梳神社の神主だ。彼は家康公の祖母と血縁でな。幼少からずっと家康公と由縁があって、よく茶会を開いておったという」

利休御霊は淡々と語った。

「ここまでお主も見て来たとおり、彼は己の好きなことばかり考えて、周囲を顧みなかったため、神の怒りを買ったのだ。あの光の塊を見たろう。あれは小梳神社の祭神、建速須佐之男命《タケハヤスサノオノミコト》様である。神は人を救いもするが、戒めもする。彼は未来永劫《えいごう》死ぬことも老いることも許されない。ただひとりで茶の廻廊を彷徨《さまよ》い続ける、人間でも亡霊でも御霊でもない、愚かな存在の表徴となった」

僕は黙って聞きながら、どうして市松さんが征一さんに対して氷となったのか、漠然とその気持ちを理解した。そうだ。彼はあの時、征一さんが町子さんを想うように、はなさんのことを考えて、そうして必死に、耐えていたのだ。

「だが運の良いことに、彼はたまたま神社の隣にできた茶屋の店主と縁を結んだ。それから付き合いが始まって現在に至る。腐敗した魂も四百年経てば土に還《かえ》るというもんで、歴代の店主たちと交流を深めていくうちに、すっかり元気を取り戻しているようだ」

「あなたも扉を開いて、市松さんの過去を覗《のぞ》いたんですね」

「そうとも。面白いから御拾いでもしてやってたら、偶然に見つけてね」

「市松さんは……市松さんは、どうすればよかったのでしょう」

「そんなこと知るかい」

利休御霊は鼻を鳴らした。

「彼はいつの間にか、夢を狂気の爆弾に作り変えてしまった。磨けば磨くほど誰かへの脅威となり、それが炸裂《さくれつ》すれば自分も周囲も負傷する。だが、茶の道に生き抜いた男のなれの果ては尊崇に値する。だからこそこの小梳神社は、真の茶聖の住まう場所として、茶好きの御霊を集めているのだ」

利休御霊は頭を撫《な》でた。「勿論《もちろん》、儂《わし》もそのひとり。同じく茶の道に生きた者として、彼のことを慕っておる。……」

市松さんは今、後悔を抱えてこの廻廊に生きているのだろうか。

死ぬこともなく、これからもずうっとお茶に……大好きなものに囲まれて生きていける道へ到達できたことを、悲しく思っているだろうか。

夢を捨てざるを得なかった燎さんと、夢に生きたために幻想から出られなくなった市松さんは、今、どちらの方が幸せで、どちらの方が寂しいだろうか。

○

そうして考え込んでいると、いつの間にか利休御霊がいなくなっていた。

そして僕の前に、新たな扉が出現していた。

焼け焦げたような渋い土色の木造りの扉で、それは創られて四百年は経っていそうな年代物に見えた。四辺から青い光が漏れていた。

僕は扉を開いて、一歩を踏み出した。

○

魚のいない海が頭上に広がっているのかと思って、それが青空であると気付いたのは、涼しい風が吹き抜けて僕の髪を弄《もてあそ》んだからだ。雲ひとつない紺碧《こんぺき》の空に眩《まぶ》しい光が満ちていて、僕はまるで自分が蒼玉《サファイア》の中に閉じ込められてしまったかのような気持ちがした。

そして、四方、際限なく、地平線の彼方《かなた》まで続く茶畑。

建物も何もない。腰の高さに剪定《せんてい》された茶畑が、蒼玉の中に、絨毯《じゅうたん》のように広がっている。ざあざあと葉を揺らし、音を立てている。

その緑の世界の中心に、ぽつん、と立っている人がいる。和服を着て、風に吹かれて、ひとりで空を見上げている。日の光にかすかに目を細めて、ただ何もない空をじっと見つめている人がいる。

限りのない茶畑の中で風に吹かれる市松さんは、幸せそうにも、悲しそうにも見えない。ただ顔を上げ、目を細めて、穏やかに、何もない空を見つめている。

その横顔に、僕は、永遠で研がれた真の孤独を見た。

○

ぱちん、と、シャボン玉が弾《はじ》けるようにして、空と茶畑が消えた。

僕は、薄暗い室内に立っていた。ぼんやりと、棚の茶碗《ちゃわん》や冷蔵庫や食卓が見えて来た。

そこは『お茶の燎』の台所だった。

度重なる光景の変転に、僕はすっかり酔っていた。よろけた拍子に、背後にあった扉にかかる風鈴に触れてしまった。澄んだ音が鳴り響き、やがて、照明が点《つ》いた。

「誰だ？」

燎さんの声がして、彼がやって来た。僕を見てハッと驚き、すぐに眉間《みけん》に皺《しわ》を寄せた。

「小僧……。もう店には来るなと言ったろうが」

燎さんは、去年と同じく冷淡に言った。

僕はへたり込みながら、棚に飾られたたくさんの茶碗を見つめた。

そして徐《おもむろ》に、

「あれは、燎さんが作った茶碗ですか？」

燎さんは目を見開いた。

僕は、彼がどうして僕を拒絶するのか理解していた。

「あなたは、僕に嫉妬《しっと》しているんですか？」

僕は言った。

「あなたは、仮令《たとえ》一度ぎりでも、僕が最奥に辿《たど》り着けたということに、動揺したんですか？」

まるで唇だけ他人のものになってしまったかのように止まらなかった。

「あの東屋は、茶の才能がある人にしか辿り着けない。そして、自分は辿り着けないのに、僕が辿り着いてしまった。そうして、自分と僕を比較して、」

僕は無意識に誘惑されて、燎さんの魂を抉《えぐ》った。

「そうだ。あなたは、僕に嫉妬したんだ」

食卓を蹴《け》り飛ばし、燎さんは僕へ向かって来た。座り込む僕の胸倉を摑《つか》み上げて立たせ、勢いよく壁に押し付けた。僕は乾いた咳《せき》を吐《は》いた。粘ついた焰《ほのお》を湛《たた》えた蒼《あお》い瞳《ひとみ》を僕に向けて、「もう一遍言ってみろ」と彼は呟《つぶや》いた。

咽《む》せながらも、僕は見抜いていた。

敵意の奥深くで、燎さんは明らかに怯《おび》えていた。

だから言った。

「あなたは、僕のことが羨《うらや》ましいんです。僕と比較して、それで、情けなくなったんだ、自分が」

燎さんが拳《こぶし》を振り上げた。僕はぎゅっと目を瞑《つぶ》って、歯を食い縛った。しかし拳は僕に飛んで来ない、勇気を出して瞼《まぶた》を上げると、燎さんの振り被《かぶ》った腕を、後ろから、市松さんが摑んでいた。

「大きな音がしたので来てみれば。何をしているのですか」

「離せ」

「離しません」

「お前には関係ない」

「何があったのですか」

「お前には、関係ない！」

燎さんは市松さんの手を振りほどいて、荒い息をした。

市松さんは、僕の乱れたシャツを直して「大丈夫ですか？」と言った。「怪我はありませんか？」

燎さんはそれを見ながら、今度は市松さんを睨《にら》みつけた。「……やっぱり、お前はそいつが大事かよ……」と、消え入るような声で呟いた。

「才能のない俺より、見込みのあるそいつの方が大事なんだろ……」

「どうしたんですか、燎君」

「お前だって、そうなんだろ。お前だって、腹の底では、俺を嘲笑《あざわら》っているんだろ……」

「ねえ、燎君？」

市松さんは、燎さんの頬を撫でようと手を伸ばした。燎さんはそれを払って、叫んだ。

「お前は、そいつと出逢《であ》った瞬間から見抜いていたんだろ！　そいつには茶の才能があると！　俺なんかより、よっぽど秀でた力があると！」

市松さんは黙り込んだ。

「そうだ。俺は小僧の言う通り、小僧に嫉妬している。そいつは茶葉《ちゃよう》の作り方さえ知らなかったのに、どんどんどんどん俺に迫る。そしていつか、茶師として、俺を抜き去っていくんだろう……」

燎さんは胎《はら》の中をぶちまけた。

「才能がないなりに、必死に苦労して努力して、段位七段を取って、それで店は安泰だ、箔《はく》がついたと……浅はかな……俺は、それ以上にいけない。俺はここで頭打ちだ……俺のてっぺんに着いている……。凡人はここまでだ……。それ以上の高みに、俺は達せない。……そして、……そして何より一番悲しいのは、何処を探したって、そこへ達する情熱がないという、空っぽな俺の意志……湧き立たせようと、心にいくら鞭《むち》を打っても……少しも、見当たらない……夢を追い求めようとする、真っ直ぐな意志が……」

後半の声はぽつぽつと悲しく降る雨のように小さくて、燎さんは自分の本心を探るように呟いていた。

「俺は……俺は、心の在処《ありか》がわからない……」

燎さんは項垂《うなだ》れた。

僕は、捨てられた子犬へ向けるように、痛いくらいに、彼を可哀想に思った。

僕は彼で、彼は僕なんだ。

「君は、いい茶師ですよ」

宥《なだ》めるように、市松さんが言った。

「やめろ」と燎さんは呟いた。

「本当です。君はたくさんいる茶師の中でも抜群に秀でています。だから、そんなに暗い気持ちを持つ必要はありません。君は立派ですよ」

　燎さんは顔を上げた。その目は獣の瞳のままだった。

「お前は昔から、俺が夢を諦《あきら》めなきゃいけないことも全てわかっていたのに、へらへらと調子をあわせて、いかにも俺の夢を応援するようなふうにして、俺を嘲笑っていたんだろ。そうなんだろ」

「そんなこと、あるはずがないでしょう」

「じゃあ、どうして、俺が茶碗職人になりたいと言う度に、君はそうなれない宿命にいるのだと、諭してくれなかったんだ。俺が茶碗を創って持ってくる度に、もう止めなさいと言ってくれなかったんだ。おおよそ狼みたいな気持ちになって、俺の中で育っていく夢の芽がいつか刈り取られる瞬間を、楽しみにしていたんだろ」

「いい加減にしなさい、燎君」

「そうなんだろうが！」

　止める間もない。

　燎さんは、棚に並んだ茶碗を手に取った。こんなもの、と、おそらく彼は叫んだ。それは床に叩《たた》きつけられて割れる茶碗の音に紛れていた。

　燎さんは、次々に茶碗を割った。乾いた音が上がり続け、砕けた欠片《かけら》たちが、彼の夢の残骸《ざんがい》としてからんころんと山を成した。

「止《や》めなさい！」

市松さんは燎さんを突き飛ばした。

燎さんは製茶室の扉に叩きつけれ、ずるずると沈んだ。地に沈み込みながら、くつくつと笑って、「なんて惨めなんだ、なんて惨めなんだ俺は」と呟いた。

「小僧を店から遠ざけたって、何になるわけでもねえのにな……」

「燎君。今日はもう休みなさい」

市松さんが鋭く言った。

燎さんはよろりと立ち上がり、台所を出て行った。

○

僕と市松さんはふたりで茶碗の残骸の片づけをした。一通り落ち着いて、市松さんが「休憩しましょうか」と言った。

「私のとびきりの場所へご招待します」

市松さんは水筒に煎茶《せんちゃ》を入れた。それを携え、二階にある四畳半の物置へ行った。廻廊《かいろう》を探索しているうちにすっかり陽が落ちていたようで、市松さんが窓を開けると、冬の夜のひんやりした空気が入ってきた。

「この窓の上に、小さな梯子《はしご》が掛かっています。これを上って屋根に出るんです」

市松さんは「よいしょ」と桟に足をかけ、梯子を摑んで上って行った。その様子を見ていると、廻廊で見た彼との差異に吐息が零《こぼ》れてしまった。

僕は、市松さんの後に続いて梯子を上った。

ひんやりする瓦《かわら》屋根を器用に踏みながら、市松さんは縁に足を乗せて、腰を落ち着けた。隣にハンカチを敷いて、ぽんぽんと手で示して「きみもここへ」と言った。僕は足を滑らせないよう慎重に彼の隣へ行って座った。

目前には、迫るようなパルコの大壁が。眼下には、衰えないお祭りの喧騒《けんそう》を湛える呉服町通りが見えた。きらきらと輝くネオンの中を、小魚のように人々が泳ぎ回っていた。

「私は、ここが好きなんです」

水筒からカップにお茶を注ぎながら、市松さんは言った。

「ここは、唯一私が外の景色を見られる場所なんですよ」

市松さんは僕にカップを渡して、右手を胸の前に突き出した。すると、まるで彼の前に見えない壁があるように、ぐに、と手のひらが押し返されるような形になった。

「私は、神社の神通力の満ちるあの廻廊、もしくはこの店から一歩も出られないんです。この屋根の上が限界」

僕は驚くことなくお茶を啜《すす》った。すきっとした清涼感と瑞々《みずみず》しい新鮮さがふわりと鼻腔《びこう》を抜けて、きゅっとした渋みとくどくない旨《うま》みの絶妙な均衡がするりと喉《のど》を駆け下りた。これは『燎』の煎茶でも上から二番目に高価な『瞬《またたき》』という銘柄だ。

「『瞬』」と僕が呟くと、市松さんは「正解です」と微笑んだ。

「きみは、本当に凄《すご》いですねえ。ついこの間まではまるでお茶に無知だったのに、たったの半年でこんな利きができるようになるだなんて」

「ねえ、市松さん」

僕は、眼下の呉服町通りを見つめて言った。

「市松さんの夢って、なんですか」

僕は「今の」という語勢を隠した。

市松さんは小さく笑って、

「最高のお茶を淹れることです」

「最高のお茶ってなんですか？」

「飲んだ瞬間に、あまりの美味《おい》しさに絶命してしまうお茶です」

「冗談はやめてください」

「私はいたって真剣です」

「それじゃ毒じゃないですか」

「そうですとも。だから私の夢は、この世で一番美味しい毒を創り出すことなんですよ」

そうしてまた僕を躱《かわ》すように彼は微笑む。

この世界で一番美味しいお茶が毒ならば、あなたはそれを飲んで死にたいがために、夢を追っているのだろうか。あなたにとっての夢は、あなたにとっての毒なのだろうか。

「市松さんは、今、幸せですか？」

そう尋ねると、市松さんは僕に顔を向けた。僕は黙っていた。僕の横顔から、僕が全てを知っているのだ、あの扉を経てここにいるのだと悟ったようで、ふふ、と彼は笑った。

「そうですねえ。どうでしょう」

「あの廻廊から出たくありませんか？」

「たまには出たくなりますけれど、燎君がいますから、べつだん不自由もないんです」

「そしたら」

唾《つば》を飲んだ。

「そしたら、死にたくはなりませんか」

市松さんは少し間を置いた。

そして「なります」と言った。

僕はドキリとした。

「でも」彼は続ける。

「でもね。腹を掻《か》っ捌《さば》くために着物を脱いだところまでいくと、いつも思うことがあるんです。だから、いつも死ねないのです」

「何を思うんですか？」

「秘密です」

「教えてください」

「嫌です。笑うから」

「笑いません」

「笑いますって」

「誓って！」

「……本当でしょうね」

「本当ですとも」

「笑ったなら、針千本ですよ」

市松さんは少しだけ赤くなった。

「刃物の冷たさが臍《へそ》に触れると、私はいつも、茶が飲みたくなるのです」

「……」

「最後に一服頂こう、と。美味しいのを飲んでから死のう、と。それで一旦《いったん》落ち着いて、美味しいのを飲んだら、すっかり死ぬ気が失《う》せているわけです」

これはたまらなかった。

僕は盛大に噴き出した。すると市松さんが「ムムッ！」と怒った。「針千本を飲みなさい！」

目尻《めじり》の涙を拭《ぬぐ》って、僕は深呼吸した。

「市松さんは、心底お茶が好きですねえ」

「そうですね」

「本当に、おかしいくらいに好きですね」

「そうですね。そうとも。そうですよ」

市松さんはヤケになったように何度も頷《うなず》いた。

「私は、お茶が好きで好きで好きで好きで好きで、仕方がありません。おかしいくらいに好きなのです。死なないくらいに好きなのです」

それから一分ほど会話がなくなって、街の喧騒に耳を澄ました。お祭りが纏《まと》う甘い涼やかさが気持ちよかった。くしゃみをする気軽さで、僕は彼に尋ねてみた。

「僕には、茶師の才能がありますか？」

「さあ。どうでしょう」

まるで質問を予期していたように市松さんは、すぐに答えた。

「僕は、茶師になるべきでしょうか」

「そんなこと知りません」

市松さんは、伸ばしていた両足を畳み、膝《ひざ》を抱えるように座り直した。そして僕に身を寄せて、夜空を指差した。

「何ですか？」

「いいから。ようく見てください」

街の灯《あか》りで、星はほとんど見えない。そんな中で、かろうじて光る金色の星を市松さんは指していた。「あの星が何ですか」と訊《き》くと、彼はまるで星を捕えるように、突然、ぎゅっと手を握った。

その手を僕の顔の前に持って来て、逆さにして、ぱっ、と開いた。

彼の手のひらに、一粒の黄色い金平糖が乗っていた。

「ほら。星を捕まえました」

市松さんは言った。

「きみにあげます」

僕はぽかんとした。

ぽかんとして、それから、ぱあっ、と、大きく笑ってしまった。

すると市松さんもまた笑った。

「へんなの！」

そう言いつつ、僕は、金平糖の星を摘《つま》んで口に放った。

「ほら。美味しいでしょう。星って、美味しいんですよ」

市松さんは、自慢するように胸を張った。

○

彼が何を言ったでもない。

毛布の中であれほど焦がれた、明確な結論を得たわけでもない。

でも、彼から金平糖の星を貰《もら》って、それを口へ放って、美味しい、と感じた時、屋根の下のお祭りの輝きが胸に滑り込んだ時……ただ「ふっ」としか言いようもなく、思った。

彼と同じように。

僕は、お茶が好きなんだと。

お茶に惚《ほ》れてしまっているんだと。

第五章　無限緑茶廻廊

我が静岡《しずおか》県の春を語る上で『静岡まつり』を外すことはできない。

静岡まつりは、「駿府《すんぷ》で徳川家康《とくがわいえやす》が家臣を連れて花見をした」という故事に倣い、『大御所花見行列』をメインに、桜の季節のお祭りとして市民に親しまれている。

城下総踊りの『夜桜乱舞』や、駿府城を目指す『駿府登城行列』など、様々な催しが毎年四月の第一土・日を中心に繰り広げられる。この期間の駿府城内には、江戸《えど》姿の商人や町人に扮《ふん》した人々がざわざわと行き交い、出店の品の美味しそうな匂いが駿府城公園一帯を包み込む。

まつりを盛り上げる「駿府大演舞場」では、静岡に伝わる民俗芸能や舞踊をひとつの舞台で楽しめる。チアダンスや新体操の発表会に、静岡音頭の演舞、芝居「駿府家康・竹千代《たけちよ》」等々、多種多様な演目が並び、現代と伝統が絶妙に入り乱れて興奮の渦を巻く。

三兎《みと》がさんざん言っていた「利き茶会」も、この大舞台の日曜日に行われる。これは静岡茶の喧伝《けんでん》を目的に本年度から始まった試みで、本職の茶師や一般の飛び入り参加者の中で「誰が一番、お茶の利きができるか」という純粋な点を争う演目だ。

何処となく遊びの雰囲気が漂うように思われるが、しかしこれに参加する茶師は本気も本気で、「ハハハ、まあお祭りですからネ、気楽にいきましょうネ」という装いを表層だけ保って、その実胎《じつはら》の中では優勝を目指してバチバチと火花を散らしている。

茶師として、新年度からの一年に箔《はく》がつくかつかないか。

彼らにとってこの演目は、それくらいの重みがあるらしい。

○

『燎《かがりび》』の屋根の上でお茶を飲んだ夜、僕は帰宅せず、そのまま市松《いちまつ》さんの東屋に厄介になることにした。今ここでこの店を離れては、そのままお茶に対するたまらない胸襟も離してしまいそうだったからだ。

市松さんは、快く宿泊を許可してくれた。彼の手を取る瞬間、僕は少しどぎまぎしたが、えいやっと繋《つな》いだ。彼の手は茶葉《ちゃよう》の揉捻《じゅうねん》のため、かすかに緑色が染みていた。無言で歩みゆく彼の横顔が、あの広大な茶畑に佇《たたず》み、真ッ青な空を見つめていたものとほんの少しだけ重なった。

そうして廻廊《かいろう》を行くと、五分ほどですぐ東屋に着いた。その道中に彼の過去を封印した扉は見当たらなかった。

東屋はいつでも明るい。「これでしっかり眠れるものですか?」と僕が問うと、市松さんは「もう慣れてしまいました」と笑った。彼は手際よく布団を敷いて、「どうぞ」と促した。

「私はそこの長椅子で休みますから、気にしないでください」

僕たちは、眠くなるまでたくさんお茶の話をした。市松さんが様々なお茶を淹《い》れると言うので、僕はそれを丁寧に味わうことにした。

まず市松さんは、ほうじ茶を淹れた。煎茶《せんちゃ》や茎茶、番茶などを高温で焙煎《ばいせん》し、一気に水分を飛ばしてつくるお茶だ。ほのかに透明感のある柔らかな茶色が、秋の草原に抜ける凛《りん》とした風のような香ばしい匂いを漂わせた。

このお茶を美味《おい》しくするには、百度に近い熱湯を注ぐ。つまり熱い。僕がふうふう湯呑《ゆのみ》を吹いていると、「さすが、お湯の温度も勉強していらっしゃるみたい」と市松さんは嬉《うれ》しそうだった。

「ほうじ茶は、一気に水分を飛ばす際にカフェインとタンニンが抜けるから、胃腸への刺激が少ない素敵なお茶です」と、得意になって僕は言った。市松さんは「かふぇいん……たんにん……」とぶつぶつ呟《つぶや》いて首を捻《ひね》った。ああそうだ、彼は江戸の人だったと思い至った。彼は、科学の解明したお茶の成分やらには疎いのだ。直感力と冴《さ》えた五感のみで美味しいお茶を淹れているのだ。

「それにしてもきみは、よくぞここまでお茶を知ってくれました。私はそれが心底嬉しい。お茶を好きな人は、誰もがみな善人です」

そう言う市松さんの瞳《ひとみ》には、家康公とはなさんが映っているような気がした。

「燎さんには悪いことをしました。彼を傷つけてしまいました」

「大丈夫。燎君はそんなにヤワではありません。頑固だけれども。でもきっと大丈夫」

市松さんは微笑んだ。

「彼が、きみを受け入れられるのか。その葛藤《かっとう》に決着をつけるのは、彼自身です」

それからも市松さんは、まるで友達に宝物を自慢する少年のように、廻廊に茂るものからつくった全国のお茶を淹れてくれた。

僕は一種一種、違った品種の味を舌に記憶し、特徴を教わった。この場に「緑茶研究ノート」がないことを悔しく思った。すぐに帰って記録したい。

甘みのある新潟《にいがた》の「村上茶《むらかみ》」、美しい水色《すいしょく》の、茨城《いばらき》の「奥久慈茶《おくくじ》」、爽《さわ》やかな香りが抜ける岐阜《ぎふ》の「白川茶《しらかわ》」、上品な渋みが印象的な滋賀《しが》の「朝宮茶《あさみや》」、堂々とした味わいの、京都《きょうと》の「宇治茶《うじ》」、お利口さんな均衡を持った、鹿児島《かごしま》の「知覧茶《ちらん》」……。

市松さんの淹れる全国のお茶は、稲穂のない田園に注ぐ水のように、僕の空白にとぽとぽと注がれていく。

しかしあまりにたくさん飲んだためか、そのうちにピリリと舌が痺《しび》れてきて、やがてお茶の判別がつかなくなった。感覚を研ぎ澄まし続けると疲弊して集中力が途切れ、もはや味をどれも同じように感じるのだ。

「もう、僕には何が何やらさっぱりわかりません」

僕はぐでんと布団に倒れ込んだ。「全部おんなじお茶だあ」

市松さんはクスリと笑った。

「利き茶をする以上は、誰もがそうなります。舌が慣れて味覚が落ちるのです。そうなってきたら、頼るべきものは『鼻』しかありません」

「鼻?」

「そう。利き茶は、味覚を指針にするのではありません。鼻。ここに全神経を集中させるところからが、利き茶の真骨頂なのです」

「でも、もう僕は鼻もあんまり利きません」

「そうしたら、利き茶における最終手段を使うのみです」

「最終手段? 何ですか?」

「それは、『印象力』です」

「印象力……」

「その緑茶を飲んだ時、何でもいいから、何かに例えるのです。そのお茶が、男性らしいのか、女性らしいのか。犬らしいのか、猫らしいのか。金らしいのか、銀らしいのか。とにかく、目を閉じ、一口目に飲んで脳裏に浮かんだ印象と想像を大切にするのです。あとはそれに当てはまるお茶を探せばいい」

「そんな難しそうなことができるものでしょうか……」

「そんな難しそうなことを行うのが、利き茶の楽しいところですよ」

　市松さんはそうして笑いながらもお茶を淹れまくる。「もうたくさん」と僕が断っても彼は「ご遠慮無用」と淹れまくる。仕方がないので飲んだけれど、お腹がたぷたぷして辛《つら》い。でも、彼の嬉しそうなこの顔を前にして、誰が「漏らすぞ」と言えるだろう。

　目先を瑠璃立羽《ルリタテハ》が横切った。しいんとした廻廊に、市松さんがポットから急須《きゅうす》にお湯を落とす音だけが聞こえる。緩いお腹の苦しい反面、僕はいつまでもこの時間が続けばいいと思った。

　結局、ほぼ一睡もせずに翌朝を迎えた。市松さんと語りあうお茶の話に花が咲いて、睡眠のとれないことは少しも苦ではなかったし、体の不調もない。むしろ生き生きとして気持ちがいいくらいだった。

　僕が廻廊を出る時、市松さんは見送りに来てくれた。そして、「ご加護がありますよう」と、小梳神社《おぐしじんじゃ》の御守りを僕の手に握らせてくれた。彼は僕の顔を見て何かを感じたのだろうか、最後に一言、まるで綿あめのような柔らかさで「いってらっしゃい」と言った。

　扉が閉まる寸前には、彼が「頑張って」とも呟いたような気がした。

○

午前十時前の呉服町《ごふくちよう》通りはごった返していた。

不思議なくらい迷いなく駿府城を目指していると、伝馬町《てんまちよう》通りの人ごみに見慣れた背中がある。「菅野《かんの》」と声をかけると、彼は振り向いて「おわ、藤堂《とうどう》！」と笑顔でこちらへ来た。

「偶然じゃないか！　テンションが上がるわ〜！」

「駿府城に行くの？」

「そうだよ。入社前の最後の時間をべらぼうに楽しんでやるんだ。お前を誘おうかと思ったが、忙しいかなと思ってさ」

せっかくなので、僕と菅野は共に駿府城へ赴いた。

往来に吊《つ》るされた提灯《ちようちん》のアーチを抜け、東御門から城内へ入ると、着物を着た小さな女の子たちがわらわらと寄って来た。「子どもかわらばん屋でーす」と言ってパンフレットをくれた。「子どもかわらばんだって」菅野が面白そうに言った。「かわゆいな」

晴天に桜の桃色が映える城内には、熱い活気が満ちていた。内堀の向かいにある「駿府こども城下町」で、数体のゆるキャラたちがちびっこの頭を撫《な》でている。ハリボテで瓦《かわら》の町屋を模した出店のテントも並んでいた。

人の流れに沿って桜の舞う中を西へ行くと、「駿府城下町」に出た。ぼんぼん釣りやくじ引き屋、たこ焼きに焼きそば、おおよそ「祭りと言えば」で挙がる出店がある。変わっているのは「本陣案内処」というテント群で、「変身処」からはアニメのキャラクターのコスプレをした人々が吐き出され、「奉行処」ではむっつりと腕を組む警官たちが狭い中にひしめき合っている。

「両替処」では、静岡まつり小判が五百円で両替できた。「この小判は、商売繁盛の祈願を込めてありますから、お守りやお土産としてご利用ください。もちろん、このお祭り内の出店でお金としても使えますよ」と、担当の青年が教えてくれた。そう言えば、ここまでにあった出店の看板のどれもに「小判使えます、おつりもでるよ」というような表記があったような気がする。なるほど、それはこれのことを言っていたのかと納得した。僕と菅野は一枚ずつ手に入れて、ぴかぴか金色に輝く小判を太陽にかざし、儚《はかな》い大黒屋気分を味わった。

一角には小さなステージがあって、ちびっこたちが踊っていた。「坤櫓《ひつじさるやぐら》ステージ」という舞台で、今は「竹千代キッズ・オーディション」を行っているらしい。菅野と朝食のイカ焼きをもぐもぐやりながら冷やかしていると、パカパカと音が聞こえた。見れば、立派な装飾を纏《まと》った白馬が、ちょんまげの男性に手綱を引かれて歩いている。その後ろから御神輿《おみこし》がやって来た。

「どこもかしこも江戸じゃんか」

「面白い、面白いねえ」

城内の全域には、まばらに四畳くらいの畳が浮遊していた。その上には御霊たちが座っていて、酒を酌み交わしながら、愉快そうにお祭りを見物していた。顔を赤くした利休《りきゅう》御霊が、僕に気付いて盃《さかずき》を上げた。

駿府の春は江戸模様。

数百年の時を超え、人も屋台も江戸一色。

○

ひとまず一帯を見て回った僕たちは、駿府城内の児童公園にあるベンチで一息ついた。

「さあ、これからどうしようか、藤堂」

たこ焼きを頬張りながら菅野が言った。腕時計を見れば、午後二時半。

「あのさ。実は、……僕はこれから、」

浜松《はままつ》へ行かねばならないんだ。

そう言おうとして、喉《のど》が固まった。

いや……まだ大丈夫だ。新幹線に乗れば間に合う。

「これから？」

「……これから、ちょっとまた『大演舞場』に行きたいな」

「なんか見たいものでもあんのか？」

「うん。……ほんのちょっとだけ」

午後三時から、『利き茶会』がある。

僕は、三兎の出るそれを、……見たかった。

「じゃ、行こう行こう」と、菅野は僕の背を押した。

三時には少し暇があったので、僕たちは途中で見つけた「駿府小町茶屋」というところで一服頂くことにした。テントの中に簡易の茶室がこしらえてあって、紅《あか》い着物の小さな女の子がお茶を点《た》ててくれた。

「どうぞ……」と自信なげに茶碗《ちゃわん》を出す女の子に、一口飲んで「美味しいよ」と言うと、女の子は嬉しそうに笑った。「おそまつさま……！」と言って、母の元に駆けて行った。

「かわゆいなあ」菅野が呟いた。「この祭りは癒《いや》しの宝庫だなあ」

「そうだね。この抹茶も、宇治産ので美味しいや」

「そんなの、ちょっと飲んだだけでわかるの？」

菅野のその質問に、僕は自分でも驚いた。

わかる。

わかるんだ。

黙って空の茶碗を見つめる僕に興味を無くしたのか、菅野は「俺も、あぁいう、可愛らしい上に美味《おい》しいお茶が淹《い》れられる子どもが欲しいなあ」と頬杖《ほおづえ》をついてひとりごちた。そして、「あぁいう子を持って育てるには、やっぱ、仕事を頑張って、ばりばり稼がなきゃなあ」と続けた。

「未来のために、今の苦しみを我慢する。それがまっとうな社会人ってやつだな」

僕は黙っていた。

「それで、お前はなにが見たいのよ。三時っつったらさ……」

菅野はパンフレットを開いた。

「和楽器の演奏、静岡大学邦楽部。これを見たいのか」

「え？」調子っぱずれな声が出た。「なんだって？」

「そう書いてあるよ。ほら、ここ」

菅野に示される演目表を見て、僕は慌てた。三時から行われるのは『利き茶会』ではない。パンフレットを奪い取って、一心に『利き茶会』という文字を探した。そして見つけたそこには、「坤櫓ステージにて、一般参加者も利き茶を体験できます」と書いてあった。

愕然《がくぜん》とした。

プロの茶師が集まる、いわゆる「本選」の開始は、午後六時から大演舞場で開始とある。

つまり、僕は、「サブ・ステージである一般参加者の利き茶会」と「メイン・ステージである本番の利き茶会」の時間を勘違いしていた。

そして、どうしようもないことに。

坤櫓ステージでの利き茶会の詳細を読んだ時、はっ、と……思ってしまった。

まだ、チャンスがある、と。

すると、胎《はら》の中に爆発するような炎が湧いた。それは胸の内でなんとかせき止めていた情熱が、とうとう決壊した防波堤を破って上げる飛沫《しぶき》だった。

僕はパンフレットを放り出し、飛び上がるように席を立って駆け出した。

「いきなりどうした！」と慌てて追ってくる菅野の声を背後に聞きつつ、風を切り、人ごみを掻《か》き分けていきながら、僕は反芻《はんすう》した。

「一般参加者で、一番優秀な利き茶を行えた方は、午後六時からの本選へ出場できます」

結局のところ、僕はどこまで行っても女々しく、岩苔《いわごけ》みたいにウジウジして、衝動に尻《しり》をひっぱたかれなければ、こうして動き出すこともできない。

○

そもそも「利き茶」とは何か。

利き茶は、利き酒のように日本茶を飲み当てる技術。「闘茶《とうちゃ》」とも言われる。『一・茶葉《ちゃよう》の色』、『二・茶葉の形』、『三・お茶の水色《すいしょく》』『四・お茶の香り』、そして『五・お茶の味』。この全五種を総合的に判断し、茶葉の品種や産地、品質の良し悪しを見分ける。

この利き茶のオリンピックと呼ばれるものに「全国茶審査技術競技大会」というのがあって、そこで優秀な成績を収めると段位がつき、「茶師」となる仕組みだ。つまり燎さんはその大会を勝ち抜いて、七段を保持している。

利き茶は茶師にとって、客に美味しいお茶を届けるため当然に必要となる技だ。自分の目と舌で選んだお茶を、自信を持って商品にする。茶師は五感を生かし、荒茶の特性をひとつひとつ敏感に感じ取って鑑別し、それぞれの要素を引き立たせ、より価値のある煎茶《せんちゃ》になるようブレンドするのである。

坤櫓ステージで行われる利き茶会では、「茶かぶき」という手法を用いるという。これは、服装や礼儀作法に関係なく、誰もが参加できる簡易的な飲み当てだ。

「茶かぶき」は、玉露を二種類、煎茶を三種類用いて、それぞれのお茶に「花」「鳥」「風」「月」「客」の名前をつけて熱湯をさし、一律九十秒蒸したもので飲み分ける。一回飲むごとに、自分の思った茶銘の種別札を札箱に入れる。ひととおり済めば、札箱をあけて採点する。この一連を五回繰り返し、その合計点で順位を決める。

ぎりぎりでエントリーに間に合った僕（そして何故か菅野）は、一般参加者の枠で利き茶会に参加できることになった。ステージ横の長机で必要事項を書いて、競技内容の説明を心ここにあらずで受けながら、遠くにある「大演舞場」の喧騒《けんそう》に耳を澄ます。そして、その舞台の近くにいるであろう三兎に想いを馳《は》せる。

「早速ですが、もう少しで上がってもらいますよ。よろしくね」

長机についている、アシスタントであろう、着物の女性が言った。

僕は腕時計を外した。

○

ちょんまげに裃《かみしも》のちびっこが奇跡の零点を叩《たた》き出し、「なんだよ、どれもおんなじお茶じゃんか。わかるわけねえよばか」と武士にあるまじき捨て台詞《ぜりふ》を吐いて壇上から降り、僕と菅野の番がやってきた。

袈裟《けさ》を着て坊主のかつらをつけた司会男性に促され、ふたりで卓につくと、着物の女性が盆に載せた湯のみを運んできた。「ルールはわかっていますよね」と司会男性が言うので頷《うなず》いた。

「それでは、予選最後の一般参加者、藤堂さんと菅野さんです。おふたりは今年、静岡大学をご卒業されたばかりで云々《うんぬん》」

マイクに向かって司会男性が言って、まばらな拍手が上がった。静岡まつりのマスコット・キャラ、家康公の幼少時代がモデルの「竹千代くん」が、にこやかを顔面に貼り付けてぴろぴろと手を振った。

僕は会釈をしてお茶を取った。菅野は緊張しているようで、目をパチクリさせながら、出されたお茶をゴクゴクと、凄《すご》い勢いで一杯残らず全て飲んでしまった。

「茶かぶき」は、家庭で飲むように、低い温度でゆっくり時間をかけてお茶を出すことはしない。種類によってお湯の塩梅《あんばい》を変えることをせず、煎茶も玉露も熱湯を使い、同じ条件で煎じ出される。

そのため、お茶それぞれの個性が非常にわかりにくくなる。

初心者にとって大切なことは、水色・香り・味などの総合評価から、まず煎茶か玉露かを判別することだ。水色は同じ光度のもとで観察し、香りは心を落ち着かせ、吸い込むのに持続性を持たせて静かにじっくりと嗅《か》ぐ。味は舌の上に拡散させるように転がして、ゆっくりと飲み下す。そうして息を吐き、最後に鼻に抜ける残り香の印象を離さない。

そして「これだ」と答えを導き出せたなら、もうそれ以上は飲まない。舌が慣れることを避け、味蕾《みらい》の繊細さを保つためだ。

五つのお茶を味わいながら、僕は目を閉じた。そして、これらを教わった『お茶の療』と『緑茶廻廊《かいろう》』を思い描いた。

目を開けると、そこには賑《にぎ》わう駿府城。

桜の舞い上がる『静岡まつり』の午後の光景。

お茶を啜《すす》りながら、段々と面白くなってきた僕が「ふっふっふ……」と呟《つぶや》くと、隣の菅野が「えっ、不気味」とおののいた。彼は早々に匙《さじ》を投げたようで、適当に答えを終わらせていた。

静寂の中での一服も良いが、喧騒の中で飲むお茶もまた一興。

まるで違う色を指摘しなさいと言われたように、五種のお茶は簡単に判別がついた。

札箱が開けられ、採点者の顔色が変わった。

壇上のホワイト・ボードに張り出された結果に、司会男性も着物の女性も菅野も唖然《あぜん》とした。にこやかを顔面に貼り付けてはいるものの、ぴくりとも動かなくなったことから、おそらく「竹千代くん」も唖然としていた。

少ない観客から大きな感嘆の声が上がり、往来を行くたくさんの人が振り返った。

五回の利き、全てに成功した僕は、二十五点満点を取った。

あっけにとられる観衆の前で、僕は静かに目を閉じた。

そして、小夏《こなつ》さんを思い描いた。

彼女の幕が上がるまで、もう十分ほどだろう。

彼女は今、舞台の裏でトランペットを磨いているだろうか。楽譜を読んでいるだろうか。

人という字を手のひらに描いて、ごくりと飲み下しているだろうか。ドキドキする心臓を押さえつけ、あの輝く瞳《ひとみ》をそっと閉じ、あの小さな口をそっと開いて、たくさん空気を吸い込んで、ゆっくりと吐き出して……。

そして、ぎゅっと拳《こぶし》を固める時、僕のことをちらりとでも考えているだろうか。幕が上がったその先にいる僕に、勇気を求めようと思っているだろうか。

ごめんなさい、と呟いた。

その舞台を見守る客席に、僕はいない。

そうだ、小夏さん。あなたが歩き出しているように、僕もとうとうここから歩き出そうと決心した。ひどい遠回りをしたようだったけれど、そのぶん道を知ったから、もう迷いはしないだろう。そうとも。

闇の中に、廻廊を行く、手を繋《つな》いだ燎さんと市松さんの姿が、一瞬だけ見えた。

小夏さん。僕がいなくて悲しむあなたに怯《おび》える僕は、今、ここでいなくなる。

僕は、あなたに間に合わない。

僕は、今、自分の夢に向けて走り出してしまった。

○

爽《さわ》やかな風が吹いた。目を開いたら、見えるものの何もかもが瑞々《みずみず》しくて、先ほどまでとはまるで違う景色に映っている。妙に穏やかな気分なので、なんだろうと左胸に触れてみると、柔らかそうな緑色の炎が燃えていた。熱くはなく、弄《もてあそ》ぶと、プリンのように波打ってぽよぽよする。これがいわゆる情熱というやつか。僕のは、実にヘンテコリンだ。

「決勝進出は、なんと満点を叩き出しました、静岡大学の藤堂さんに決定です！」

司会男性が興奮気味に言って、大きな拍手が上がった。「がんばれよう！」「応援するぞう！」と声援が飛んだ。恐縮していると、舞台にかぶりついていたちょんまげのちびっこが、「やらせだろ、どうせ！」と悔しそうに言った。僕はちびっこの頭をぐいぐい撫《な》でた。やらせではない。これは紛れもなく僕の判別がもたらした結果だ。

壇上を降り、「実行委員会」という腕章をつけた人たちに囲まれても、べつだん夢の中にいるとは思わなかった。五種のお茶の味は、まだキラキラと光の粒子をまとって舌の上にある。本選出場の段取りを終え、目を点にした菅野の元へ戻った。「ねえ、まぐれでしょ？」と彼は言った。

「まぐれじゃないんだな、たぶん」

「い、いつの間にあんなワザを？」

「和服を着たお茶の精霊が、ご加護をくれたんだ」

「ねえねえ、そんなに秘密にしないで、俺にも利き茶を教えてよ。ねえねえ」

そうしてやたら教授を請う菅野を適当に躱《かわ》しつつ、「駿府城下町」を行った。

ここから何ができるかわからない。つい半年前まで、僕はただの素人だった。そんな野郎が、お茶の「お」の字さえ知っているのかわからない野郎が、どこまで行けるのか。

けれども、僕は挑まねばならない。これまで逃げて来た、さんざん夢追い人を卑下し、馬鹿にしたツケを払わねばならない。「未来のない自由人め」と彼らを笑ったあの日の僕を倒さねばならない。どんな醜態を晒《さら》そうと、どんな惨めな結果となろうと、どんな滑稽《こっけい》をやろうとも、その脅威に立ち向かわなければ彼らに顔向けできず、その嵐の中に飛び込まねば、彼らの一員になることは許されない。

笑われてもいい。

最下位だっていい。

この夕方から始まる本選は、僕のケジメの戦いだ。

他人の夢を笑った僕との、決別の戦いだ。

時が経つに連れ、人の数はどんどん増す。傾いてきた陽を惜しむように、皆、浮かべる笑顔の片隅に一抹の寂しさを忍ばせながらお祭りを行く。終わらないお祭りはない。誰もが余韻を追いかけて、この日この時を大切に生きていた。

雑踏をゆっくり進みながら、僕は水を求めた。いつまでも先ほどのお茶が離れないので、一遍、舌を洗いたかった。そうして真ッ白にして、万全の状態で本選に挑みたかった。

「それにしても、混んでるなあ」

「おい藤堂、あんまり離れるな。この人ごみではぐれちゃったら面倒だ」

南西にあるここ「駿府城下町」に、やけに人が集まってきたように思える。これから何かあるのかとパンフレットを確認しようとしたが、人の洪水でそれさえままならない。黒、茶、白、金、肌色……めくるめく髪色が蠢《うごめ》く海に酔い、眩暈《めまい》を起こしそうになった時、そのふたりの後姿が目に入り、「えっ」と思わず声が出た。

焔《ほのお》のようにゆらゆら揺れるそれは、どこかで見たことがある。

それは……廻廊で見た、高貴なちょんまげの老爺《ろうや》と、紅《あか》い着物の女性だ。

家康公と、はなさんが、人の波に揺られている。

僕は、突き動かされるようにふたりを追いかけた。「おい藤堂、どうした！」と菅野が慌てる気配がする。僕は人のブイを避けながらふたりに迫る。

そしてようやく、家康公の背中に手が振れそうになって、「おお、花魁《おいらん》道中が来たぞ！」という、誰かの大声が耳に入った。

花魁道中……美しく着飾った太夫・花魁が、三枚歯の下駄《げた》で内八文字を踏みながら、大勢の取り巻きを連れてゆっくりと駿府城内を練り歩く行列だ。提灯《ちょうちん》持ちの男性らの伸びやかな声が聞こえてきた。どう、と見物客が押し寄せ、家康公に伸ばした手は遮られ、僕はもみくちゃにされた。

「おえっぷ！」

喘《あえ》ぎながら脱出を試みて、もぐらの気持ちで身を低くして覆いかぶさるような人々の間を縫い、「こら押すな押すな」と数人と揉《も》みあう形になった。カメラを構えた小太りの男性が行く手を遮り、避けようとしてよろけ、大きなお腹にぼよんと顔が埋もれた。「ごめんなさい」「いやこちらこそ」そうこうしている間に、家康公とはなさんと思われる背中は、どんどん遠ざかっていく。慌てて追おうとして、「押すなってば」「足踏むな！」と、またわちゃわちゃしているうちに、とうとう僕は押しくら饅頭《まんじゆう》から弾《はじ》き出されるようにして、すぽん、と、勢いよく騒然を飛び抜けた。

その瞬間は、いきなり熱した棒で殴られたのだと思った。

「藤堂！」と、菅野の大声がした。

ぐるんと景色が暗転し、パッ、と、口の中に閃光《せんこう》が弾けた。焼けるように顎《あご》が熱く、くらくらして気持ち悪い。定まらない視界に、ちかちかと幾粒もの星が飛んでいる。口の中がぬるりとして、唾《つば》を吐くと、地面に唾液《だえき》と血の混ざったものがビチャと音を立てて落ちた。

平衡感覚が失われたようで、上下左右がわからなくなって、たまらず膝《ひざ》を折った。咳《せ》き込《こ》む度に、ぽつぽつぽつ、と血が落ちた。

「おい、大丈夫か！」

蹲《うずくま》る僕に、駆けて来た菅野が肩を撫でた。ざわざわと僕の周囲に人が集まってくる。なにか喋《しゃべ》ろうとすると、重たい血がどろりと零れた。

激痛に耐えながら、おぼろに頭を上げる。すぐそこには、軽食を取るスペースとして建てられた大きなテントがある。近くの席にいた火消しの格好をした男性が、口から焼きそばを垂らして「き、救護処に連絡だ！」と叫んだ。

人ごみを飛び出るその勢いのまま、テントの支柱の一本に、僕は顎から激突したらしい。衝撃で上の歯にぶつけて切れた舌が、ずきずきと鋭い痛みを訴えていた。

利き茶会の本選は、午後六時に始まる。

○

実行委員の女性と菅野に肩を支えられ、「救護処」に連れられ、ベッドに寝かされたところまでは覚えている。そこから僕は、昨夜の徹夜の影響もあって眠りに落ちた。

お茶の海に溺《おぼ》れる夢を見て、その深海でぶんぶく茶釜《ちゃがま》の狸と出逢《であ》った場面でハッと目を開けたら、僕の顔を覗《のぞ》き込む雷様の顔があった。驚いて飛び起きると、額に載せられていた濡《ぬ》れおしぼりがはたりを落ちた。

「起きた起きた」と雷様は言った。

「よう寝たなあ」菅野が安堵《あんど》したように息を吐いた。

寝ている間に、僕は手当てを受けたらしい。顎一面に、はんぺんみたいに大きな絆創膏《ばんそうこう》が貼り付けられていた。相当盛大に打ち付けたようで、絆創膏を少しだけ剝《は》がして恐る恐る手鏡で見てみると、内出血でどす青くなっていた。

雷様の正体は、赤十字の腕章をつけた看護の中年女性だった。彼女はとても恰幅《かっぷく》がよく、またパンチ・パーマも印象的で、肝っ玉母さんの代表と表現すればしっくりくる出《い》で立ちだ。彼女はこの「救護処」の責任者であるらしい。

「頭、痛くない？」

僕が首を左右に振ると、次に雷様は「口見せて」と言った。手の甲で唇の端を拭《ぬぐ》ってから口を開けると、彼女は「あらまあ」と顔を顰《しか》めた。

「舌の先端が切れてるわ。浅いけれど、痛そうねえ」

「痛くありません」

「あなた、昼にそこの坤櫓《ひつじさるやぐら》ステージで利き茶やってた子でしょう？　満点取った子」

僕は頷《うなず》いた。

「この舌の怪我じゃ、残念だけれど本選は諦《あきら》めなきゃね」

「痛くありません」

「そんなら、これで口を濯《すす》いでみなさい」と、女性はペットボトルの水を差し出した。受け取って一口含むと、ずきんずきんと頭に響くような痛みがした。地面に赤くなった水を吐き出してから、「痛くありません」と言うと、「顔が引き攣《つ》ってるわよ」と女性は言った。

「舌の怪我は用心しなきゃ駄目よ。ばい菌が入ったら大変だから。幸いにも大事にはなっていないようだけれど、今日は安静にして、明日《あした》は病院に行きなさい。顎を打ったんなら、後々頭に影響が出てくるかもしれないし」

「僕は本選に出たいんです、お姉さん」

「そんなおべっか使っても無駄。あたしゃ今年で還暦よ」

「お願いです。なにか良い薬はありませんか」

「舌に塗る薬なんかが、こんな祭りの簡素な救護室にあるわけないでしょう」

「病院で貰《もら》って来ます」

「だから、今日は日曜日じゃないの。閉まってるっつうの」

パイプ椅子に座ったまま、僕はがっくりと肩を落とした。

舌を負傷して行えるほど、利き茶は甘くない。味覚は特に選別で大切となる感覚だ。

ひとつの決意を固めてすぐに、この無様。

でも、これも僕らしい。ここで萎《しお》れてどうしよう。

左胸には、まだ緑色の炎が灯《とも》っている。これっぽちの落胆で消えるほどの情熱なら、恋より夢を追おうなどと決意はしない。

そして、とうとうここで僕は察知した。

テントから見えるお祭りの光景の全てが、甘い橙色《だいだいいろ》をしている。

空に満ちているのは昼の陽ではない。人々も落ち着いてきている。

「菅野！」僕は腕時計をどこにやったかとポケットを探りながら言った。「今、何時？」

「五時五十五分、五時五十五分」と菅野はロボットのように言った。

肝が冷えた。

本選が開始されるまであと五分。もしこのまま眠りについていたら。

僕はベッドから勢いよく立ち上がった。

「お姉さん。僕は本選に出ます！」

「あんたねえ、お茶は水以上に滲《し》みるわよ。そして熱いのよ。あまりの痛さに舌が取れちゃうかもしれないわよ」

「舌が取れたって構わないんです」本心だ。「僕は、痛さを感じない！」この緑色の炎が灯っている、今ならば。

「そんな嘘ついてたら、たとえ現世で無事だって、地獄で閻魔《えんま》様に舌を引っこ抜かれちゃうんだから」

「そうしたら、どのみち取れる舌なんです。それなら本選に出なくちゃ」

「屁理屈《へりくつ》ばっかり！」

「勝てなくても良いんです。本選に出ること。それが何より大事なんです！」

「よく言った、藤堂！　それでこそ男だ！」

付き添っていた菅野が、僕の肩をぽんと叩《たた》いた。「お姉さん。俺からもお願いします。こいつを本選に出してやってください。このタイミングで目覚めたのは、運命が『出ろ！』って言ってるんですよ」

「あんたたち。青春をこじらせるのは勝手だけれど、もし万が一のことがあったら、それは救護処の責任になるのよ。あんたがお茶を飲んで、のたうち回ってお祭りを台無しにしてごらんなさい。後からちくちく糾弾されるのなんて御免だわ」

「僕は命に代えて痛みを堪《こら》えますが、もしその意識に反して僕の体がのたうち回るとしても、この出場したいという意志をあなたに止められる筋合いはありません。これは僕の夢の第一歩なんです！」

「そういう自分勝手が、結局、みんなを困らせるのよ。あんたは若いからわからないみたいだけれどね、もっとみんなのことを思って、後先を考えて行動しなさい。厳しいことを言うけれどね。みんな、あんたに出場されたら迷惑なの」

雷様は不機嫌そうに嘆息した。たちまち意気消沈した菅野が、心配そうにおろおろした。

僕は、緑の廻廊《かいろう》に閉じ込められた、比類なく幸せで、比類なく可哀想なあの人の姿を思い描いた。

そして、

「夢は、誰かを傷つけなければ叶《かな》いません」

その言葉は、どこか気持ちの奥底で、燎さんにも向けたものだったのかも知れない。

きゅっと眉《まゆ》を吊《つ》り上げた雷様は、じいっと僕を見つめた。僕の目を見て、口を見て、顎の絆創膏を見て、それから左胸に視線を固定した。彼女はしばらくそうして固まって、やがて先ほどとは違う種類の溜息《ためいき》をついた。「男ってのは、本当に身勝手な生き物なんだから。そうして傷つくのは、いつも女……」そう呟《つぶや》いて、机の上の鞄《かばん》から、オリジナル・グッズの「静岡まつりてぬぐい」を取り出し、広げて見せた。

「いい？　あたしが『こりゃもう駄目そうだ』と判断したら、舞台にこのタオルを投げ込むから。そうしたら即刻で競技を中止するよう、他の委員に伝えておくからね」

菅野が、輝ける表情で僕を見た。

僕は大きく頷いた。

「まったく。若いってのはいいもんよ。あんたのその炎を見てたら、あたしも久しぶりに、あの横須賀《よこすか》の埠頭《ふとう》での夜を思い出したわ」

雷様は遠い目をした。「ジョージ、今頃はどこで何をしているのかしらねえ。もう、ギターはやめてしまったのかしら……」

○

春の斜陽が駿府の江戸を琥珀《こはく》に包み始めた。伸びる影が「駿府大演舞場」へと走る僕に迫る。照明に火が入り、魔性のきらめきが辺りに満ち始める。髪にまとわりつく、甘ったるく、懐かしいような空気。たくさんの食べ物の混ざり合った匂い。太鼓や笛に溶けあう喧騒《けんそう》。それらを乱暴に一纏《まと》めにして内包し、現実感を奪って心をあやかす巨大な怪物「お祭りの夜」がやってくる。

地に足のつかなくなった人の流れは速さを増し、出店の売り子は声を張り上げ、涼やかな風はたちまち沸騰、渦巻く熱気が掻《か》き回り、濛々《もうもう》と辺りに立ち込める。

駿府城の北西に位置する「大演舞場」。整然と並んだ客席にぎゅうぎゅうとひしめく人々が、夕焼けを穿《うが》つ嬌声《きょうせい》を上げ、陽炎《かげろう》のように揺れていた。その少し後方にある簡易テントにも溢れんばかりの人、人、人。その眼球の全ては、これから行われる演目の主役たちが立ち並ぶ、大きな照明に煌々《こうこう》と照らされた舞台に向いている。

坤櫓ステージで司会を務めた袈裟《けさ》の男性が、息を切らして駆けて来る僕の姿を認めた。彼に手を引っぱられて、坤櫓ステージの二倍は広い、板張りの舞台へ這《は》い上がる。僕を待っていた九名の茶師たちの列に加わり、息を整える。

どん、と僕の前に下駄《げた》を踏み鳴らして立つ者がいる。

僕は、眼前にあるその下駄から舐《な》めるように視線を上げて、前に立つ男の顔を真っ直ぐに見た。

「遅かったな」

物の怪《け》よりも妖《あや》しい瞳《ひとみ》を爛々《らんらん》とさせて、三兎が口を歪《ゆが》めた。

「そのでっかな絆創膏はなんだ」

「転んだのさ」理由を格好よく誤魔化す常套句《じょうとうく》だけれど、これが真実であるのが哀しい。

「怪我を言い訳にするのは認めない。俺は貴様を全力で叩き潰《つぶ》す」

僕は頷いた。

「童《わっぱ》ー！」と、広場から声が飛んで来た。見れば、客席の最後尾の上空に、雑然と畳を並べた、たくさんの御霊たちが浮いている。「童、頑張れよ！　応援しとるぞう！」そう言って畳に立ちあがって手を振り回しているのは利休御霊だ。それに続いて、他の御霊たちも激しく手を打ち、拳《こぶし》を上げた。

「三兎さあ〜ん！」と黄色い声援を飛ばしているのは、「三兎LOVE頑張って」と書かれた横断幕を掲げる、緑色の法被の一団である。三兎のファン・クラブだ。全員が女性で、三兎の顔写真の張られた団扇《うちわ》や、ちかちか色を変えるペン・ライトを振っている。三兎がうんざりしたように「うるさいぞ、雌豚ども！」と叱ると、応援団は「キャー！」と両目をハートマークにして嬉《うれ》しそうに悲鳴を上げた。

後から追いついてきた菅野と雷様が、客席の右前方に加わるのが見えた。「頑張れえ！」と叫ぶ菅野に頷きを返し、そうして客席を見渡して、左後方に、佐々木《ささき》の奥さんと征一《せいいち》さんが座っているのがわかった。僕の視線を受け、奥さんは胸の前で拳を握った。征一さんは警策《きょうさく》を抱え、じっと固まっている。

今、ここに僕が立っていること、そして彼らから応援を受けていることは全て、お茶が僕に巡り合わせてくれたものだ。

「たかがお茶」「お茶なんて」。

僕の夢を笑うことは誰にも許されない。

なにもなかった僕に価値を与えてくれたのは、世界に愛と平和をもたらす曲のひとつでも、懐に忍ばせた拳銃《けんじゅう》ひとつでもない。あのやたらと渋く、それなのに甘いような、苦いような、作るのも淹《い》れるのもやたらと手間のかかる、けれどもどこぞのスーパーでも容易に手に入る、自販機でも売っている、胃の底に落ちればそれまでの、ありふれた緑色の飲料だ。

そんな些細《ささい》だって良かった。

普通からはみ出す必要はない。

夢は、どこにでも宿る。

がらんどうの体の中の目一杯に、鮮やかな緑の炎が燃え盛る。

情熱はこの身こそにある。

ジーンズのポケットの中にある、市松さんにもらった御守りを右手で握り締めた。

笑えてきた。

そうだ。

僕は目を閉じて、左手で左胸を撫《な》でた。

なんてことはない。

心の在処《ありか》は、この場所だ。

「さあ、これで参加者が揃いました！」

司会男性がマイクに向かって宣言した。

「それでは、利き茶会の本選を開始します！」

天を割る大歓声と拍手が弾《はじ》けた。

○

「利き茶会」の本選は、通常の茶審査技術競技とは違い、大きく二つの審査に分けられる。

これから行われる第一審査は、仕上げ茶の外観による茶品種鑑別だ。資料茶は、各都道府県の産地銘柄、十品種の煎茶《せんちゃ》。十分の審査時間のうちに、それらを鑑別して回答する。使用される十品種は最初に明示されるが、どれがどの順番に並んでいるかはわからない。

舞台上に長机が運ばれた。その上には黒い深皿がずらりと並んでいて、一見すればどれも同じとしか思えない茶葉《ちゃよう》が入れられている。

「それでは、始めてください！」

司会男性が言って、茶師が一斉に机へ向かい、腰を折った。それに遅れず、解答用紙を挟んだクリップ・ボードを携え、僕は長机の右端の茶葉から鑑別を始めた。

元より僕は、自分の身の程をわきまえていた。己は素人に毛が生えた程度の、しかも怪我人だ。ここで僕がどう戦っていくかというと、それはもう決まっている。

市松さんが教えてくれた「印象力」。

これに賭《か》けるしかない。

ぐるぐる思考したって、そもそもそれだけの知識や見識や経験はないし、そうして泥沼にはまるくらいなら「出逢《であ》った瞬間」の閃《ひらめ》きを大事にするしかない。そして、判別がついた以降は、もう考えない。そのお茶に見向きもしないようにする。

まず掬《すく》ってみたこの茶葉の外観は、細く、縮まって丸みがあり、全体の形が揃っている。

この形状は「いい煎茶」である条件だ。僕は早々に見た目での判断を諦《あきら》めた。これを十種鑑別することは、今の僕には不可能だ。

次に匂いを嗅《か》いでみる。くん、と鼻をひとつ鳴らしたところで、柔らかく、優しい甘さがふんわりと鼻腔《びこう》を満たした。

これは、甘い滋味がするお茶。それも他のお茶にはない、なんだか牛乳のような……牛の世界でも、とりわけ雄にモテる雌、けれども気品が高いのでそうそう種牛は貰《もら》わず、牧場の中でも孤高に分類され、しかしそのため孤立していて、友達が欲しいのに得られない、近づきたいのに近づけない、心の深くに苦い懊悩《おうのう》を抱えながら流し目で飼葉《は》を食む雌牛から搾乳した牛乳を生クリームにしたようなミルキーさ。独特の甘さだ。ならばそうだ。

僕は解答用紙に『かなやみどり』と記した。鹿児島や静岡で栽培されている品種である。早々に鑑別を終えて左の茶葉に移ろうとすると、まだ他の中年の茶師がクンクン茶葉を嗅いでいた。順番待ちをする僕に気付いてギョッとしたようで、「え、それ、もうわかったの？」と言った。もうわかった、というか、もうわからざるを得なかっただけである。

彼が順繰りに左にずれ、僕は次の茶葉の鑑別を開始した。

手に取って匂いを嗅ぎ、すぐに「うん！」と思った。

先ほどの『かなやみどり』（と思われる）茶葉に対して、こちらは一変、爽《さわ》やかな夏風の香りがした。

甘い、渋さ、臭み……それらにとても均衡が取れている。まるで朝は七時にひとりで起き、学校では飼育委員を務め、日直の仕事は忘れたことがなく、女子に優しく男子に篤《あつ》く、先生からの評価もまずまず、成績は中の中、家族思いで帰宅後はすぐに宿題を終わらせ夕飯の準備をする母親を手伝う、純朴で垢《あか》抜けには程遠い、好きな子と目が合うだけで眠れなくなるような、瀬戸内海《せとないかい》のどこぞの島に住む、眼鏡を掛けた刈り上げの小学五年生の「よい子の男の子」のように思えた。つまりクセがない。

過去に飲んだお茶の樹奥の引き出しを開けて探す。これは『おくみどり』だ。煎茶や玉露用に、主に京都で栽培されている品種だ。

解答用紙に書き込んで、とんとんと、淡々と次の茶葉へ。

無言で感覚を研ぎ澄まし、一心に茶葉に集中する茶師たちが、静かに入れ替わる。

ふと顔を上げてみると、観客が「あれ。思ってたのと違う」というような表情をしてこちらを見ている。「利き茶」は闘茶とも言うくらいだから、もっと派手なもので、急須《きゅうす》で殴り合ったり、熱いお茶を浴びせあったりするものと思っていた。これほど地味で大人しいものだとは思っていなかった。そんな思考の吹き出しが観客席からぽわぽわ漏れていた。

気にせず次の茶葉を嗅いだ。

すぐに、鼻っ柱をガツンと一発殴られた。香味がかなり強い。そして、おそらく苦い。自然物である茶葉にこんなことを言うのもおかしいが、どことなく茶葉の背後に科学式が見える。

その気になれば街のひとつくらい簡単に消し飛ばせる、科学の粋を集めた十万馬力の超合金ロボットが、森の奥、動物たちに囲まれて、秋桜《コスモス》の苗を植えている。そこに現れた狩《かり》人《ゆうど》たちを、電磁ビームを放って撃退するような苦み。しかし後日、狩人たちの報復を受けて四方袋叩《たた》きにされたロボットが、壊れた体を引きずり、ネジをぽろぽろ零《こぼ》しながら、植えた秋桜の苗の前で「立派ニ、育ッテ、オクレヨ。ナマステ、ナマステ……」と残してそれぎり日だまりの中で動かなくなるような、去り際に一抹の切なさを残す香り。これは、日本の風土が生んだ緑茶にはない印象だ。

であるならば、『べにふうき』に違いない。これは元来、紅茶用品種である。日本の「べにほまれ」とインドの「ダージリン」という二種のお茶の交配種であるから、異国の風を感じたのだ。

鑑別は続く。

僕はひたすら、一種、一種、「印象力」による第一印象を神託と見定める。

「残り時間、あと五分です」と司会男性が言った。

正解かどうかは知れないが、ただ愚直にやるしかない。

○

　橙色《だいだいいろ》だった空は藍色《あいいろ》へ塗り替えられた。第一審査が終了に近づき、観客はにわかに活気を取り戻した。ようやく退屈な絵面から解放されると知ると、再びぽつぽつと声援が飛び始める。押し込められていた興奮が、観客席の中で風船のようにぷくぷくと膨らみつつあった。

「そこまで！」

　司会男性が言って、拍手が上がった。

　実行委員に解答用紙を渡しつつ、僕は口腔《こうこう》で舌を動かしてみた。ぴり、と、鋏《はさみ》で紙を一直線に裁断するような痛みがある。

　第一審査、外観判別ではなんとかもったが、いよいよ次はこの舌を使う第二審査、「煎出液服用による生産地鑑別」が始まる。

　これから、第一審査で使用した十品種の中からランダムに選ばれた煎茶を実際に淹れ、それを味わって飲み分ける。

　茶量は一〇グラム。煎出時間は一分三十秒。湯量は三デシリットル。水は上水道、煎出には網を使用し、こうして淹れたものを五種一セットとして、五回味わう。一回の最高得点は、五種全てを正解して、五点。これを五回なので、つまり満点は「二十五点」となる。

この五回が厄介だった。飲み干さなくてはいいものの、最低でも二十五回はお茶を口腔に入れなければならない。

精神統一。

この舌はもってくれるか。

そういう問題ではない。

頑張れ、頑張れ。いくらひどい童顔を引っ提げていようが、僕は立派な男だろ。熱いお茶がなんだという。煮えた鉄だって飲み込んでやろうとも。

長机に散った茶葉が刷毛《はけ》で丁寧に片付けられ、盆が置かれた。そこに五杯の湯呑《ゆのみ》が運ばれる。茶かぶきと同じように、それぞれの湯呑の前に「花」「鳥」「風」「月」「客」と札がついている。

「さあ、いよいよ最終決戦である試飲ですよ、皆さん！　彼らの五感の妙技に酔いしれてくださいね！」と司会男性が煽《あお》る。

「それでは、第二審査開始です！」

僕は右端の湯呑を取って、手でくるむようにした。こうすることで香りの分散を防ぐ。目を閉じて、視覚を遮断する。お祭りの喧騒《けんそう》や声援だけはどうしようもなく、聴覚は意識から締め出すよう努める。今は嗅覚《きゅうかく》を刀のように研ぎ澄ますのみである。

そのお茶は、外観鑑別の中で『つゆひかり』と判別したもののようだ。母親に抱きしめられるような、気恥ずかしい、優しい渋み。しかしその隙間に引き立つ、砂糖には出せない、とろける甘みと旨《うま》み。安心感を抱かせる爽やかな香気が湯気を彩る。

照明に当てるようにして、その底に沈む真実を見つけるように、水色《すいしょく》をぐっと観察する。森を煮込んで取ったスープのような、鮮やかで美しい緑。間違いない。『つゆひかり』だ。

ここでほぼ確信していたが、ダメ押しが欲しくて、僕は湯呑をそっと唇に当てた。ゆっくりと傾け、ほんの一口を啜《すす》った。

情けない声が出た。

思わず湯呑を落とした。

「藤堂さん？」と司会男性が僕に近づいてきた。「大丈夫ですか？」

実行委員が慌てて零れたお茶を片しに来る。

僕は茫然《ぼうぜん》として、板の上にころころと転がる湯呑を見つめていた。

煮えた鉄どころではない。

千本の針の生えた溶岩だ、これは。

痛いという次元では括《くく》れなかった。傷は浅かろうが滲《し》みる。

くらくらした。こんなことをあと二十四回も繰り返さねばならないのか。それを考えると気骨が軋《きし》みを上げた。目の前が真ッ黒になりかけた。

でも……待て。

宝石の原石がごつごつした岩肌の中にも隠せない煌《きら》めきを持つように、この激痛の中に、ほんの……ほんのわずか、塩の一粒くらいに、「味」を感じる。きちんと「滋味」が存在している。痛みが去るのと同時に、その「味」も消えたけれど……。

しかし、判る。

痛みを我慢すれば、その最後に、一粒の手掛かりがある。

味覚が死んでいるわけではないのだ。

次の湯呑に手を掛けて、まろやかで濃厚な香りを嗅ぎ、透明感のある若草色の水色と、表面に浮く新芽の産毛を見て、天を仰ぎ、深呼吸をして、飲んだ。頭頂から間欠泉のように「！」という記号が噴出した。握りつぶされるみたいに歪《ゆが》む顔が自覚できる。涙が出た。

しかし、判る！　暗闇の遠くに一粒の光、それを掴《つか》んで二度と離さない。とろりとした水質で、かなり旨みが強い。苦み・渋みがほとんど見当たらない。洪水のように押し寄せるこの甘み。けれども最後に残る爽やかな余韻は……鹿児島煎茶《せんちゃ》、『さえみどり』。

次。

香り…ハーブを思わせるような個性的なもので、高く立つ。水色……、太陽のかけらを落とし込んだように明るくて、力強い。そして……味。温和で丸みがあるが、どこかツンともしている。太った猫を想起した。これは静岡のお茶『おくひかり』。焦げ付く舌から火花が飛び散り、脳の発する「もうやめておけ」という命令から指先が痙攣《けいれん》を始めた。

知らない！

さあ、次！

次……次！

お腹にわくわくが湧き出て、むやみに楽しくなってきた。こんなにも楽しいことを万全の状態で味わえないというのが悔しくして悔しくて仕方がない。

「ああああもううう！　痛いなあああああ！」

そうして最後の判別を終えた時、痛みと高揚から、僕はドンと叩きつけるように湯呑を置いて、無意識に雄叫《おたけ》びを上げていた。

「ちくしょう！　ちくしょう！　ちくしょうううううううう！」

舞台上の誰もが驚いて僕を見る。観客が呼応する。熱を押し込めていた「地味さ」という蓋《ふた》が吹き飛んで、興奮が怒涛《どとう》となって広がり、指笛が鳴り、拍手が起こる。乗って来なくても良いのに、少し離れたところにいた三兎が「うおおおおおおおお！」と叫び、拳《こぶし》を握って天に突き出した。

「ずいぶん熱い男になったたな、藤堂！」

三兎は僕を指差した。

「俺は！　貴様を！　ここで！　叩き潰《つぶ》す！」

その姿に、もはや悲鳴にしか聞こえない歓声を三兎ファン・クラブが上げた。興奮は火のように燃え移り、ここに並ぶ茶師も、司会男性も、実行委員も、御霊も、テントの中の観客も、舞台に興味のないようだった往来のその他も、出店の店員たちも、雨上りの向日葵《ひまわり》のような表情をした。

あっと言う間に収拾のつかなくなった光景に「さあさあ、まだまだ競技は続きます！　参りましょう、二巡目！」と司会男性は宥《なだ》めるどころか拍車をかけた。

二巡目、三巡目、四巡目……茶師が湯呑を取る度に、ずずっと一口啜る度に、湯呑を置く度に、喝采《かっさい》と拍手が夜空に木霊《こだま》する。

遠くから蒸気機関車の汽笛が聞こえてきたのは、いよいよ最後、五巡目の鑑別が始まったその時だ。

祭囃子《まつりばやし》とは明らかに違う、間延びした高らかな音が空気を震わせた。いや、振動しているのは空気だけではない。かたかたかたと小刻みに地面も揺れている。湯呑の水面《みなも》に幾重もの波紋が重なった。観客たちが顔を見合わせ、茶師も競技を中断した。

少しの静寂の後、南方、右手から、たくさんの人々が悲鳴を上げながら駆けて来た。

それを追い立てるように、緑色の噴煙を上げる車両のない蒸気機関車が、ライトを煌々《こうこう》と光らせ、けたたましい車輪の音を響かせて、駿府屋台村に突っ込んで来た。正面の手すりに足をかけた男性が「どけどけえ〜い！」と笑いながら警告している。「轢《ひ》いちまうぞい！」

しゅっしゅっしゅっしゅっしゅっしゅと鳴くその巨大な鉄の塊の登場に、会場は騒然となった。観客は逃げ惑い、慌てた御霊たちは畳の操縦を誤って墜落しまくり、茶師はおののき腰を抜かす。機関車は提灯《ちょうちん》を引っかけて、門や屋台を跳ね飛ばし、きらきらと車体を輝かせる。

見紛《みまが》うことはない。あれは大井川鐵道《おおいがわてつどう》で乗った抹茶機関車だ。

徐々に速度を落とした抹茶機関車は、テントと観客席の間に差し掛かって完全に停車した。舞台から機関車の左半分が完全に見える状態である。空気の抜けるような音を上げて、茶臼《ちゃうす》車輪から勢いよく抹茶が噴出する。煙が濛々《もうもう》と立ち込めて、藍色の夜空は一気に緑色がかった。

やがて静かになった抹茶機関車を、人々はその周囲から固唾《かたず》を飲んで見守った。機関室の窓から、ひょこ、と、蒸気機関車の生みの親、英国出身のジョージ・スチンブンソン御霊が顔を出した。彼は舞台上の僕を見て「ハ〜イ、トウドウ！」と手を振った。「間ニ合ッタ！　応援シニ来タヨ！」

食べかけの林檎《りんご》飴《あめ》や焼きそばやたこ焼き、ぼんぼんに団扇《うちわ》にパンフレットが投げ出された地面に、抹茶機関車の正面に乗っていた男性が降り立った。山吹色の袈裟《けさ》を着た、禿頭《とくとう》の老いた坊主だ。彼はしゃなりしゃなりと舞台に近づくと、満足そうに僕たちを見渡した。

そして「茶師諸君。日々の研鑽《けんさん》ご苦労様！」と言った。

いつの間にか舞台上に避難していた利休御霊が、僕の隣で愕然《がくぜん》として呟《つぶや》いた。

「し、聖一国師様《しょういちこくし》……！」

「聖一国師？」

「知らんの⁉　宋《そう》からお茶の種子を持ち帰り、足久保《あしくぼ》に持ち込んで育てた御仁だぞ！」

僕が「う～ん？」と首を捻《ひね》ると、「この極北無知野郎！」と利休御霊は憤った。

「簡単に言うと、かの御仁こそが静岡茶のはじまりを創ったのだよ。つまり、静岡茶の開祖！　静岡県にとっての大偉人！」

興奮して唾《つば》を飛ばす利休御霊であった。それほど凄《すご》い御仁体か、僕はいまいちピンと来ず、聖一国師御霊をぼんやり見つめて、ふいに目が合った。慌てて頭を下げた。

「藤堂君」と聖一国師御霊は言った。僕は、どうして彼が名を知っているのか驚いた。

「君のことは、天上からずっと見ていたよ。……そこにいる、目つきの悪い下駄《げた》が三兎君だね」

聖一国師は、今度は三兎を見た。三兎はずっと「？」という表情でぽかんと口を開けて立ち尽くし、煙を上げる抹茶機関車を眺めていたが、名前を呼ばれて我に返ったようだ。

三兎は目をぱちくりさせて「なんだ、じいさん」と言った。

「俺は今、お茶以前に、この現状が夢か真《まこと》かを鑑別するのに必死なのだが」

お茶に通ずる三兎には、御霊の姿が見えている。聖一国師はふかふかと笑い、僕と三兎を交互に見遣《みや》った。そして、「君たちは、素晴らしい」と言った。

「君たちは、静岡茶の未来を担う、時代に煌めく光のつぶてだよ」

僕が困ったように三兎を見ると、彼もまた僕を見ていて、お互いに少しだけ視線を絡ませて、けれども気恥ずかしくなってすぐに顔を背けた。

聖一国師は目を細めた。

「君たちの勝負、この聖一国師が見届けずに何とする。という訳で、ここに急いで参上仕《つかまつ》った次第」

「機関車で来なくとも……」

「今宵《こよい》はお祭りじゃろう。派手に登場せんでどうする！」

聖一国師御霊はにやにやした。「ハンドルモ修理シタカラ、大丈夫ダヨ～！」とジョージ御霊が親指を立てた。

利休御霊が豪快に笑った。「誠にその通りでございますなあ」と言ってぷわりと宙に浮き、地に突き刺さっていた畳を起こして乗った。それを皮切りに、他の御霊たちも畳に乗って浮遊を始めた。聖一国師様は「よっこらせ」と舞台によじ登り、へたり込んで失禁していた司会男性に取り憑《つ》いた。そしてマイクに向かって「へいへい！　お祭りの出し物、抹茶蒸気機関車は楽しんでもらえたじゃろうか！」と叫んだ。

「はい！　以上、大井川鐵道全面協力の元に実現した、マル秘のさぷらいずでした！」

その言葉が安堵《あんど》をもたらしたのか、羊のように怯《おび》えていた観客たちに再び火が点《つ》いた。

「なんだ、出し物か！」「ああ、ドキドキしたあ」「これ本物？」「迫力あったねえ！」……ぶすぶすと燻《くす》ぶる観客たちの尻《しり》を蹴《け》るように、抹茶機関車が甲高く汽笛を鳴らし、抹茶噴煙を上げた。

その大音量はむき出しになっていた人々の心の琴線に火をつけ、誰もを白熱、いや緑熱《りょくねつ》させた。

「それでは、鑑別はじめーい！」と聖一国師司会御霊（以下司会御霊）が言うと、先ほどの何十倍もの熱狂が起こった。

抹茶の粉雪の降る中で、最後の鑑別が始まった。

朦朧《もうろう》とする心情とは裏腹なのは、観客の盛り上がりである。「三兎様あああ！」と残像が発生するほど団扇を振る、もはやヒステリーを起こしているとしか思えない三兎ファン・クラブの女性たち。静岡テレビのカメラが向いていて、リポーターらしき女性がパフパフ喇叭《らっぱ》を鳴らす。この騒ぎを聞きつけた着物の夜桜乱舞隊がやって来て、チンチンドンドンと踊り始めた。後に出番を控えている茶摘み娘たちが、負けじと舞台裏から広場に飛び出して、踊りに加わった。

「はあ〜、ちゃっきり！　ちゃっきり！　ちゃっきりよ！」

嵐のような熱風が巻き起こり、それは大喧噪《けんそう》の燃料となって膨張する。

やがて大演舞場から見える一帯は、異様なまでの盛況となった。

司会御霊が、両手の日の丸扇子を振り、ホイッスルを吹いて三々七拍子の音頭を取る。僕の隣にいた茶師も、たまらず拳を突き上げる。「やったれえ、藤堂うううう！」とわずかに聞こえた利休御霊の声。御霊たちが、静岡麦酒《ビール》のジョッキをカチンカチンとしきりに合わせて泡を飛ばす。今まさにタオルを投げ込もうとする雷様を、菅野が羽交い締めにしている。

空からちゃりんちゃりんと「静岡まつり小判」が降って来る。どうやら、どの茶師が勝つか賭《か》けていた御霊たちが、もはや己の勝負などどうでも良くなって、浮遊畳の上から小判を撒《ま》いているらしい。袴姿《はかますがた》の御霊のひとりが、畳上に置かれた『賭け金』と札のついた千両箱の小判を摑み、ザアッと放ちつつ「金では測れぬ素晴らしき勝負なり！」と発した。きらきらとたくさんの金色の瞬きが翻り、「お金降って来てる！」と叫んだ観衆のひとりを起点に、小判拾いあいの争奪戦が始まった。「俺のだ！」「あたしんよ！」

歓声は歓声に飲み込まれ、誰が何を叫んでいるのかわからない。

機関車によじ登った観客らが一列になって肩を組み、それを真似して御霊たちも肩を組み、生きている者も死んでいる者も入り乱れ、左右にゆらゆら揺れながら大合唱を始めた。

『夏も近ーづーく〜八十八夜〜♪　野〜にもや〜まに〜もーわ〜かばーが〜茂る〜♪　あれ〜に〜見ーえる〜は茶〜摘み〜じゃ〜ないか〜♪　あ〜か〜ね〜だ〜すきーにー菅《すげ》の

～笠《かさ》～♪』

春の駿府、緑の夜空に、茶摘みの歌が木霊する。

僕の舌は、とうに感覚を無くしていた。それどころか、鼻も鈍りつつあった。途切れそうな集中力を必死に紡ぎ、目の前にある緑色の聖水に立ち向かう。「どれもおんなじお茶じゃんか。わかるわけねえよばか」……坤櫓《ひつじさるやぐら》ステージでのちょんまげの子どもが思い起こされる。それでもお茶に食らいつく。鼻と舌を刀にする。

しかし、とにかく広場の盛り上がりがうるさい！

ドンチャン騒ぎは結構だが、これはかなり参った。

嗅覚《きゅうかく》と味覚に意識を注いでも、どうしても聴覚に問答無用になだれ込む、この喧騒……。目は閉じられるが、湯呑《ゆのみ》を持たねばならないので、耳は塞《ふさ》げない。

瞼《まぶた》の裏の暗闇の中に、なんとかお茶の正体を見ようとする「はあ～、ちゃっきり！ちゃっきり！」この凛《りん》として深度のある香りは「三兎さあ～ん！愛してるうう！」鹿児島産……いや京都産の「おでん、わさびに、く～ろは～ん～ぺん～♪」そう、はんぺんだ。……いやいや、はんぺんじゃない、危ない、『まるちゃんの静岡音頭』に惑わされてはいけない、「ちゃっきりよ！」これは味わいの中心に旨《うま》みが強いから「プォーッ！（汽笛）」旨みを軸に据えた特徴のお茶というのは「藤堂ク～ン！最後マデ諦《アキラ》メナイデ、ファイトヨ～！」はい、頑張ります！……いやいや、ええと旨みが、あれ甘み？甘みが強いお茶というのは「ちゃっきりよ！」つまり静岡産の茶葉《ちゃよう》である可能性が高「ちゃっきりよ！」うるさいよ！　さっきからちゃっきりって何！　度々入ってきやがって！　いや、お茶、お茶！　集中、集中、集中「残り時間、あと三分じゃ！」……。

このように、まるでお茶の世界に入り込めない。

みんなうるさい、うるさい、うるさい！　ひとときでいいから、黙ってくれ！　静かにしてくれ！　それだけで、あと残り二杯のお茶を分けられる！　頼む、頼む！　……。

僕はそう一心に念じた。甲斐《かい》あるわけがない。

そうだ、三兎はどうだろう、と窺《うかが》うと、彼は既に鑑別を終わらせたらしく、仁王立ちをして僕を睨《にら》んでいる。

「悪いが俺は満点を頂く。貴様の命はここまでだ！」

自信満々に三兎は言った。

もう駄目だ、と思った。

残り時間は二分三十秒。

このまま適当に回答する他がない。

悔しさで破裂しそうになりながら、ボールペンを握った。

まるで魂を鬼に食われることへの同意書に署名するような気分だ。

項垂《うなだ》れた。

涙が零《こぼ》れそうだった。

決して痛いからではない。

悔しくて。

悔しくてだ。

ペン軸が紙に触れ、洋墨《インク》がじわりと滲《にじ》み、それが曲線を描いていよいよ文字になろうとした。

その刹那《せつな》、時間という概念が地球上から吹き飛んだ。

だまれッ——。

そんな音《ね》を持つ雷が落ちた。

その大音声は藍白《あいじろ》の電撃となり、広場のドンチャン騒ぎを真一文字に切り裂いた。

有象無象の雑音をなぎ払った雷鳴は、まるで海を割るようにして、声を発した彼の前に一本の道をつくった。

ぴたり、と、誰もが石膏《せっこう》で固められたように静止し、彼の姿をぽかんと見つめた。

大喧噪から一気に粛然たる有様となったその落差に、耳鳴りがした。

僕から、その場所へ。

その場所から、僕へ。

遮るもののなくなった道の果てに立っていた燎さんが、もう一度、顔をくしゃくしゃに

彼であり、

「てめえ、藤堂────ッ！」

して、拳《こぶし》を握り、腰を折り、声のあらん限りに叫んだ。

それは緑茶廻廊《かいろう》で見た、茶碗《ちゃわん》を大事に胸に抱え、市松さんに会いに行く、あの幼い日の

「何を、下、向いてやがる！」

茶師になる運命を受け入れた、父と夢を無くしたあの青い日の彼であり、

「やってみせろッ！　俺に、……俺に、見せてみろよッ！」

そして、僕という人間を受け入れようともがく、この今を生きる彼だった。

「俺に、見せてみろよお────────ッ！」

彼は、己の殻を破るための声を上げた。

この舞い降りた静寂を逃しはしない。

これは僕の戦いであって、彼の戦いだ。

僕は静けさの深淵《しんえん》に立った。

湯呑を掲げ、そこに浮かぶ水色《すいしょく》に、彼の夢の残滓《ざんし》と、僕の夢の始まりを見出《みいだ》した。

それを啜《すす》って、目を閉じた。

瞼の先の暗闇は、暗闇ではなかった。

そこには、緑茶廻廊の過去の終着点で見た、蒼玉《サファイア》の空に包まれる一面の茶畑があった。

お茶の匂いのする風が吹いた。

じっと青空を見つめていた市松さんが、ゆっくり、ゆっくり、こちらを向いた。

彼は、小さく首を傾げ、僕へ向けて、にこりと微笑んだ。

○

僕は目を開けた。

そして、一切の後悔も持たない回答を記した。

「そこまで！」

利き茶会本選の終了を告げる司会御霊の声は、遥《はる》か遠くに聞こえた。

採点を待つその間、広場では乱闘が起こっていた。

と言うのは、喧騒を裂く燎さんの「だまれ」という一声を快く思わなかった利休御霊が、「どうして祭りに水を差す！　一瞬、ビクッってなったろうが！　今宵は誰しも無礼講、喧々囂々《けんけんごうごう》なにが悪い！」

とのたまって、御霊たちに「あの場違い野郎を取り押さえろ！」と指示を発したためである。

御霊たちは燎さんに向かって飛びかかった。むぎゅと圧《お》し掛かられた燎さんは、すぐ近くの席に征一さんがいることに気付き、「すみません、お借りします！」と断って、必死に手を伸ばし、彼から警策《きょうさく》を取った。それを振るって、パコンポコンと御霊たちを叩《たた》きのめした。

元剣道部という燎さんは、警策を竜巻のように振るい、見事な大立ち回りで襲い掛かる御霊たちを弾《はじ》き飛ばす。悲鳴を上げながら夜空を切っていく御霊たちを見て「ええい、情けないなあ！」と利休御霊が歯ぎしりした。

「なんなんだ、てめえら！」集《たか》る蟻を追い払う黒豹《くろひょう》となった燎さん。

御霊の姿は一般人には認識できないので、観客には燎さんが警策をむやみに振り回しているようにしか見えていない。そしてそれは「自分たちを叱った人間が舞を披露している」というように解釈されたらしい。観客はまたも精彩を取り戻し、燎さんに拍手を送った。

乱闘は、司会御霊の「結果発表〜！」という言葉によって休止する。

燎さんは再び山を成した御霊に圧し掛かられ、顔だけ出して苦しそうに舞台を見つめていた。

観客が息を飲み、僕たちを注視する。

並んだ茶師の左から、順繰りに点数が発表されてくる。

その成績が発表される度に、観客は感嘆の声を上げる。

二十五点満点のうち、二十点を超えている者は少ない。とうとう三兎に差し掛かった。

司会御霊が期待の眼差《まなざ》しで採点結果を受け取り、紙面に目を落として、ニッと笑った。

「えんとり一番号、五番。『茶湊《ちゃみなと》』、三兎君」

ごくり、と観客が息を飲む。ドサ、と音がした。三兎ファン・クラブの女性のひとりが緊張に耐えかねて失神していた。

三兎は、真っ直ぐ虚空を見ていた。

司会御霊は、ふっ、と息を吐いた。

「点数……二十三点！」

ワッ！　と拍手が起こった。

それは、これまでの茶師の中での最高得点だった。

しかし、その喝采《かっさい》に反し、三兎は唸《うな》る狼のように歯をむき出していた。

「くそ……、くそ！」

さらりと吹いた夜風に乗って、彼の呟《つぶや》きが僕にも届いた。

彼は、身を焦がす無念に耐えるように顔を伏せた。

二点。それが届かなかった現実に切り裂かれているように僕には見えた。

その後の三人、三兎を超える点数は出なかった。彼は自分が最高得点を保持していることに、ひとつも満足げなそぶりを見せず、ただ拳を握って震えていた。

そして、九番目。僕の発表の番がやってくる。アシスタントの女性から結果を受け取った司会御霊は、いやらしい笑みを浮かべた。

「では、最後。えんとりー番号、九番……」

そうしてたっぷり間を取って、静けさのうちに「はよ言え！」と観客席からヤジが飛んで、フヒヒ、と呟いた。

「一般参加者枠。静岡大学、藤堂君。……」

僕は、自分でも不思議なくらいに落ち着いていた。

三兎はずっと、まるで敗北を覚悟するように、肩から緑色の湯気を立ち昇らせて、顔を伏せている。

どんなに陳腐な結果でも良かった。

この覚悟の上に敗北するなら、それで十分だった。

「結果は……」

またもそうして間を取る司会御霊に空き缶が投げられそうになる頃、彼は言った。

「二十、三点！」


五秒ほど、しん、としてから、「ん？」というような気配が辺りに満ちた。

『茶湊』の三兎君と、藤堂君。共に二十三点で、引き分けじゃ！」

司会御霊がそう言うと、辺りの「ん？」という気配は「え？」という戸惑いに変化した。

「よって、この度の利き茶会は、三兎君と藤堂君、両者の同時優勝とする！」

しばらくの間があった。

「引き分け……？」と、観客の誰かが呟いた。この大場面にふさわしくない幕切れに、暗《あん》澹《たん》たる不満の迷霧がしゅうしゅうと立ち込めた。拍子抜けもいいところで、男らしくない。

ざわざわと顔を見合わせ始める観客、茶師。僕と三兎は真っ直ぐ前を向いている。

「それはつまらない！　勝者はひとり！　潔く、白黒つけろ！」

黒々した雰囲気の中からそう第一声を上げたのは、抹茶機関車の上で仁王立ちをする利休御霊だ。

「何とかしろ、実行委員！　そんなのは家康公も喜ばない！　どうにかして優劣を決めろ！」……次いで、観客席の中からそんな声が飛んだ。

「そんなことを言われても、これ以上どうすればいいんじゃい」

司会御霊が嘆息した。「同点なんだから、仕方ないっつうの！」

すると、舞台に、かん、とコカ・コーラの空き缶が飛んで来た。「このポンコツ実行委員！」そんなヤジがあって、次に綿あめのついた割箸《わりばし》が、それから小石やら徳利《とっくり》やら金魚の入った水入り袋やらが飛んで来た。

「こら、やめんか！」司会御霊が取り乱す。

「優勝者を決めろ！」「不完全燃焼で終わらすな！」「どうにかしろ！」……そんな怒号と共に、舞台にはたくさんのモノが投げ込まれた。「痛い痛い、やめて！」と司会御霊は泣いた。

「やめろ！」

三兎が観客席に向かって叫んだ。

「これは俺の実力が足らなかったからこその終焉《しゅうえん》だ！　やんや言うんじゃない！」

「でも、三兎様あ！」三兎ファン・クラブの女性たちがすすり泣いた。「これじゃ、あんまりお粗末ですう！」

「きみたあ〜ち！」

その馬鹿でかい声は、観客席の後ろ、いや、テントの後ろ、いや……更にその後ろ、出店群の辺りから轟《とどろ》いて、辺りに休符をねじ込んだ。まるでオペラ歌手ばりのビブラートの利いた声は、僕の立っている舞台からもきちんと聞こえた。

両手に持った牛串《くし》をもぐもぐと頬張りながら、その人物は、静かに舞台へとやって来た。

「茶師ならば、茶師らしく、一杯のお茶で決着をつけたらいいんだよ」

ごっくん、と喉《のど》を鳴らし、手に提げているぱんぱんに膨らんだゴミ袋に串を突っ込んで、ミシュラン教授は言った。

○

「田所《たどころ》氏……！」

ミシュラン教授を前にして、三兎は目を剝《む》いた。

「三兎、ミシュラン教授を知っているの？」僕は耳打ちした。

「この静岡で食品業に関わる限り、彼のことを知らない者はおらん。彼は本県の飲食界における超大御所、食に対する膨大な知識と正確無比な味覚を携えた、駿河《するが》に轟く美食家だぞ」

三兎は、憧《あこが》れの眼差しを教授に向けた。「この利き茶会も、そもそもは彼の発案なんだ。しかし、まさか、こうしてご本人とお逢《あ》いできるだなんて……！」

それほど凄《すご》い人物だとは聞き及んでいなかった。ただの舌と共に体も肥えた教授かと思っていた。

教授は舞台に這《は》い上がろうとして転び、起き上がりこぼしのようにぼよよんと揺れた。数人の実行委員が彼の体を支え、なんとか舞台上へ上げた。彼は、胸の鰐《わに》マークが河馬《かば》に見えるくらいぱつんぱつんとなったポロシャツの裾《すそ》を一生懸命伸ばし、カイゼル髭《ひげ》を撫《な》でつけて、僕と三兎に声をかけた。

「君たちには、本当に敬意を表するよ。まさか同点が出るだなんて予期していなかった」

教授は、アシスタントの女性に目配《めくば》せをした。その視線の意味を受け取った女性が、そそくさと袖《そで》に引っ込んだ。

「ねえ。観客のみなさんの言うように、このまま引き分けだなんて、つまらないよね。……だから、延長戦として、君たちには一杯のお茶を淹《い》れてもらおうと思うよ」

ざわ、と観客席に小さな熱の点。

「それをボクが飲んで、どちらが美味《おい》しかったか、責任を持って判定するんだ」

「田所氏ほどの御方がそう言うのならば」

三兎はすぐに首を垂れた。

「藤堂君はどうだい？」

「……三兎が良いって言うなら」

ミシュラン教授は鷹揚《おうよう》に頷《うなず》いた。司会御霊の元に、彼を紹介する簡単なプロフィールが運ばれた。それが読み上げられると、口々に「異議なし！」「異議なし！」と声が上がった。

「君たちに淹れてもらうのは、同じ品種のお茶だよ。淹れ手によってどれだけ味に差が出るのか。そのお茶のどちらが美味しいのかで、優勝を決めるからね」

「仮令《たとえ》同じ品種であろうとも、田所氏であれば、その味の判別は容易だろう」

三兎が言って、ミシュラン教授は汗を拭《ぬぐ》い、真剣な面持ちをした。

「いいかい。泣いても笑っても、この勝負が最後だよ」

僕と三兎は頷いた。

○

僕の目の前に、ただ一杯のお茶を淹れるためだけの茶道具一式が揃えられた。

銀色の真空パックに貼られた品種名を示すラベルには、我が静岡県で栽培されるお茶の九〇％以上を占める『やぶきた』。

『お茶の燎』が主軸で扱っているお茶だ。

あの店内に満ち満ちた香気が思い起こされる。

月の明確な夜のような、凜《りん》として優雅で甘みに富んだあの味を思い出す。

観客たちの静観の中、小さなポットから湯冷ましへとお湯を注いだ。

時間を計って、適度な温度を肌でみながら、大匙《おおさじ》一杯程度、四グラムほどの茶葉《ちゃよう》を急須《きゅうす》へ投じた。

そして、湯冷ましから、急須へ、お湯を。

茶葉がひらき、じわじわ、と、小雪の溶けるほどの音を上げた。

味が滲《にじ》み出るまでの一分間、僕は、ぷつぷつぷつぷつとおまじないを呟いた。

右手で急須の柄を持って、左手のひらを底に当てた。

緩やかな弧を描いて、輝ける緑色のお茶が真ッ白な湯呑《ゆのみ》を満たしていった。

僕の口中で、弾《はじ》ける小さな泡のように、おまじないは繰り返された。

お茶の味を決するのは、結局、淹れる人の心ひとつ。

○

舞台の中央に用意された席で、ミシュラン教授は眼前の二杯のお茶を見比べた。

初めに三兎の淹れたお茶を取って、香りを嗅《か》いだ。

一口啜《すす》り、天を仰いで瞳《ひとみ》を閉じた。

それから、三兎を見て、ニコ、と笑った。

三兎は能面だった。

同様の手順で、今度は、僕のお茶が飲まれた。

そして教授はまたも、僕へ向けて、ニコ、と笑った。

僕も微笑みを返した。

「わかりました」

ミシュラン教授はそう言ってマイクを取り、粛々と語り出した。

「ボクはこれまで、たくさんの食べ物を食べてきた。確かに、高い食材は美味しい。珍味は面白い。でもね。お茶も、食べ物も……口の中に入れるものの、最後の味付けは、これがまた、手垢《てあか》にまみれたような台詞《せりふ》なんだけれど……でも、行き着く先は、いつもそう」

ミシュラン教授は一呼吸置いた。

「それをつくる人の、心にかかっているんだよね」

落ち着いた拍手が上がった。

「そこにこそ、人柄が表れる。料理人も、その他の職人も……何かを極めようとしている人は、みんな同じ。技術はいつも、努力さえすれば、誰もが同じ段階までは達せられる。けれども、『そこから上』のステージへ行くには、あとはもう、その人柄にかかっている。

そう。人柄こそを『才能』と言う。ボクはそう思うんだよ」

　静寂。

「その『人柄』を味わうことが、ボクの至高なんだ。だからボクは、美味しいものが好きだし、それをつくる人も、つくろうともがく人も好き。そういう人には信頼が置けるからね。……三兎君。君は、ボクに向けて、しっかりと心を尽くして、お茶を淹れてくれたね」

「もちろんです」

　三兎は胸を張った。

「田所氏が喜んでくれる美味しい一杯になるよう、念を込めました」

　ミシュラン教授は、次に僕に向いた。

「藤堂君」

　そして言った。

「君は、このお茶を。……ボクのために淹れていない」

　ざわめきが起こった。

　僕は、微笑んだまま黙っていた。

　すると、ミシュラン教授も微笑んだ。それから、僕の全てを見透かすように、狸みたいにポンとお腹を叩《たた》いて、ウインクをした。

　彼は、客席に向いて深呼吸をした。

「それでは、責任を持って発表します」と前置きし、
そして、
「今年の利き茶会の優勝者は――」

○

春の宴《うたげ》の締めくくり、打ち上げ花火が駿府の夜空を彩っている。

色とりどりの大輪の花が咲いて、夜空は次々花模様に型抜かれた。それを追いかけるように、太鼓の破裂するような音が木霊《こだま》する。七色に照らされた駿府城は夢の跡、人も御霊も相好を崩して、その瞳には火の花弁が焼き付けられる。

抹茶機関車がゆったりと去っていく。「家康公お手植えのみかん」の傍で、木々の隙間からのぞく花火をぼんやり眺めていると、「藤堂さん！」と呼ばれた。制服姿の小夏さんが、スカートをはためかせてこちらに駆けて来る。

お祭りのみせる幻影かな、と、僕は少しだけおかしくなった。

「……小夏さん」

息を整える小夏さんに向かって、僕は頭を下げた。

「ごめんなさい。応援に行かなくて」

するると小夏さんは首を振った。「ううん。いいんです」

「藤堂さんも、戦っていたんですよね。利き茶会に出て」

僕は驚いた。

「そんな事情、誰に……。そもそも、どうして小夏さんがここに」

「燎さんが教えてくれたんです。『小僧が男を見せているよ！』ってメールが入ってて。だから、コンテストが終わって、急いで駆け付けたんですけど……間に合わなかった！」

小夏さんは残念そうに指を鳴らした。「そんなでっかい絆創膏《ばんそうこう》を貼るくらい、熾烈《しれつ》な戦いが繰り広げられたんですよね。ああ、見たかったなあ！」

僕は、あの利き茶会の後、何も言わずにふっと姿を消した燎さんのことを想った。

彼は、僕を見て何を感じたろうか。

「……そう言えば、小夏さん。結果はどうだったんですか？」

僕が尋ねると、小夏さんはムムッと顔をしかめて、「……聞きたいですか？」と呟《つぶや》くように言った。

「いえ、言いたくないなら、べつだん無理には……」

小夏さんはふるふる震えて、紙袋の中から筒を抜いた。その蓋《ふた》を、ポン、と開けて、一枚の賞状を取り出して広げた。

「……銀賞」

僕が呟くと「そう、銀賞！」と、彼女は心底悔しそうに震えた。

「二位ですよ、二位！　ちくしょうが！　あの運指さえ間違わなければ、金賞だったんです、たぶん！」そうして地面を踏み鳴らす。「ああ、悔しい、悔しいい！」

僕は拍子抜けした。二位を喜ぶ彼女ではなかった。

「でも、悔しいけれど、受け入れるしかないんです。これが、今の私の実力です。……もっともっと練習しなくちゃ！」

花火が止んだその時、ぱき、と枝を踏む音が背後からした。

「藤堂」と声を発したのは、三兎である。

闇の中、三兎の姿がおぼろに浮かぶ。

彼は、はっきりしているのかもわからない、僕の顔をジッと見つめている。

「……利き茶で満点に足りなかったあの二点こそ、俺の未熟を示す数値だ。俺はまだまだ、お茶を極めるには二歩も足りない」

三兎は、僕のいる闇に向かって語りかける。

「俺はこれからも研鑽《けんさん》を積み、この二歩を必ず埋める。そして、次こそ、圧倒的実力差をもって、貴様を完膚なきまでに叩きのめす」

そして、三兎の気配が消えた。……その去り際に「貴様も、精進しろ」と残した言葉の余韻が、再び始まった花火に拭われる闇の、不鮮明な隙間に漂った。

「今のは、『茶湊』の三兎さんですか？」

「ええ」

「……あの人は、これからも、お茶の道を極め続けるんですね」

「そうですね」

「……藤堂さんは、どうするんですか？」

最後の花火が上がり、夜空が金色を纏《まと》った。拍手と歓声が響く。誰の夢も満たさなかった夜が終わる。

『以上をもちまして、本年度の静岡まつり、その全てを終了致します』というスピーカーの声が聞こえた。


「ただいま、父さん。母さん」

「……ん。おや、どうしたお前。顎《あご》にでっかな絆創膏貼っちゃって」

「あらまあ、どうしたのよ。転んだの？　明日《あした》から社会人だってのに、目立つわねえ」

「……ねえ。話があるんだ」

「なによ、改まっちゃって」

「僕は、あの会社へは行かない」

「は？」

「僕は、就職しない」

「……え？」

「それを、今夜、決心したんだ」

「あんた、なにを言ってんのよ。そんな笑えない冗談はイヤ」

「冗談じゃないよ」

「……本気で言ってんの？」

「本気さ」

「駄目よ、駄目。そんなのは、許しません」

「止められても、もう、無駄なんだ」

「何を……」

「ごめん」

「何を言ってんのよ。あんたねえ、なんのために大学に行ったかわかってる？」

「わからない」

「大人になる準備のために、大学へ行ったんでしょう。四年間を無駄にするつもりなの」

「そうかもしれない」

「そんなの、絶対にお母さんは認めません。絶対に駄目です」

「父さん」

「……」

「僕は、父さんを尊敬しています。僕なんかにはとても想像のつかない世界で、四十数年間、ただひとつの企業に勤め、家族のために、……僕のために、自分を犠牲にして、下げたくない頭もたくさん下げて、浮かべたくない笑みも浮かべて、自分を殺して生きたことだってあるでしょう」

「……」

「……僕はこれまで、そんな生き方が無価値であるって、人として生きててつまらない、普通すぎる人のことを嫌悪し、そして何より、それと同族でありながら、何者にもなれない、なることのできない自分を憎んでいた。でも……今になって、ようやくわかったんだ」

「……」

「僕は、普通が嫌になったから、会社に行かないって言ってるんじゃない。普通から外れたいんじゃない。ただ……ただ」

「あんた、いい加減にしなさい。そんな我儘《わがまま》を言ったって、」

「お母さんは、少し、黙ってなさい」

「……」

「ただ……ただ、父さん」

あのふたりのように。

その先に、どんな失意やどんな孤独が待っているかはわからない。

それでも。

「生まれて初めて、やりたいことができたんだ」

○

「……これからその道を選ぶことでの責任を、全て自分で背負えると、約束できるか？」

「お父さん！」

「……お母さん。わかってあげようじゃないか。こいつがこんなに言うだなんて、これまでにあったかい？」

「でも……」

「この子は、俺たちの知らないところで、大人になっていたんだよ」

「でも……でも！　私は、この子のことが、大切で、大切で……。この子が幸せになれるのかって、幸せな未来を迎えられるのかって、それだけを考えて、それだけが心配で……」

母は顔を覆った。

父は、母の肩に手を乗せた。

「なあ、俺たちの子どもだよ。俺たちが一番に信じてあげなくて、どうするんだ」

「でも……でも……」

「大丈夫さ。死ぬわけじゃないんだ。この子は、人生の中に無尽にあるうちの、些細《ささい》な岐路の選択をしただけさ」

静かに項垂《うなだ》れる母を励ましながら、父は、僕に向かって苦笑した。

「お前も、男だもんな」

○

『静岡まつり』の翌日、四月四日の午後のこと。

背広を着た僕は、『お茶の燎』へ赴いた。堂々と真正面から入店すると、ランが「久しぶり！」と言うように一声鳴いた。挨拶《あいさつ》をしかけた燎さんが、すぐに怪訝《けげん》そうな顔をした。

そして、「……なんだ」と、嫌そうに呟いた。

「お祭りでは助けて頂き、ありがとうございました」

「助けたんじゃない。周りがあまりにもうるさかったからイラついただけだ」

「またまた」

「何の用だよ、お前」燎さんは不機嫌に言った。「今日は入社式じゃねえのかよ。こんなところで油を売っていていいのか」

「式は終わりました」

「ずいぶん早いんだな」

「ええ。蹴《け》ってきましたから」

僕が言うと、燎さんは目を見開いた。

「蹴ってきたって、お前……」

「入社を断ったんです」

「……」

「僕は、会社には勤めません」

入社当日となってこのような身勝手を言う僕を、人事はしこたまこき下ろした。なってない。非常識にも程がある。見る目がなかった。そんなことならさっさと連絡しろ。君が受かった分、ひとりの人間が落ちているんだよ。社会を舐《な》めるな。馬鹿者め。……浴びせかけられる罵《ば》詈《り》雑《ぞう》言《ごん》に、僕はひたすら低頭し、詫《わ》びに詫びた。同期となるはずだった数人が、僕を刺すような目つきで睨《にら》んでいた。投げつけられるように書類の束を返却され、会社の外へ放り出された。這《は》いつくばって地面に散乱した書類を集めていると、最後に人事の中年男性に一言、

「これだから、最近の若者は」

そうお土産を頂いた。

けれども、この心には風が吹き、その一切はどこまでも澄んでいた。

「燎さん。僕を、このお店で働かせてください」

「ヤダね。帰りやがれ」

「僕、もうこのお店しか行くところがないんです」

「そうやって同情を煽《あお》ったって無駄だぞ」

「このままでは野垂れ死にです」

「あのなあ！　お前、そう簡単に事が運ぶと思うなよ！　仮令《たとえ》お前を雇うとしても、この店にはそもそも従業員に給料を出せる余裕なんてない！」

「薄給で構いませんから」

「それになあ、根本的なことを言うと、市松がいるだけで、十分、人手は足りてんだよ。しかも市松は給料を要求しない、無償で働くお茶狂いだ。これ以上の人員はおらんし、いらん！」

「市松さんの行けないランの散歩に僕が行きます」

「駄目だ！　ランの散歩には俺が行くんだ！」

僕は一歩も引かず、「出てけ出てけ！」と小箒《ぼうき》で掃いてくる燎さんにもひるまなかった。

そうしてたっぷり三十分は粘って、とうとう燎さんは深い溜息《ためいき》をついた。

「あのなあ……。こんな古い茶店で、しかも薄給で働くよりは、いっぱしのサラリーマンになった方がずいぶん楽なんだぞ。福利厚生はしっかりしてるし、季節の境に賞与は出るしさあ」

「お金の問題じゃないんです。そんなのは後回しに、とにかく僕はお茶をやりたいんです。お茶に触れていたいんです」

「なんだよ。『茶湊』の坊ちゃんにリベンジでも挑むつもりか？　最後に負けたのが、そんなに悔しかったのか？」

あの最終審査の時、ミシュラン教授は僕にこう言った。

「君は、このお茶を、自分のために淹《い》れたんだ」と。

そう。僕は、あのお茶で、教授に心を尽くせなかった。

己の夢に一生懸命に淹れた。それが教授には見抜かれていた。

だから、僕は負けたんだ。

「僕があそこまで進めたのは、ただのビギナーズ・ラックです」

あの勝負は負けて当然だった。今の僕には、あの利き茶会で準優勝を収めたことに対する喜びや、また三兎に負けたことへの悔しさは微塵《みじん》もない。何故か。それは僕があまりに未熟で、そんな当たり前の実感を伴う境地にさえ至っていないからだ。

運が良かった。全てはそれだけで片のつくあの夜の出来事は、僕が一人前の茶師となり、確かなる実力を持って三兎に勝利した時にこそ、ようやく笑い話として思い出の中に浮かぶだろう。だから、僕はその時まで……あの夜を昇華できる茶師になるまで、この『お茶の燎』で修業をする。そして、来年の『静岡まつり』の利き茶会は、「自分の力で勝ち進んだ」と、胸を張って言えるようになりたい。

「一時の感情でやるんじゃないんだな」

「当たり前じゃないですか」

燎さんはもう一度、観念したように溜息をついた。

「あ〜あ。サラリーマンになっといた方が楽なのにって、みんな言うぞ〜」

「ねえ、燎さん」

僕は笑った。

「みんなって、誰ですか？」

ふん、と燎さんは鼻を鳴らした。そして、「ああ、俺は本当に良い奴だよなあ」と呟《つぶや》いた。

「いいか。まずはアルバイトからだ。いくらお前の方が俺より才能あるからって、容赦はせんからな。茶師は、緑茶の味を纏《まと》める指揮者だ。半端なことにならんよう、これからみっちりしごいてやる」

燎さんは優しげに苦く笑った。

「お前が俺を超える、その日まで」

●

『お茶の燎』を出た僕は、すぐに小梳神社の鳥居を潜った。

拝殿の中で、聖一国師に怒号を飛ばされている御霊たちがいる。みんな正座をしていて、沈痛な面持ちだ。その足元に転がっている酒瓶を見るに、どうやら御神酒《おみき》をやりたい放題に飲み散らかしたことを説教されているらしい。僕に気付いた利休御霊が、「よっ」と唇を動かし、それに続いて他の御霊も手を振って、「こら、真面目に聞かんかい！」と叱られた。

桜の花弁が青空を舞っていく。

小梳神社に春が吹き抜ける。

御霊たちに笑顔で会釈をしてから、僕は『祭器庫』の扉を押し開いた。

緑の光満ちる緑茶廻廊《かいろう》が延びている。

一歩を踏み出し、しばらく進んでいると、向こうから市松さんがやって来た。

「藤堂君」と、市松さんは喜色を浮かべた。

「市松さん。僕、『お茶の燎』で働くことになりました」

「そうですか。それは、とても嬉《うれ》しいです。御祝いのお茶を淹れて差し上げましょう」

僕は彼に手を引かれ、廻廊の最奥の東屋へ導かれた。

椅子に腰掛け、彼が淹れるお茶を待ちながら、「ねえ、市松さん」と語りかけた。そして、『静岡まつり』で家康公とはなさんの背中を見た気がしたことを伝えようとして、少し迷って、やめた。

あれが幻影であっても、幻影でなくても、どちらでも良い。

この檻《おり》の中で過ごすしかなくても、永遠の命を生きていても、市松さんの心にはきっと、いつもあのふたりが住んでいて、いつでも会えるのだから。

彼の思い出に水を差すような野暮はしないでおこう、と僕は誓った。

「なんですか？　藤堂君」

そんなことをぼんやり考えていると、市松さんが僕の顔を覗《のぞ》き込んでいた。

「あ。いえ、あのう」

僕は慌てて取り繕った。

「……いつか、僕もひとりで、この東屋に……。お茶の道の象徴である、この廻廊の最奥に辿《たど》り着けるようになれるかなあ、って。市松さんのように、お茶を極められるのかなあ、って……」

すると市松さんは、人差し指を顎《あご》に当て、顔を上にして「ふうむ」と呟いた。

そして徐《おもむろ》に、僕の手を取って立たせた。

「なんでしょう？」

僕の問いに、市松さんは答えない。

彼はそのまま僕の手を引いて、東屋を出て、その裏に回った。

東屋の裏は、チャノキの枝が絡まって壁を成し、行き止まりになっている。

市松さんは「見ていてくださいね」と言って、突然、両手でがしがしと枝を掻《か》き分けるように掘り出した。

彼が壁を掘る度に、僕の鼓動は速くなる。

壁の向こう側から、徐々に光が漏れてきた。

やがて貫通した、その穴の先。

そこには、これまで辿ってきた廻廊より、数倍も道幅が広く、数倍も天井の高い、広大な空間を持つ長い長い一本道が延びていた。

その先は霞《かす》んで見えない。

途方もなく巨大で、怪物のうめきのような風鳴りを上げる廻廊が目の前にある。

「私も、きみと出逢ってから見つけたんです」

東屋の更に先にある廻廊を眺めて、市松さんは愉快そうに言った。

「この東屋で終点と、すっかり慢心していました」

僕は微動だにできなくなった。

「四百年かかっても、私はその最奥に、さっぱり辿り着けていなかった」

市松さんは微笑んだ。

「ねえ、藤堂君。お茶を極める道のりは、まだまだ果てなくありますよ」

あとがき

二〇一五年三月初旬、ふいに「なんもかんも、つら！　むりむり！」という精神状態に陥り、大いなる現実逃避をはかるべく、えいやと飛び乗った新幹線。日本全国津々浦々、あてもなく流れ流れて辿《たど》り着いたるは静岡県の静岡市。ひとりでぷらぷらしていると、繁華街の中に突如として小梳神社《おぐしじんじゃ》が現れた。その鳥居にもたれてぼんやりしていた子ども……いや童顔の大学生こそが、本編の語り手である藤堂《とうどう》君だ。

初めて彼の姿を見た時、筆者は心がズキンとした。思わず足が止まってしまった。彼は無表情だったが、なんとなく、悲しそうだった。それも一筋縄ではいかないもの悲しさ。月の明るい夜に、たったひとりで波打ち際を歩き続けているような……。老いた両親と共に、静かに線香花火をしているような……。およそ言葉では深度の測れない悲しさ。正体のわからない悲しさ。「哀しさ」と書くべきか。

藤堂君の漂わせるその雰囲気が、むやみに筆者を惹《ひ》きつけた。

自分が得体の知れない男にジッと見つめられていると気付いた彼は、ふっと筆者に顔を向けた。

目が合った瞬間、互いの間に電撃が走った。

この人は、自分だ。この人は自分と同じ、正体不明の哀しさを抱える人だ……。

これは運命的な邂逅《かいこう》なのだと思った。よく「一目惚《ひとめぼ》れすると、雷に打たれたような衝撃を受ける」と言うでしょう。それの男版。ただその一瞬、視線が絡んだだけで、彼と筆者の間には、友情をも超えた絆《きずな》のようなものが芽生えていた。初対面なのに。竹馬の友でも辿り着《つ》けない「魂の繫《つな》がり」のようなものが生まれ、互いの心に抱える哀しみをわかり合ったのだ。

藤堂君と筆者は、言葉もなく見つめ合った。

「出逢《であ》うべくして出逢ったんだ、僕たちは」

口を閉じてはいるが、彼の瞳《ひとみ》は雄弁にそう語った。

「そうだね。これは運命さ」こっくりと頷《うなず》きながら、筆者も目でそう言った。

「ねえ、道具《どうぐ》さん。僕は哀しくって仕方がない。でも、なにが哀しいか、自分でもよくわかってない。衣食住は満たされているし、学校にだって行けてるし、好きな人だっている。けれども、とにかく哀しくって仕方ねえ。哀しみが心にべったりこびりついて落ちねえ。幸せだからこそ哀しい、みたいな？　哀しみを悲しめることが哀しい、みたいな？」

「わかるよ」

「友達と笑っている時も、凶悪事件に怒っている時も、美味《おい》しいものを食べている時も、心のどこかで、ずっと哀しくって……」

「完全にわかる」

「僕にはなんにもないんだ。空っぽなんだ。あなたもそうでしょう?」

「そうとも。同じだとも。幸せに哀しい。つらいよね。で、あんまりつらいもんだから、今、仕事をぜ〜んぶほっぽり出して、現実から逃げ回ってる最中なんだ」

「わあ〜、道具さんってばおちゃめさん」

小梳神社の鳥居の前で、藤堂君と筆者は瞳で会話し続けた。「なんにもねえ」「なんにもねえ」「俺たちにはなんにもねえ」という共通の気持ちを確認し合って、筆者はいよいよ嬉《うれ》しくなった。もっと彼と話をしたい。この街中の喧騒《けんそう》から抜け出して、落ち着いて喋《しゃべ》りたい。瞳ではなくて、ちゃんと言葉で語りあいたいと思い、彼に肩を組んで「そこの茶店でお茶でもどうですか」と言った。

藤堂君は「ギャーッ!」と、この世の終わりみたいに泣き叫んだ。「せ、積極的なホモだ! 助けて、誰か助けてえ!」と言った。筆者は「えっ」と思った。騒ぎを聞いた大人たちがぞろぞろとやって来て、筆者を取り囲んだ。向こうに自転車を降りるおまわりさんの姿が見えた。

その後、なんとかおまわりさんを帰し、藤堂君の誤解を解くことができた筆者は、彼に連れられて『お茶の燎《かがりび》』という緑茶専門店へ赴いた。

　そこにいた和装の従業員に振舞われたお茶の美味しいことったら！　湯呑《ゆのみ》の中で揺れるお茶の水面を見ていると、少しだけ、心にこびりついている哀しみが影を薄くした。香りを嗅《か》ぐと、やたらばくばくしていた鼓動がゆっくりになった。もう一口飲んでみると、月の明るい夜に、たったひとりで波打ち際を歩き続けていることも、老いた両親と共に、静かに線香花火をしていることも、なんだか愛しく思えてきた。

　筆者だけではない。読者の皆様……あなたもそう。誰だって正体不明の孤独を抱えて、哀しみと共に生きている。なんにもない自分を受け入れるか、あるいはそんな自分を見ないふりをしながら、哀しみに寄り添われて生きている。

　雲を摑《つか》めないように、ぼんやりした哀しみを捨てることはできない。だが、それを緩和する手段はある。哀しみを愛せる方法はある。その一杯のお茶を飲みきり、魂からの息を吐いた時、筆者はふとそんなクサイことを感じ、また同時に、この店を出た帰路、小梳神社へお参りに行こうと思った。「誰かにとって、この一杯のお茶のようなお話が書けますように」と願うべく。

二〇一五年　一〇月

道具　小路

【謝辞】

本編舞台・静岡市葵区紺屋町『小梳神社』様

『お茶の燎』雛形《ひながた》、取材協力・静岡市葵区金座町『白銀屋茶店』様

本作執筆に中り快く御協力下さったこと、ここに厚くお礼申し上げます。

富士見L文庫

千年《せんねん》茶師《ちゃし》の茶房録《さぼうろく》
小梳神社《おぐしじんじゃ》より願《ねが》いを込《こ》めて

道具小路《どうぐこうじ》

平成27年12月20日　初版発行

発行者　三坂泰二
発　行　株式会社KADOKAWA　http://www.kadokawa.co.jp/
〒102-8177　東京都千代田区富士見2-13-3
電話　03-3238-8521（カスタマーサポート）
　　　03-3238-8641（編　集　部）

印刷所　暁印刷
製本所　ＢＢＣ
装丁者　西村弘美

定価はカバーに表示してあります。

ISBN 978-4-04-070779-2 C0193